麦家
陪你读书

我想要的人生

麦家／主编
麦家陪你读书／编

SPM
南方传媒　花城出版社
中国·广州

图书在版编目（ＣＩＰ）数据

我想要的人生 / 麦家陪你读书编. -- 广州：花城
出版社，2023.1
　　（麦家陪你读书 / 麦家主编）
　　ISBN 978-7-5360-9756-8

Ⅰ.①我… Ⅱ.①麦… Ⅲ.①中国文学－文学评论－
文集 Ⅳ.①I206-53

中国版本图书馆CIP数据核字(2022)第167058号

出 版 人：张　懿
特约策划：萧宿荣
责任编辑：林　菁　杨柳青
技术编辑：凌春梅
封面设计：艾　藤
封面摄影：Heriberto Garcia
内文版式：童天真

书　　名　我想要的人生
　　　　　WO XIANGYAO DE RENSHENG
出版发行　花城出版社
　　　　　（广州市环市东路水荫路 11 号）
经　　销　全国新华书店
印　　刷　深圳市福圣印刷有限公司
　　　　　（深圳市龙华区龙华街道龙苑大道联华工业区）
开　　本　880 毫米 ×1230 毫米　32 开
印　　张　13.375　1 插页
字　　数　245,000 字
版　　次　2023 年 1 月第 1 版　2023 年 1 月第 1 次印刷
定　　价　69.80 元

如发现印装质量问题，请直接与印刷厂联系调换。
购书热线：020-37604658　37602954
花城出版社网站：http://www.fcph.com.cn

读书就是回家

老赵

编 委 会

目录
CONTENTS

《巴别塔》
独立女性的困境与觉醒

［英］A.S.拜厄特

《巴别塔》文本壮阔宏大，女性觉醒的意志
笃定而漫长，如盘根在地下生长。

撑过去一天，再撑过去另一天，这究竟算什么
样的人生？
——很多人的人生。
《巴别塔》，以一个女性的成长
间接展现英国社会变迁和知识分子的焦虑，
被世界权威文学刊物誉为
"重新定义了英国小说高度"的一部小说

Day 1 《巴别塔》

我要让世界
都听见我的声音

语言让我们表情达意，也制造无数迷局

"巴别"在希伯来《圣经》文化的语境中，义为"混乱、变乱"。《圣经》中讲到大洪水退去后，挪亚方舟上的幸存者回到地面，繁衍生息，使用同样的语言，和睦地生活在一起。后来，他们决定建一座通天高塔，名为"巴别塔"，直达天堂，来传播声名。此举引起了上帝的不满，他打乱统一的语言，使人们无法沟通、彼此猜疑。建塔的计划失败，高耸入云的巴别塔轰然倒塌，人们各奔东西。

生活中的"巴别塔时刻"指的就是明明说着相同语言，却因各自不同的理解和情绪作祟，彼此不能理解，甚至误会频频，言语成为互相攻击的利器……

　　语言让我们表情达意，也制造无数迷局。每个人的学识、理解能力不同，理解变成难以抵达的彼岸。

　　在英国小说家A.S.拜厄特笔下的《巴别塔》中，名为弗雷德丽卡的知识女性曾经充满诗意与智慧，但在婚姻的巨塔里，才华一文不值，抚育孩子才是唯一任务。机智雄辩，变成喋喋不休；骄傲笃定，成为轻浮愚蠢。痛苦、失落、隔绝，她被深锁于传统社会造就的牢笼里，不自由、不独立，失去人该有的站立姿态。

　　直到丈夫投掷来的一把斧头砸伤她的肋骨，也打破她的失语，她开始挣破枷锁，发出声音。"我曾是一个重要的人，我要让世界都听见我的声音！"

手指在键盘上的敲打，是另一种形式的刀尖起舞

　　A.S.拜厄特，如今已80多岁，被《泰晤士报》称为"1945年以来英国最伟大的50位作家之一"。她著作等身，荣誉颇丰，获得了英语小说界最有分量的"布克奖"。作为一名女性作家，拜厄特拥有渊博的学识，尤其关注女性在父权社会中的境况与困境，作品大多涉及爱情与婚姻、逃离与漂泊等主题。

　　这或许与她在现实生活中的经历有关。拜厄特曾感慨："在剑桥，男生和女生的数量比是11∶1，我们必须比男生

更努力。当我们想到自己的未来、工作和婚姻时，又被致命地打击了。男性可以同时拥有爱情和婚姻，女性却很难做到。"写作方面亦是如此："女性只要写些有头脑的文章，就会让批评家很不舒服，他们觉得那就像是狗只用后腿站立那么不自然。"

左手写作，右手评论，拜厄特评论起文学作品来毫不留情。她曾在《纽约时报》专栏上直言《哈利·波特》的作者J.K.罗琳所描绘的世界没深度，"只对想象力被禁锢在电视机前的成人有效"。

这位"彪悍"的英国老太也常常对"性别主义"提出批判。当有人询问她对英国橘子小说奖的看法时，她直接批判那就是一个宣扬性别主义的奖项，其间连一个男性作家都找不到。她坚持认为，设立女性文学奖是一种性别歧视。

拜厄特是有底气的。1936年，她出生于英国中部的一个书香世家，父母均毕业于剑桥大学，家中丰富的藏书、浓厚的文化氛围，涵养着姐弟几人的艺术气质。拜厄特和妹妹自小形影不离，在寄宿学校学习，进入剑桥大学攻读英国文学，几乎同时期发表作品，担任教职，同为小说家、学者、批评家，连婚姻经历也出奇相似，仿佛一枚硬币的正反面。但她们从不一起出现，也不轻易评价对方的作品与成就。

拜厄特曾说："因为我需要有自己的空间……与另一位作家分享同样的记忆是困难的。"手指在键盘上的敲打，是另一种形式的刀尖起舞，带着疼痛与幸福。写作并不是一件轻松容易的事。在写出《占有》之前，拜厄特寂寂无闻。这本大部头小说是她文学生涯重要的转折点，但它曾遭遇出版危机，许多出版商希望她能删去其间大段的诗歌、散文。那段时间，她崩溃得每天在床上哭泣。直到后来《占有》拿下"布克奖"，并被改编成电影。

《巴别塔》是拜厄特"成长小说四部曲"中的第三部。以1978年《花园中的处子》的出版为开端，《静物》《巴别塔》相继诞生，直到2002年《吹口哨的女人》的完成，这部跨越20余年的鸿篇巨制才算完结。

它以弗雷德丽卡的经历为主线，写尽独立女性的困境与觉悟，令读者有很强的"沉浸感"，和角色一起战栗、感动、兴奋。故事套故事的嵌套式书写、拼贴文的使用，对自然、宗教、艺术、教育、语言、哲学、人性等议题的思考，内涵深刻。

就像蜗牛的壳，呈现出螺旋式向外延伸的结构，层层贴合中，20世纪60年代英国社会变迁的风貌图景就呈现在我们面前。男女权利、家庭婚姻、亲子关系、教育、宗教等话题都有所展现，书信、新闻报道、法庭实录、诗歌、文学评论、心理学理论，丰富而复杂，彼此间又夹杂着彼此不容的情况，就像巴别塔的变乱，极具现实意义。

　　浩瀚、恢宏，繁复、深刻，意境深远。这是《巴别塔》。正如拜厄特曾说过的："我不想写小女人的东西，而是想写对人的思想有解放意义的小说。"她的写作格局也将带领我们进入更无垠的思考世界。

Day 2 《巴别塔》

当爱成为
伤人的武器

✒ 我曾经对人生多么笃定，那么自以为是

故事从一个美且残酷的画面开始：美丽的画眉鸟捕获蜗牛后，戳击、穿刺、敲打、叼取受伤的肉体，呷吸并吞咽……而后，它唱起歌来，声音如潺潺流水，悦耳、明亮、舒缓，不断重复。

这是胜利的赞颂，也是死亡的挽歌，美丽与死亡共生，动听与惊骇同存。

世间所有的相遇，都是久别重逢。当休在英国郊区徒步旅行时，完全没有注意到栈道上那位带着孩子、衣着与环境格格不入的女性。那是他曾经的恋人弗雷德丽卡。在剑桥大学时，她光彩照人，立志开节目、写文章、获学术奖项……

但结婚后，她就只出现在无数与软禁、死亡有关的神秘传言里了。

多年后再次呼唤对方的名字，气氛是稀疏的尴尬。弗雷德丽卡说起自己的经历；毫无预兆的一天，死神攫取了姐姐年轻的生命，震惊、恐惧如翻涌的巨浪层层袭来，摧毁了她，让她蜗居在身体里。而后，她病了。在死亡边缘踱步时，是一个叫奈杰尔的男人在照顾她。于是，似乎顺理成章地，她结婚了，因为想要在全新的地方重新开始人生，以此告别伤痛。

在这片树林间谈及的往事，邈远得如在另一个国度、时代发生的一样。青年时代，一去不返。休感慨："你真真切切地活过了一回啊。"弗雷德丽卡却说："事情发生在你身上和你活过一回不能混为一谈，但现在看来那的确是同样的一件事。我曾经对人生多么笃定，那么自以为是。"

弗雷德丽卡的儿子利奥邀请这位意外的客人到家里喝茶。家，在那个被护城河、高耸围墙、繁茂园林围绕，住着保姆、奈杰尔两个姐姐的乡郊大宅里。

犹豫许久，告别时休还是张开双臂，拥抱了弗雷德丽卡。她先退缩、僵硬，而后又猛烈地抱紧对方，仿佛抱着的不是人，而是过去的岁月。

拥抱的两个人，仿佛是镜子里外的一个人，新我与旧我相遇，在不同的生活境况里碰撞、挣扎……

"我之所以会发火，是因为我爱你。"

夜晚，弗雷德丽卡给儿子朗读《霍比特人》。她思绪纷乱，虽然满怀爱意地凝视着儿子，但在"新"弗雷德丽卡温顺的躯体里，"旧"弗雷德丽卡做作的激情也时时发作。她无数次用轻蔑和迷惑的口气自说自话："我的人生被儿子毁掉了。如果没有利奥，我明天就会直接离家出走。"

丈夫奈杰尔毫无预兆地回来了，一如往常，从不通知，直接推门而入。弗雷德丽卡不想读书了，但丈夫不容拒绝的声音传来："继续。"她只能继续朗读。

丈夫看似平静地询问今天的访客是谁，暗讽"他出现得正是时候""见到老朋友是不是挺愉快""你想念他们"……弗雷德丽卡试图探查话里真实的意思，盘算最佳答案，最后，带着紧张感提出请求：希望能和丈夫一起去城里，跳舞，见老朋友，找工作。总之，她想找点事情做。

丈夫直接否定了，他认为妻子的任务就是陪护孩子。

奈杰尔冰冷地应答："如果一个女孩不能忍受自己当妻子或母亲，为什么要结婚？我还以为你是一个有智有谋的女孩，但你现在只会发牢骚……这让我很不快。"每一句话都像刀子，让人心碎。

在这座大宅子里，弗雷德丽卡是某某的妻子、某某的女儿，唯独不是自己。她开始哀求，想去伦敦，阅读，工作，带儿子，甚至回学校读博士。奈杰尔开始无理取闹："你想见你的朋友，你所有的朋友都是男人！剑桥大学能让女孩子都被宠坏，就像温室一样。你不能回去，你太老了。"

几句话点燃了弗雷德丽卡，她彻底失去理智。可在整理离开的衣物时却找不到行李箱。丈夫开始让步，道歉："我之所以会发火，是因为我爱你。""爱"，在此时成为武器。

奈杰尔认为，女人和喘着粗气、流着口水等待食物的狗一样，总在渴求和等待"我爱你"这句话。于是，他念着弗雷德丽卡的名字，不断重复着"我爱你""我想要你"，充满着肆虐的意味。夫妻二人的这场争斗中，妻子一败涂地。

承认自己的脆弱和局限并不是一件可耻的事

与此同时，丹尼尔在教堂地下室里接听不同来电。作为"聆听者"，直面灾难是丹尼尔的工作。他留在这里接电话，是因为他需要被人需要。

但他不会倾诉自己的困扰，哪怕自己也曾慢慢从一场崩溃中复原。他相信同事之间保持一定距离，有助于工作轻松完成，于是总是在同事向他微笑点头之前，默默解决自己的问题。

结婚时，他是幸福的。可妻子的意外离世将他推回险境，世界蒙上炭灰色的纱。无论醒着，睡着，他都被死亡的脸追逐，缠绕。唯一能让他存活下来的方法就是忽略自己的感受。于是他近乎狂暴地回避所有与妻子有关的字眼、记忆、人和事物，包括两个孩子。于是两个孩子几乎同时失去了父母。

在女儿濒临死亡的时刻，他却没有陪伴身边，儿子也怨恨自己。他如坐针毡，觉得是自己将女儿从高处推下，无法被原谅。

治愈他人的人，心里却有着无尽的悲凉，也需要被善待，被关心和治愈。丹尼尔赶到医院里陪护女儿。他又看到了亡妻的脸。一瞬间，心脏像损坏的引擎，想要停止跳动。他与汹涌而至的作呕感抗争着，黑暗中，握住女儿冰凉的小手，呼唤她的名字。

黎明降临，晨昏转换。许久，女儿才醒来，用发烫的双臂绕着丹尼尔的脖子，颤抖着呼唤爸爸，道歉："对不起，我病了，对不起。"这令丹尼尔心痛。他放下工作，留下来。十岁的儿子却一眼也不看他，不同他说话。

这时，几个年轻人回到了他们居住的乡村房子里。其中一个是弗雷德丽卡的弟弟马库斯。故事到此，两条线索联系起来了：丹尼尔的妻子就是弗雷德丽卡的姐姐。在驱逐一只钻进冰箱底的麻雀时，姐姐被倒下的冰箱砸到。彼时，她的弟弟马库斯正处于混乱又焦虑的孤僻情绪中，没有留意到悲剧的发生。

一个生命消逝了，掀起惊涛巨浪，改变了许多人的命运。

弗雷德丽卡，在这场意外之后迅速嫁人，不回家，甚至不曾写信。她心中有一部分希冀随着姐姐的死终止了，她的过去、家人，每件事、每个人。美好的记忆比不好的记忆更令人痛楚。

丹尼尔痛苦地活着，常常想如果马库斯能多留点神，或许妻子能活下来。此刻，他听着马库斯与年轻女子的笑谈，不禁发问：怎么笑得出来？现在是1964年，她死于1958年，我们却都活着。马库斯是在好友的帮助下，才从姐姐去世的痛楚中复原的。他知道沉湎悲伤和愧疚毫无用处。

偌大的世界里，每个人都带着伤痕。但正如弗雷德丽卡的母亲对丹尼尔所说的："你没办法把所有人都照顾得面面俱到。承认自己的脆弱和局限并不是一件可耻的事。"

Day 3 《巴别塔》

我是利奥的母亲，
我也是我自己

我们无比憧憬又极力美化的地方，也许是我们将要逃离的地方

"那刚好是我最不想要的，刚好是我最不想过的。但是，我得到了同样的人生。"

"我们曾经都是乳臭未干的小生物，我们中许多人或多或少甚至全心全意爱上了你。"

"我们都老了。"

"我终于又找到你了，请务必回信。"

弗雷德丽卡收到休写来的长信和他创作的诗歌，那是重逢时，他正在构思的。奈杰尔强势进攻，抢走信，阴阳怪气地念着并批判着信的内容，还讽刺妻子："那个年轻男子大老远从伦敦跑来，在这个古森林里迷路。"就好像那次偶遇是刻意为之，而她试图翻越森林。他们吵架了。利奥保护着母亲，说用那种语调念信不对，也强调了是自己邀请休来做客。

弗雷德丽卡叠好并握紧了被亵渎的信，脑中的声音更加响亮：我恨你，我恨你，我恨你！我不能再住在这儿了……

重见休，弗雷德丽卡满心欢喜，像一本曾经钟爱的旧书，遍寻所踪后失而复得。回忆过往，她知道自己爱过休，多于爱奈杰尔。但眼前的人，却可以挑动她的感觉和欲望，哪怕他正在切蘑菇。她想要工作。她想让丈夫知道即使是爱，也不能改变她仍是弗雷德丽卡的事实。

私下在浴室里重读信件时，她舔舐着泪水：丈夫比他们都更真切，她却比以往的自己虚幻了。弗雷德丽卡写回信，撕掉；再写，再撕掉。她害怕，决定等丈夫不在时才回信，但奈杰尔一直没有离开。他们也度过了一些不错的日子，陪伴孩子，野餐，谈论。直到奈杰尔抢走了剑桥大学寄来邀请弗雷德丽卡参加晚宴的信，不准许她离开家。他重读了信件后，更是直白地辱骂妻子："你就是个愚蠢的贱人。"

弗雷德丽卡泪如泉涌，杂乱无章地收拾行李。丈夫来到她背后，一把抓住她后颈披散的红发，实施了一记猛烈、专业的扭转——骨头碎裂，移位。

辱骂和殴打中，弗雷德丽卡惊觉自己还活着，拥有知觉，感受疼痛和血腥。带着殊死搏斗的劲，她踢倒丈夫，踉跄着将自己扔进浴室，紧锁门。

这是她读诗背书的秘密基地。此刻，她在无处不在的疼痛中颤抖，举着莎士比亚，苦等风暴平息。等待她的是一阵寂静，随后是猛烈可怕的爆响。丈夫在猛击浴室的门。

丈夫保证不伤害她，她打开了浴室门。丈夫低沉的声音重复着："你还是一个贱人。"

他们睡在一起。弗雷德丽卡强调了自己所受的伤害，但丈夫却冷冷地说只要自己想，可以随时随地、轻而易举地在不被察觉中杀了她。第二天，砸烂的房屋被清理，丈夫外出。她在华丽的庄园里骑马，打猎，喝下午茶，过着上流人的生活。

撑过去一天，再撑过去另一天，这究竟算什么样的人生？——很多人的人生

弗雷德丽卡重读信件，为了寻找一封遗失的信，她翻动了丈夫的物品。大大小小紧锁的箱子被打开，拼凑起奈杰尔的过去和潜藏的自我：某个箱子里藏着的色情杂志里，充斥着刑讯室里才会出现的用具。这是有辱人格的。她感到自己被击退，想点起篝火烧掉它们。

大概一周后，她曾经的好友托尼、艾伦和休结伴前来看望她。弗雷德丽卡活起来了，仿佛回到往昔久违的生活中。返回时她却看到奈杰尔与另外两个男人站在阶梯最上方，俯视着他们。弗雷德丽卡迫不及待地解释一切。托尼带着向奈杰尔征询的意味，邀请弗雷德丽卡到镇上吃饭，却被拒绝了。

以往家里来客人时，弗雷德丽卡总会被"贬"到利奥的育婴房里吃晚餐，为此她表示丈夫的事业并不需要自己在场，但仍然无法决定自己的去留。于是，当奈杰尔和两位朋友在餐桌上夸夸其谈时，弗雷德丽卡在餐桌边，但事实上，她又不在。不仅是她的心思，而是在场的三个人也未将她视为独立的人。

当丈夫企图用利奥牵绊她时，她回答："我是利奥的母亲，我也是我自己，这两件事是同样的事实。"但她只能屈服，为了避开可能导致的、丑陋的、可怕的暴力。

一次次、一天天，她在头脑中思考："撑过去一天，再撑过去另一天，这究竟算什么样的人生？——很多人的人生。"

又一个夜晚，即将亲密接触的夜晚，弗雷德丽卡想到丈夫的色情杂志、交缠的肢体、膨胀的肉身、可怕的器具。她躲开了，冷静地说明天将以文明的方式离开。愤怒让丈夫接着又一轮狂暴地占有。事后，弗雷德丽卡躲进空房间，很快又在丈夫闯进来时夺门而出，冲进黑夜，跑进马厩，胆战心

惊地躲避伤害。仿佛很久之后，马厩被猛地撞开，丈夫嘶吼
咆哮，歇斯底里，找寻不得后离开。两个小时以后，弗雷德
丽卡一走出马厩就听到丈夫冷冷的声音。他穿着衬衫和帆布
鞋，手持一把斧头，尖叫，狂奔。猎人与动物，追逐，逃
命——斧头以飞翔的姿态，砸中她的肋骨，砍倒她。

丈夫一边号啕大哭，一边撕下她的睡袍，认真地包扎伤
口。这不是第一次暴行，但所有人都在默许，甚至暗暗劝她
夜里奔跑时要多加小心。

卧病床上，她装得很严重的样子。趁家里无人，她决定
走到路上，拦车离开。带着摔倒和斧头带来的伤痕，她走完
了车道，坐在路边喘气。自行车链条的声音传来，她哭了起
来——是休。

此刻，妈妈，是她深恶痛绝的一个词。她想起了姐姐。
热情、开明的女性知识分子一个嫁给教堂，一个嫁给庄园，
各自生下孩子。为了什么呢？为了性吧。身体就是真理。

离开还是留下？在这里利奥是少爷，有疼爱他的姑姑、
保姆的照顾，有一匹马、一栋大房子和果园、田产……没有
妈妈。但两个人都留下就意味着毁灭。

在这里的妈妈，不在这里的弗雷德丽卡，对利奥而言什
么更重要呢？她思绪纷纷，想起了自己的母亲。

她一直怨恨母亲消极寡言，觉得母亲过的不是人生，或
者说是她最不想要的人生，是她不愿意重复的、父母留下来

的二手生活。但如今，她得到了同样的人生。

斗争许久，她起身穿衣，走下楼梯。思想还在挣扎，身体却秘密离开。她悄悄走到果园大门处，身后却传来急促的跑步声——是利奥。他紧紧地抱着母亲，仿佛想挖开她的身体，把自己重新装进去。"我要跟你走。"利奥一字一顿，清清楚楚地说，"我很累了，我想要怎么做想得很累。我要和你一起走，你不可以也不能不带我走。不行。"

弗雷德丽卡抱着他一边往前走，一边想：我们两个人都清楚地知道，我打算遗弃他。艾伦走出树丛接应她。弗雷德丽卡，在数年无趣的婚姻、几次凶残的家暴后，终于，她逃离了布兰大宅。然而，离开只是开始，面前还有万里征途。

Day 4 《巴别塔》

也许会被撞得倒下，
但总有一天会站起来

家暴只有0次与无数次的区别

一个女人的宿命不再是丈夫和孩子。"我要全世界都听见我的声音，我曾被压抑，但绝不沉默。"

弗雷德丽卡来到伦敦，先后住到亚历山大和托马斯的房子里。他们或曾经，或依然仰慕着她。当被问到以后的计划时，弗雷德丽卡坚定地说不回去，自己必须独立："我一定得工作"。

他们出谋划策，帮她找医生，开验伤记录，准备离婚，推荐工作……后来，弗雷德丽卡在帕罗特的出版社里兼职，承担预读稿件的工作：带回小说原稿，阅读并书写评估出版价值的简报。她享受着语言文字从笔尖流泻而出的快感，再次感受到"我又是自己了"。

这种有事做、擅长做事的感觉让人心灵活过来了，重获了身体存在的真实感。

利奥过得很快乐，但有时也会询问什么时候回去，并补充强调是马儿小黑会想他——是回去，而不是回家，弗雷德丽卡没想到儿童在使用语言时会如此留心。

她也开始看医生，伤口复原缓慢——溃烂、化脓、开裂，阴道也疼痛——有脓疱、结痂，让她羞愧。医生建议她到性传染病医院做检查，并且精准地评论：这不是一段很明智的婚姻。

而在远处，当弗雷德丽卡的父亲比尔在修订讲义时，一辆车打破了村庄的宁静。奈杰尔以为妻子躲回娘家，闹上门来，甚至无理地把比尔撞得血流不止，倒在门厅。但他只找到妻子出嫁前的衣服，便换了一副面孔，自责这段时间待妻子不好，但已决心改过，会待她更好。

比尔并不赞同这段婚姻，认为女儿并不想嫁给金钱，相信总有一天她会带着提包和箱子出现：也许会被撞得倒下，但总有一天会站起来。他对奈杰尔说："我会做弗雷德丽卡希望我为她做的事情。"

正如比尔常说的，事后道歉总是很容易的一件事，家暴只有0次与无数次的区别，就算弗雷德丽卡回心转意，他真的会改变吗？

人们都是由语言建构起来的，唯语言不是我们仅有的一切

弗雷德丽卡以前总说自己不会投身于教学，但如今她通过艺术学院的面试，得到一份兼职教学的工作，也得到了一间能见学生、写教案的办公室。在由工作室改装成的办公室里，教授为期十周的"现代小说"课程。

课堂上，她讲到了小说是唯一光彩夺目的生活之书，是人类表达思想情感方式中的最高形式。一本小说尽管不是一幅画，但同样是一件艺术作品。她觉得自己的人生与《恋爱中的女人》这本书搅和在一起，一样强悍、荒诞、深奥、固执得妙不可言。这本书仅仅因为存在，就成为她看待世界的方式。

教室另一端的小讲台上，有一群更松散的学生围着一个男人——裘德。他是一个很特别的、尼采式的男人，长得很像《霍比特人》里的咕噜，偶尔给学生讲哲学，也担任美术课模特。此刻，他裸露部分身体，听着弗雷德丽卡的讲课，远远地喊话，挑衅，扯断了学生们聚拢起来的注意力。两个人稍微争论了一会，但弗雷德丽卡还是继续讲课，重新掌控班上大多数人的注意力，不顾对方不时地打断和评说。

这堂课结束后，弗雷德丽卡拥抱了前来找她的丹尼尔。

满脸乌青、红肿的丹尼尔带来了奈杰尔寻找妻子、撞伤父亲比尔的消息，这让弗雷德丽卡难以接受。

这时，旁观者裘德开口了。丹尼尔震惊地发现裘德就是不断打电话来挑衅，认为上帝已死的人。

得知弗雷德丽卡离婚的决心，丹尼尔推荐了律师，并劝她要赶快让事情结束，否则永无宁日。

有时候，我们爱一些人的时候，会爱到恨他们

获得新生的弗雷德丽卡工作认真、勤奋，还给一些校外的成年学生讲课。这些经验对年轻学生来说，不啻翻遍了课本每一页也触不到一点点形貌的幻影。他们逐渐熟悉，在课堂上也对话、提问、探讨，课后一起去餐厅吃喝，了解彼此。这让弗雷德丽卡有一种不敢确信的兴奋。后来，就像所有的集体一样，这个班级也发展出其独特的亲密和分歧，分化成核心和替罪羔羊，制定出同盟与联合的条例，产生反对派及强烈的不赞同主张——就如同乱言塔里的故事那样。

《乱言塔》里，众人定居于乱言塔，渴望建立平等自由的乌托邦社会，不需要婚姻、家庭，孩子由社会共同养育，领导者考沃特主张解放本性。他甚至要求女士鞭打自己的屁股，在鲜血淋漓中感受"快感和痛感交织的癫狂"。

一学期很快结束了，弗雷德丽卡与大家说定了下学期要讲的内容。对她来说，谈论的是文学，但她的人生在文学的对照下也如此鲜活：怒火滔天的丈夫，手提箱里装满粉红色的橡胶秽物，一个学会了如何将他人残杀于无声的男人。

工作和由其带来的成就让她感受到了自信心，身边的不少写作者，包括裘德，都邀请弗雷德丽卡帮忙审读，写出版意见，奔波又忙碌。她偶尔也约会，但拒绝了对方更亲密的要求。

利奥对母亲的晚归却不太满意，哪怕只是在午餐时。他讨厌不知道母亲的行踪，可抱怨后又抱住母亲的腰，安慰着：没事的。弗雷德丽卡低下头抚摩利奥的头，嗅着他的头发。这句没事的，会穿透所有的语言传到她的耳里，而这个小人儿，就是她的中心。

这不是她能够自由选择的，但这个事实比其他事物都更坚决而确凿。如此狂暴的一种爱，狂暴到几乎抵达了爱的对立面。她喃喃自语：有时候，我们爱一些人的时候，会爱到恨他们。父母子女之间的爱或许就是如此，浓烈到了极点，以至于常常显得具有控制性、侵略性和攻击性。

在丹尼尔的劝说下，弗雷德丽卡带利奥回到北方的家里过圣诞节，虽然他们都害怕面对伤痛。阔别多年，度过漫长的愠怒和逃避，亲人相聚，带着泪光、疏离与喜悦，细嗅彼此的生活。虽然大家都知道，一个女儿的回来，并不能带来另一个离开的女儿。

孩子们活泼地叫着，笑着；年轻人滔滔不绝地讲述自己的研究；中年人不语地看着；老年人忙前忙后。一切和美。

奈杰尔的到来打破了表面的平和，他趁着圣诞节，给妻儿带来礼物。待客之道让人无法闭门。奈杰尔阴暗的脸让弗雷德丽卡的内心顿起波澜。有那么一瞬间，她醒悟到真正的错在自己身上，错在她没想明白就仓皇嫁给他，错在她无法在这段婚姻中撑下去。她动摇，她迟疑。

奈杰尔利用儿子，从走廊进入客厅，又怂恿利奥打开礼物，劝说妻子收下那件作为圣诞礼物、穿在她身上美得恰到好处的洋装——尽管她从来不穿红色。直到现在，他仍然没有明白妻子离开的真正原因。

Day 5 《巴别塔》

这就是你
真正想要的吗？

太多人以爱为名义或信仰，对他人做出恐怖的
事情

奈杰尔劝妻子回家，被斩钉截铁地拒绝之后，他让步
了，但坚持要利奥回家。弗雷德丽卡知道利奥一回去，很可
能无法再出来了，除非她也一同前去。

奈杰尔暴怒起来，声音狂躁，打算凭父亲的威严带走儿
子。弗雷德丽卡阻止他，却被钳住肩膀，只能退缩，挣扎，
忍受对方的辱骂和巴掌……利奥尖声惊叫，所有人都涌过
来，保护弗雷德丽卡，阻止奈杰尔继续施暴。

之前在华丽的郊区大宅，一次次的家暴时，寂静的宅子
里回荡着弗雷德丽卡的哀号，却无人回应。每个人都不约而

同地无动于衷，那些所谓的家人仿佛是寄居于此的空洞灵魂，任由奈杰尔作威作福。而在这个村庄的小屋里，所有人都帮助，保护着他们。奈杰尔离开了，大家最终度过了温馨美好的圣诞节，享受着彼此的陪伴。

面对律师，弗雷德丽卡尽可能准确、不带感情地描述婚姻里存在的问题，但律师却说"不和谐"和"过错"无法构成离婚的理由。只有遗弃、虐待、通奸、精神错乱和一些晦涩难解也不可接受的特定行为才可以。可惜，她被斧头砸到后，却告诉医生自己是被绊倒了，无法成为家暴证据，得过性病的情况尚可成为证据之一。

好在工作进展顺利，弗雷德丽卡被称赞为"天生的老师"，也不时有人向她示爱。她常常去找丹尼尔，有一天正好碰上出版社的帕罗特，便推荐了裘德写的《乱言塔》。帕罗特也认为这是一本绘写了整个时代、跟每个人都有关系的好书，但可能引起诉讼。因为书中有大量露骨的性爱描写，还涉及施虐、受虐等敏感话题，揭示了人性的阴暗面。

这是一个挑战，丹尼尔感觉到了他话语中的紧张感。不久前，他和霍利教士轮番上阵劝说涕泗横流、浑身颤抖、执迷于自我鄙夷和绝望情绪的帕罗特，让他放弃自杀。

丹尼尔知道这本书如果遇到困难，帕罗特可能再次陷入困境。但他们仍然决定出版，并为之举杯庆祝。每个人都在努力地与黑暗对峙，努力地活下去。

《乱言塔》如愿出版，裘德坚信这本书会拥有许多读者，因为它揭示了一个真相：这个世界上有太多人以爱为名义或信仰，对他人做出恐怖的事情。

批评与赞誉让这本书畅销，皇家检控署的关注更将一切推上风口浪尖。《乱言塔》被认为违反《淫秽出版物法》法令。之后，几份报纸抨击了这种对文章和言论的限制行为。

弗雷德丽卡在租住的地下室里写书评专栏、准备文学课，并压抑着呕吐的感受、矛盾的情绪写着离婚起诉书。努力了三次，才在纸上写下几行字，反复涂改。在阿加莎和律师的帮助下，工整的离婚起诉书才被改造出来。冰冷地罗列着不可调和的矛盾，历数婚姻中的虐待、暴力与不堪，以及藏于华丽服饰、华美住宅下的虱子。

弗雷德丽卡认为起诉书中没有写丈夫阻止自己工作的事。这才是他所做的最残忍的事情：阻止一个独立的个体工作、以自我的方式生活。但律师建议不要过于强调对工作的渴望和展示个人抱负。因为一般观念中的女性更倾向于在家中照顾孩子。

弗雷德丽卡认为自己的性别是劣势，但其实是优势：以女性的身份得到监护权的概率很高。如果过分重视个人尊严，而不把儿子的利益放在首位，形象会大打折扣。律师专业、冷静，也揭露了一个残忍的真相：女性始终被认为要居家带孩子，而不是足以展示工作能力和魅力的独立个体。

寄出离婚申请之后，他们开始寻找目击证人。弗雷德丽卡到这时才知道奈杰尔常去的俱乐部里，充斥着高级应召女郎。

律师也以质疑的态度询问她是否与其他男性有不正当关系。所有的法律专有名词都让弗雷德丽卡感到束缚。它们承载的是整个社会中，女性对男性的附属历史：女人就是男人的财产，是男人身体的一部分，所以不能被玷污。尤其在离婚的关键节点，法律规定她必须无欲无求直到离婚完成。

我是一个集许多女性身份于一体的女人

应奈杰尔的要求，他们在离婚案开庭前又会面了。弗雷德丽卡直接拒绝了对方复合的想法，但无法阻止利奥回家居住一段时间。于是在夏天时，利奥回布兰大宅度过他五岁的生日，她则流着苦咸的泪水，等待着。

阿加莎安慰她："没有人的人生是完美的，人们总会也总要挺过来。利奥爱你，你也爱利奥，这就够了。"

朋友们离开后，一直追求弗雷德丽卡的约翰出现了。她必须承认自己对这名成年文学课的学生也有好感，便抛掉思绪和约翰度过了一夜。第二天，他们又匆匆决定一起去北方。

又一次逃离，逃离没有孩子、朋友的空荡房间。但她脑中总有一个固执、回旋的声音质问：这就是你真正想要的吗？

风暴一样的思绪席卷着弗雷德丽卡的头脑，欲望缠着弗雷德丽卡的脊椎骨慢慢向上绕行，像顺着游乐场的螺旋滑梯慢慢攀爬。她开始有了写一本书的想法，书名就叫《贴合》。

在混乱的三星期后，利奥终于回来了并进入小学读书。而离婚，不亚于一场漫长的拉锯战。奈杰尔正式开战，极力塑造充满慈爱和宽容大度的形象，发动法务信函的持续攻击。无数的信件都在说利奥应该接受更好的寄宿学校教育。律师建议弗雷德丽卡也要回击，但她无法那么冷酷和理性。

约翰来去自若，没有人知道他的行踪；弗雷德丽卡也不想问，仿佛不希望两人的人生有太大的牵连。对此，阿加莎说，没有答案的事情，消耗着人的能量，让头脑受折磨。最好不要在心中存太多疑问。

直到篝火之夜，弗雷德丽卡在人群中看到了"约翰"，他正在烧书，并被他拉进跳舞的人群，无法躲开。而在熊熊烈火的另一边，也有一个"约翰"……

原来，约翰有一个双胞胎兄弟，叫保罗，被诊断患有"狂躁抑郁性精神病"，正穿越一场精神上的猛烈风暴。

兄弟俩的人生总在纠缠之中，比如现在，保罗常常来找弗雷德丽卡，好像与哥哥争夺爱人——过去，这样的事情也频频发生。她曾说约翰只是此刻的一个秘密情人、一种隐匿的欢愉，她和利奥的未来与之没有关联。但渐渐地，她感到了不自由。

她觉得生活里无法同时容纳两个无法分割的人，也无意卷入一段难分难舍、扑朔迷离的兄弟纠葛中。

谁也没想到，此时保罗在广场上点燃并烧毁了弗雷德丽卡的藏书，令她愤怒。他也烧伤了自己。这场带有疯狂的表演性质的风波之后，兄弟俩淡出了弗雷德丽卡的世界。

她也尝试着把自己的不同文章拼贴起来，组成《贴合》一书，并思考着将它转化成一种有连贯性的却各自独立成篇的写作。正如她对自己的思考：我是一个集许多女性身份于一体的女人，是母亲，是妻子，是情人，是观察者。

但她的困难比想象中还多，被丈夫反诉指控婚内通奸。而她竟愚蠢到对律师隐瞒了和约翰的关系，可能因此失去利奥。

Day 6 《巴别塔》

我觉得我好像是
因为读书而受审

一道细长横斜的日光中，有灰尘在轻摇慢舞

弗雷德丽卡的离婚案终于开庭了。她只怕一件事，就是失去利奥。她相信在这段失控关系的尽头，必定有一个终结，有些事会被了结。或许她会变得更自由？不，自由已经开始失去意义，在她看来，她会变得更负责任，为自己负责。

简直像在考场里等待答题，弗雷德丽卡听着时间流过的声音。十一月的天，一道细长横斜的日光中，有灰尘在轻摇慢舞。这让人有一种奇怪的、不真实的想法。

在法庭上，弗雷德丽卡面对着丈夫、律师、许多素昧平生的人，回溯了自己的婚姻。她听到了自己的声音，但那绝不仅仅是她自己的声音，而是一个安静的年轻女子，在为人生发声，宣示，嗟叹，是所有知识女性早该发出的声音。

一个个问题，抽丝剥茧一般，带着弗雷德丽卡和众人回忆往事。发现私人信件被拆开时的震惊，奈杰尔在电话里对她朋友的羞辱，愈加频繁的长途差旅，忽略怠慢与暴力倾向，橱柜箱子里与施虐、受虐有关的照片和杂志。一次次猛击：从被电池狠狠砸过，被荒唐地禁锢在洗手间里，在马厩里被疯狂追逐、被丢来的斧头砍中，被伤口折腾得死去活来，到诊所就诊感染性病……

之后，对方律师询问她婚前的性经历，甚至直接发难，问她在婚前总共与多少男人发生过性关系。弗雷德丽卡的辩护律师提出了反对，但所有人都看到她的不情愿。之后，她又被引导成企图遗弃儿子的形象。丈夫两位姐妹的"证词"，更是坐实了弗雷德丽卡是不负责任、访客不断的母亲。

而关于那把斧头、留有血痕和裂口的长裤，三个人的证词精准吻合：弗雷德丽卡是不慎被划伤，而非奈杰尔施暴。他们的目的很明确：如果弗雷德丽卡不愿意回来当一名称职的妻子，那就把孩子留下。

弗雷德丽卡在法庭上，和她在婚姻生活里一样孤立无援、孑然一身。暂时休庭时，弗雷德丽卡自嘲：我觉得我好像是因为读书而受审。

而后的证人里，有顶尖调查公司的总监。在他的证词中，弗雷德丽卡是与众多男性搂搂抱抱的浪荡女子，一个在广场居民心目中声名狼藉的人。甚至，她与约翰过夜的次数都被清楚地记录下来。

最后一个证人是奈杰尔。他认为一个女人的归宿就是她的丈夫和孩子。他否认了自己的暴力行为，把混迹于俱乐部的行为称为"男人的顽劣"，充其量是胡闹，而不会与婚姻扯上半点关系，毕竟那又不是对一个真实的女人动了真感情。

法官做出了审判。基于弗雷德丽卡一方无法提供虐待发生过的实质证据，她的离弃行为、婚内通奸却被证人证实，因此丈夫的反诉得到了接受，妻子的诉请被驳回，允许两人离婚。孩子抚养权的归属将由法庭福利事务处进行监护审查程序，对两人的居家环境进行评估，与孩子谈话后择期审判。

人生不是非黑即白的，而是一团混沌

弗雷德丽卡觉得自己好像刚看完一场电影，电影里有个她瞧不起的蠢女人，经历了一场审判，被奚落了一番。她发现自己的人生故事被一种前所未有的叙事手法彻底改变了。她一直以为她的人生属于自己，而她可以操控和支配自己人

生的一切。但审判室里展现了人生的叙事结构像是一张渔网、一个陷阱，定义着、改变着每一个人，包括她在内。

她在这一则新的故事里被重新定义，被告知无权照管年幼的儿子，因为爱得不够。

她是谁？她是否存在？一切缠卷在一起，纠结成一张细密、复杂的网。好在，不用在乎谁打赢了离婚官司，离婚最终还是发生了。长日将尽，她觉得自己走入了一个陌生的世界：在那里阅读是邪恶的，是一种疏于职守；对一个人代表着温柔或宽慰的一件事，竟然会被定义成对另一个人权利的剥夺。

人生不是非黑即白的，而是一团混沌。法庭上的人未必不懂这个道理，却必须在审判中得出一个结论：是黑，还是白。

又经过了数天在法庭上的针锋相对，裘德的案子也宣判了：《乱言塔》被指控为淫秽书籍。在各自的审判中，弗雷德丽卡和裘德都失败了。但斗争还在继续，弗雷德丽卡竭尽全力争取利奥的抚养权，并在监护权听证会上获得了胜利，关键原因是利奥清楚地表达了和母亲在一起的愿望。

这一年奇妙而慌乱。春天张皇溜走，夏天突然到来，巨大的变化在发生，冲击接踵而至，显得比以往任何一年都要长。私密的同性恋行为、堕胎合法化，披头士发行唱片，彩色节目开始出现，弗雷德丽卡参与了一档女性杂志节目……

同样消失了踪迹的还有约翰。弗雷德丽卡在寻找他和维护自己的尊严当中选择了后者。

而后，为了签署《乱言塔》一案的上诉书，丹尼尔和弗雷德丽卡在僻静的塔顶，找到了准备以自己的方式迎接死亡的裘德。丹尼尔决定把照顾裘德、解开他的心结当作自己这段时间的工作，就像上帝的使者一样。

对爱人的找寻，总会历经波折，就像站在不同方向的扶梯

剧场发生了爆炸，大火熊熊燃烧。弗雷德丽卡在弥漫的烟雾中径直赶往地铁站，急于回家照顾利奥。自动扶梯上挤满了人。上行、下行的人短暂地迎面而过，弗雷德丽卡看着每一张迎向她的面孔，找寻其中的相同与不同，试图探查他们的内心。扶梯下方传来约翰呼喊她名字的声音。

两人一上一下，在扶梯上擦身而过的时候，弗雷德丽卡大吼："你还有什么好说的？""我当时很害怕！""那不是借口！""是真的，你等我！""不！我不等！"

弗雷德丽卡走下自动扶梯后，后悔了，踌躇，转身，又转身，再转身，才登上上行的自动扶梯，但在中途遇见了下行的约翰。他们再度擦肩而过，最后他们在地铁的同一节车厢里相遇。影子倒映在车厢上。

弗雷德丽卡对着玻璃窗说："我已经学会了失去你。"

约翰的声音传来："我不会怀疑那一点。问题是，你是否能学会拥有我？"

"也许能。"

"那就好。"

他们的手碰在一起，对着玻璃窗中彼此的镜像，微笑着。

对爱人的找寻，总会历经波折，就像站在不同方向的扶梯，但只要有一方愿意伸出手来，愿望就总会实现。

经过重重麻烦，《乱言塔》最终也赢得了上诉，前一位法官被认为误导了陪审团。帕罗特获得了胜利，裘德也在丹尼尔的照料下恢复了。

故事结束了。不，还没有。这本书用《乱言塔》的结局作结：三个男人看着乱言塔，塔底是无数白骨堆积而成的小山，令人不寒而栗，而后离开。他们也将继续走下去。

Day 7 《巴别塔》

逃出束缚自己的
那座塔

这本一千多页的小说可以被概括为：一个故事、两场审判、三个开端、四种思考。

一个故事，即知识女性弗雷德丽卡从婚姻出逃，在工作和思考中获得人生价值的故事。

两场审判，是围绕弗雷德丽卡的离婚案和裘德的《乱言塔》是否为淫秽作品展开的审判，法庭上的言语对峙可谓全书的高潮，读来畅快淋漓，建议阅读原文。

三个开端便是在嵌套技法下，弗雷德丽卡、丹尼尔、裘德的书三条线将我们带入一个螺旋上升的塔状结构中。主线弗雷德丽卡的生活把对婚姻、教育、宗教等不同的故事和思考联结起来，最终完美融合。

故事也带来以下四种思考。

婚姻与男女：成为妻子和母亲这种所谓的完整人生，不再符合高学历女性的自我期许

在这部作品里，原先代表上帝权威的巴别塔，被用来象征令女性失语的男权社会和禁锢女性自由的牢笼。

人们总是和自己对婚姻的向往结婚。弗雷德丽卡步入的婚姻似沼泽，吞噬她曾有的聪颖、独立、自由，消融了她作为独立个体的身份与尊严，只能成为妻子、母亲、职责的代表。渴望工作、独立的弗雷德丽卡成为人们眼中的"怪物"，与朋友的联络也变成了生性浪荡、不守妇道。

奈杰尔的观点与行为恰恰代表了男权社会的观点。婚前你尽可以美丽、聪明、独立、有思想，但踏入婚姻的殿堂之后，就必须扮演妻子和母亲的角色。而自己随意流连于花丛间，却可用一句"男孩的顽劣""并不是爱情"打发对他不忠贞的指控。

与旧友的相遇让弗雷德丽卡的自我意识觉醒；丈夫的数次家暴、飞来的斧头，让她鼓起勇气与婚姻割裂。离开，而后独自面对广阔的生活……

她为何一定要离婚？正如法官在总结陈词时说的：此刻的社会无法配合比以往更加进取的女性，也无法满足女性不断调高的期望，尤其是成为妻子和母亲这种所谓的完整人生，不再符合高学历女性的自我期许。

育儿与工作之间进退两难

科技的进步、机器的使用扩大了女性的职业范围，观念的突破也令她们涉足以往只属于男性的工种，不再局限人生价值于家庭之中，转而发展和追求兴趣。

小说中，弗雷德丽卡撰写书评，教授文学；阿加莎是公务员；还有研究蜗牛、攻读博士学位的杰奎琳等女性角色。她们都在个人价值方面获得了成就，但一切仍然很吃力。

落脚点是难寻的：兼职多份工作才能勉强维持自己和儿子的生活所用，旷日持久的案件审判压力巨大，收不完的律师信带来的压迫，照顾利奥、和他的冲突积聚在一起，压得她几度丧失理智，做出错误的决定。

养育孩子是艰难的：孩子像庞大的罐子等着母亲把生命力统统倒进来，也像一刻不停狂奔的电气化交通工具，亟待母亲提供能源，但她们并没有完善的能源再生功能。

工作也是难寻的：弗雷德丽卡初到出版社兼职时就看到，那么多受过教育的妇女坐在家里看着孩子，急切地想要做一些工作。她们付出许多努力，才能得到一点打字的工作，或是在夜校教书，但临时保姆的缺席常常使工作无法完成。有人希望能回去从事科研，但被丈夫拒绝和阻止。

这个故事，呈现了知识女性所面临的多重生存困境，也提醒着人们关注、关心、改善这种局面。

语言的力量：我们和我们身边的人，都有可能在语言的重组中，被改变，被定义

语言可以说是本书的第三座巴别塔。

最初，弗雷德丽卡为什么没有下定决心离开？因为奈杰尔的语言技巧。他用一句句"我爱你""我想要你"掩盖对妻子的压迫。当温柔的语言不再有效时，尖锐的辱骂马上出现："愚蠢的贱人。"一句句话，撕掉伪装，与暴力结合，疯狂压制觉醒的弗雷德丽卡。

出走之后，弗雷德丽卡和语言为伴。不论是撰写书评，还是教授文学，她都需要借助语言文字，并在其间引用到其他作家的话语、作品。她还曾利用不同文章中的片段，拼贴出一部文学作品。这是语言给予人类的好处，表达、倾听、理解、探讨，感受思维与智慧之美。

两场庭审最为经典。在弗雷德丽卡的离婚案里，她先是复述着自己人生中的部分故事，描摹着自己的人生；而后被对方的律师一步步引入语言的陷阱，进入前后矛盾的危险境地。奈杰尔的姐姐和保姆的假供词，更是塑造了一个不爱孩子、自私的母亲形象，与真实相反。虚假的语言，被不同的人复述后，就变成了"真实"。

用书中的话来说，就是"语言作为人类科技的延伸，具有分化和异化的能力，可能会是人类企图丈量天堂高度的巴别塔"。

书籍与反乌托邦

书中的第四座巴别塔，是《乱言塔》中荒谬可笑的乌托邦。为了逃避现实世界的痛苦，一队人马来到了僻静的山谷，居住在乱言塔里。他们试图再造语言，解放天性，纵情娱乐，建立一个自由的乌托邦社会、世外桃源般的栖居地。但缺乏约束的自由带来的是人间炼狱：他们在暴露的本性中，以极荒诞、残忍的方式一个个死去，只留下皑皑白骨，警示后来者。

这是裴德书写的故事，是书中书、书中剧场，成功地塑造了一个既能合二为一，又能一分为二的世界：一半是童话，另一半是反乌托邦。充斥大量露骨描写的《乱言塔》很快成为争议的对象，围绕着它，各行各业的翘楚纷纷发表自己的观点，以便法庭审判它到底是不是淫秽作品。

《乱言塔》真的太过黑暗吗？或许周作人的话足以回应："据我多年杂览的经验，从书里看出来的结论只是这两句话，好思想写在书本上，一点儿都未实现过；坏事情在人世间全已做了，书本上记着一小部分。"

　　这样一本与黑暗对峙的作品，却比现实更直接地给予我们震撼，让我们思考。

　　如果弗雷德丽卡不曾始终如一地保持阅读，她能逃出束缚自己的那座塔吗？

《群山回唱》

穿越战争、离别、生死、谎言，以及爱情

[美] 卡勒德·胡赛尼

家庭就是你身上的一块肉，有一段时间你曾经和家庭是割裂的、仇恨的，但相信有一天你肯定又会去爱这个家庭。

《追风筝的人》作者迄今为止"最具野心的作品"
带我们走进一个迥然不同的阿富汗
因贫穷和战争铸成的六十年悲欢离合
他们如何去爱，如何被伤害
如何相互背叛与彼此牺牲

Day 1 《群山回唱》

世界各地的
阿富汗人

为所有人打开了一扇了解阿富汗的窗

1965年，卡勒德·胡赛尼出生于阿富汗首都喀布尔一个富足的中产阶级家庭。父亲是外交官，母亲在一所女子高中教波斯语和历史。在父母的言传身教下，卡勒德·胡赛尼接触到了大量波斯小说和诗歌，对写作的兴趣也在心中悄然萌芽。

六岁那年，由于父亲的工作调动，卡勒德·胡赛尼全家迁居伊朗首都德黑兰，三年后又回到喀布尔。回来没多久，故国的温馨安定就被连绵不断的内战和侵略所终结。十二岁那年，由于父亲再次调动工作，在举家迁居法国时，他们还一心盼望有朝一日能够重返家乡。卡勒德·胡赛尼后来回忆说："我们什么都没有带。没有带任何有纪念意义的物品或者家庭照片，因为我们都盼着回家。"

然而来到法国后，从祖国传来的消息却越来越不乐观——不断有人被投入监牢，不断有人被公开处决，很多人还是他们的朋友或远亲。他们渐渐意识到，祖国已经成了一个他们回不去的远方。卡勒德·胡赛尼的父亲不得不向美国申请政治庇护，不得不放弃故乡的土地、房屋和各种产业，以难民身份再次举家搬迁，在美国加州圣何塞安顿下来。那一年，卡勒德·胡赛尼十五岁。生命安全虽然有了保障，但经济状况却一落千丈。最困难的时候，全家甚至要去领政府福利金和食物券，还要和当地难民一起去跳蚤市场摆摊，才能勉强维持温饱。

少年时代的重重波折、起起落落让卡勒德·胡赛尼早早脱去稚气，直面生活。他努力适应陌生的社会环境，迅速掌握全新的语言文化，积极争取机会和未来。他顺利进入加州大学圣地亚哥分校主修医学，并在二十八岁那年拿到行医执照，从此以医生身份在美国站稳了脚跟。

当他终于为自己卸下了现实生活的重压时，童年时代种下的文学梦在心中蠢蠢欲动，最终破土而出。

2003年，卡勒德·胡赛尼的处女作《追风筝的人》问世，迅速引发"国际性出版现象"，蝉联亚马逊排行榜足足131周。2006年，他又推出新作《灿烂千阳》，仅仅一周，全美销量就突破了100万册。此番介绍的《群山回唱》，是他的第三部作品，备受追捧好评，也被认为是他迄今为止"最具野心的作品"。

这三部作品都是以阿富汗为背景，以阿富汗人为主角，因此又被称为"阿富汗三部曲"。三部作品都是以英语写成，出版后迅速出现法、德、意等四十多种语言的译本，足见它们对整个世界的巨大影响。可以毫不夸张地说，卡勒德·胡赛尼让整个世界睁开双眼，为所有人打开了一扇了解阿富汗的窗。

立志拂去蒙在阿富汗普通民众面孔上的灰尘，将背后灵魂的悸动展示给世人

这三部作品诞生于全世界对阿富汗的重大误解中，诞生于西方媒体对阿富汗的疯狂抹黑中。

其实，卡勒德·胡赛尼最初创作《追风筝的人》时，只是为自己而写，为了抚慰心中难以消弭的乡愁。但在创作期间，九一一事件爆发，世贸大厦轰然倒塌。一夜之间，整个世界为之震惊，民众陷入了悲痛和愤怒之中。趁着伤口仍在流血，群情仍然激愤，西方媒体将阿富汗定性为恐怖国度，将阿富汗人民塑造为暴徒和恶魔。然而物极必反，人们开始渴望另一种声音，一种更加真实、更加和平的声音，告诉他们真实的阿富汗、真正的阿富汗人到底是什么样的。

而这时，卡勒德·胡赛尼决定为故国发声，"立志拂去蒙在阿富汗普通民众面孔上的灰尘，将背后灵魂的悸动展示给世人"。事实上，他确实做到了。

在风云激荡的21世纪初，卡勒德·胡塞尼不仅满足了整个世界对神秘阿富汗强烈的好奇，也满足了阿富汗民族与世界交流对话的需求。他的巨大成功有着时代的必然。更可贵的是，卡勒德·胡赛尼并不只是一个"寻根"人。尤其是在《灿烂千阳》和《群山回唱》中，他对阿富汗民族和文化不再是单纯的追寻，而是表现出反思和扬弃的态度。他清楚地指出，在两性关系、妇女解放、平等自由等多方面，故国要走的路还很长。

《群山回唱》讲述了一个阿富汗家庭三代人的生死聚散，并以这个家庭的悲欢离合为横截面，展现了阿富汗六十多年的世事变迁。

这个家庭的第一代人生活在和平年代，却饱受贫穷、寒冷和疾病的摧残践踏。他们不得不做出艰难抉择——牺牲一个孩子，保住整个家庭。紧接着，战乱袭来，炮火纷飞，第二代人忍痛分离，散落天涯。他们背井离乡，足迹遍布伊朗德黑兰、法国巴黎、美国加州，在各自的生活中继续做出艰难抉择，经历生老病死。他们付出爱，收获爱，被辜负，也辜负过别人。然而不论身在何方，不论在干什么，一根看不见的线却始终牵动着他们的心。那是他们想回却回不去的家乡，是他们相见却见不到的亲人。寻根的渴望在心中疯长，却一次次被现实生活的重压扼杀，直到第三代人长大成人，一切终于有了转机。

在这部作品中，卡勒德·胡赛尼的聚焦点再次发生转变，写作视野也再次得到拓展。在《追风筝的人》中，主角阿米尔重返阿富汗，着重表达的更多是一种"走回去"的渴望。到了《群山回唱》，故事的主角们纷纷离开阿富汗，更多的是在表达一种"走出去"的需要。因此在《追风筝的人》中，他着力塑造的是"阿富汗的阿富汗人"，而到了《群山回唱》，他重点着墨的则是"世界各地的阿富汗人"。

Day 2 《群山回唱》

没有了亲人、温情和牵挂，
房子不再是家

英勇有时只是一种意气，而有的选择看似懦弱，
却更需要承担和勇气

　　萨布尔在路上给孩子们讲了一个故事。故事的主角，是
一位名叫巴巴·阿尤布的农夫。每天，他日升而起，日落而
息，腰弯了，背弓了，但仍然认为自己是幸运的，因为他的
孩子们都那样可爱。五个孩子中，生龙活虎、笑声响亮的老
幺卡伊斯是他的最爱。小家伙脖子上系着一个小铃铛。每当
阿尤布风尘仆仆回到家中，他总是叮叮当当一头扎进父亲
怀里。

　　然而，魔王的到来撕毁了这份艰辛的幸福。他叩响哪家
的房顶，哪家就要交出一个孩子。如果拒绝，魔王就会抓走

所有的孩子。阿尤布家的房顶被叩响了，整整一晚，阿尤布和妻子痛哭流涕，辗转反侧。最终，夫妻俩用石头抓阄，决定交出卡伊斯。

从此之后，阿尤布好像丢了魂魄，每天坐在田边，呆望着远方层层叠叠的群山。终于有一天，他站起身，穿过沙漠，跨越河谷，翻过群山，攀上悬崖，来到魔王的城堡找他决斗。

魔王带他来到一个房间。他拉开帷幔，露出玻璃窗。窗下，是一座仙境般的巨大花园，卡伊斯正和一群孩子在其中奔跑嬉戏。魔王告诉阿尤布，当他把卡伊斯交出来时，就通过了一次考验。有些行为似乎英勇，其实只是一种意气。而他的选择看似懦弱，却更需要承担和勇气。作为补偿，卡伊斯不仅不会死，还会得到最好的食物、教育、友情和关爱。阿尤布可以现在就带走儿子，可一旦离开，卡伊斯将永远失去这一切。

理智和情感展开激烈角逐，最终，阿尤布选择独自离开——怎么能为了自己自私的心愿，就让儿子失去机会和富足？就这样，他通过了第二重考验，并得到了一瓶遗忘药水。

在那之后，阿尤布的生活一天比一天幸福，日子一年比一年富足，可不知为什么，他时常夜不能寐。当他独自走进黑夜时，总会听到一只铃儿叮叮当当，从远方袅袅传来。

当人们付出爱，收获爱，一切疼痛都微不足道

讲这个故事时，萨布尔正带着儿子阿卜杜拉和小女儿帕丽穿过辽阔的荒漠和棕红的峡谷，穿过灼热的空气和高远的碧空。他们从故乡沙德巴格而来，目的地是阿富汗第一大城市——喀布尔。萨布尔本来并不打算带儿子一起来，可不管他怎样斥责打骂，阿卜杜拉都执拗地紧紧跟随。因为在他心中，妹妹帕丽是他唯一的、真正的亲人，他一刻也不愿和她分离。

三年半前，妈妈生下帕丽，却死于大出血。就这样，刚刚七岁的阿卜杜拉承担起了母亲的角色。他给小帕丽洗澡，换洗脏尿布，帮她迈出第一步，听到她说出第一句话——一切他都做得高高兴兴，做得无怨无悔。

帕丽有一个旧茶叶盒，里面装着她精心收集的珍宝——各种动物、各种颜色、各种花纹的羽毛。其中最让帕丽引以为荣的，是一根泛着虹彩的孔雀翎，那是阿卜杜拉用自己的一双鞋换来的。那天，当他拿着孔雀翎，光脚走回家去，脚底板的伤口已经钻满了小石子，一步一个血印。但当帕丽的小脸上露出惊喜的光芒时，当她抱着哥哥的脸一通狂亲时，当她被羽毛轻轻刮一刮下巴时，就咯咯乱笑，阿卜杜拉忽然觉得，他的脚一点都不疼了。毕竟，当人们付出爱，收获爱，一切疼痛都微不足道。

当他们终于抵达喀布尔，瓦赫达提先生和太太坐在气派的豪宅里接待了他们。瓦赫达提先生态度冷淡，瓦赫达提太太却问长问短，热情周到。她还带两个孩子去了一趟市场，给帕丽买了一双漂亮的黄色运动鞋。

严冬将至，萨布尔终于有了足够的钱让家人免于冻死，但某种东西却从他身上永远丧失了。他久久陷落在沉默的深渊中，再也没有讲过一个故事。而对阿卜杜拉来说，他穿上了厚厚的冬衣和靴子，但这里却永远不再是他的家。没有了亲人、温情和牵挂，房子只是房子，永远不再是家。

Day 3 《群山回唱》

"一直都是你，
你不知道吗？"

只有心中有了一个人，修整边幅才有意义，谈笑
风生才有价值

将小女儿帕丽卖给瓦赫达提夫妇，这桩残酷的交易究竟
是如何促成的？一切都要从萨布尔的小叔子纳比说起。

为了打开未来的路子，也为了养活两个妹妹，纳比年纪
轻轻就来到喀布尔谋生。他为瓦赫达提先生工作，做他的厨
师兼司机。在他眼中，瓦赫达提先生是个怪人。他没有职
业，没有热情，没有目标，没有方向，只是靠着丰厚的遗产
打发日子。每天早晨，他会出门散步；回来后就躲进楼上的
书房，读书，跟自己下棋，或者站在窗口画画。

然而生活就像莫测的风，唯一不变的只有不断变化。对

于瓦赫达提先生和纳比来说，女诗人妮拉就是这阵风。妮拉美丽优雅，却举止出格；出身高贵，却声名狼藉。她在全城抛头露面，丝毫不以为耻，还将其写进那些让人脸红心跳的诗里。

瓦赫达提先生和妮拉的婚礼如闪电般进行，可两人住在同一幢房子里，却各过各的日子，好像两个毫不相干的陌生人。对他们来说，婚姻只是一个避难所，和爱情毫不相关。妮拉的魅力没有迷住丈夫，却让纳比神魂颠倒。在开车接送妮拉的路上，他们开始有了真正意义上的交谈。这种交谈不断增多，话题越来越宽广，态度也越来越放松。

纳比总是提前将自己收拾得精精神神，然后绞尽脑汁寻找有趣的话题和聪明的笑话，只为听到妮拉那一声声清脆的笑声。只有心中有了一个人，修整边幅才有意义，谈笑风生才有价值。妮拉对纳比的故乡很感兴趣，还曾让纳比带她去过一趟。她一点架子都没有，在门口脱掉高跟鞋，和大家一起席地而坐，好像她也是他们中的一员。她抱着襁褓之中的帕丽，笨手笨脚地摇晃，眼中充满了绝望的艳羡。然而回程路上，妮拉失声痛哭。她告诉纳比，她的身子已经空了，她永远无法拥有自己的孩子。在汽车狭窄的空间里，他们的手紧紧握在了一起。

纳比想给妮拉一件东西，一件这个世界上任何男人都无法给她的东西。他希望对妮拉来说，他将从此与众不同。

让纳比始料不及的是，帕丽不仅没能帮自己巩固地位，反而几乎夺走了妮拉的所有时间、精力和心血。就连冷淡的瓦赫达提先生也很快被她融化。他用自己出色的绘画技艺，给帕丽的衣橱门画上了长颈鹿和长尾巴猴。不到四岁的帕丽就像最神奇的黏合剂，让这个四分五裂的家第一次像是一个真正的家。

爱和家，幸福和舒适，安全感和归属感，这些才应该是生活的目标

好日子只过了三年，瓦赫达提先生忽然中风。他没有丧命，却成了残废人。妻子的义务摆在眼前，妮拉却承担不起。她收拾行囊，带着小帕丽远赴巴黎。就这样，这个脆弱的家庭再次四分五裂。临行前，妮拉凑近纳比耳边对他说："原来是你呀。"她说："一直都是你，你不知道吗？"

妮拉走后，纳比做主遣散了所有仆人，独自照顾瘫痪卧床的瓦赫达提先生。他一直不明白妮拉那句没头没尾的话是什么意思，直到在衣橱里发现了瓦赫达提先生的那一大摞速写本。纳比赫然发现，速写本上的每一页画的居然都是他——原来瓦赫达提先生爱的人，一直都是他！

这种爱让纳比如坐针毡。他想过一走了之，但却始终找不到放心的人选接手自己的工作，日子便这样一天天拖了下去。然而真正的爱从来不是拖累，而是祝福；不是霸占，而是成全。瓦赫达提先生开始劝他离开——正因为爱他，他不愿再蹉跎纳比的人生。他希望纳比娶妻生子，去过属于他的更好的日子。

纳比却并没有离开。一开始，他确实是为瓦赫达提先生留下，但到了后来，他却是为自己留下。因为在这里，他已经得到了他想在婚姻中得到的一切。爱和家，幸福和舒适，安全感和归属感，这些才应该是生活的目标。

紧接着，战争爆发，绵延不绝。两个老男人相扶相持，艰难度日，却每况愈下。2000年，瓦赫达提先生走到生命尽头。他留下遗嘱，将一切都留给纳比。两年后，希腊外科医生马科斯敲响了大门。他所在的医疗队正在喀布尔开展人道主义救援，希望租住这座大宅。纳比当即表示坚决分文不取。当纳比也走到生命尽头时，他给马科斯留下长信，交代了自己这一生，然后拜托马科斯帮他找到帕丽，并将所有财产留给了她。

别担心，里面没你

当战争终于告一段落，除了像马科斯这样的救援人员，还有那些逃去外国的难民和后代也一起涌入了喀布尔。其中，就包括伊德里斯和铁木尔这对堂兄弟。兄弟俩这次回到喀布尔，是要拿回曾经属于父辈的房产。

在铁木尔四处托人打点时，伊德里斯却把时间都花在了医院里一个名叫罗诗的小姑娘身上。照顾罗诗的护士透露说，因为一起房产纠纷，罗诗的大伯举着斧头在弟弟家大开杀戒，只有罗诗一人捡回了一条命。这场劫难在罗诗头顶留下了一条裂缝，白花花的脑组织从缝隙中挤出，狰狞可怖地堆在头顶。原来，世界上最可怕的东西并不是枪炮和战祸，而是人性的残酷和丑恶。

伊德里斯买了一台小电视和录像机，天天去医院陪罗诗看录像带。小姑娘也很快向伊德里斯敞开心扉，每天都盼着他来。但分别的日子终究到来了，临行前，伊德里斯许诺会回去打点一切，让罗诗早日去美国接受手术，开始全新的人生。

然而当他回到美国后，工作任务、家庭琐事、子女教育却如潮水一般瞬间淹没了他。转眼之间，他和罗诗之间的纽带已经磨损锈蚀。他忽然意识到，他高估了自己的能力和意志，他的承诺只是一个鲁莽的错误。他决定忘记，再也没有点开那些来自喀布尔的邮件。就这样，伊德里斯给了罗诗希望，又让罗诗失望，而这正是世界上最残忍的事。

多年后，罗诗长大成人。她的新书出版发行并在加州签名售书。伊德里斯也跑去签售会，他看到题记赫然写着："献给我生命中的两位天使：我的妈妈阿姆拉、我的卡卡铁木尔。你们是救世主。你们给了我一切。"原来，正是他瞧不起的铁木尔，却做到了他想做却做不到的事。

当伊德里斯再次站在罗诗面前，她似乎根本没有认出他来。可当他离开书店，打开扉页时，却看到罗诗的留言："别担心，里面没你。"他本该如释重负，可分明感到一把斧子劈头砍落，沮丧、难过的心情油然而生。战争带来的伤害不可估量，而人与人之间的抛弃、背叛在内心留下的裂痕也难以修补。

Day 4 《群山回唱》

生活的希望
只可能在自己心中

生活总是要么没有答案，要么有太多答案

　　妮拉不是一个称职的妻子，也算不上一个成功的母亲。从小到大，她常常留下一张钞票、一个字条，就和不同的男人外出游荡，一去就是好几天。每当她和那些男人分手，就会喝得酩酊大醉，然后从酒吧或医院打来电话，让帕丽去接她。

　　然而在成长的过程中，最让帕丽困扰的，还是心中那种挥之不去的缺失感。她总觉得自己遗失了某种最重要的东西、某个最重要的人。这种感觉如此清晰，几乎触手可及，可每当帕丽伸出手，触到的却只有一片茫然。

　　帕丽十四岁那年，母女俩第一次遇到于连——一个魅力不凡的老男人，彬彬有礼，举止优雅，再无趣的话题从他嘴里说出，都好像被施了魔法。他不仅吸引了年轻的帕丽，也吸引了一向对男人得心应手的妮拉。一周后，他就在妮拉房里过了夜。

可一如既往，欢乐和激情没过多久就急遽退潮，两人终于还是在失望、指责和咒骂中走到了决裂。这个结果并没有让帕丽吃惊。让她万万想不到的是，她会再见到于连。那时，她正硬着头皮参加一场猎杀海豹抗议游行。于连忽然出现，将她从窘境中解救出来。

当他们谈起帕丽学习的数学专业，于连居然完全能理解她从中得到的慰藉——生活总是要么没有答案，要么有太多答案；而数学却只有一个答案，而且人们总能找到。而这份理解和认同，却是身为母亲的妮拉从来不曾给予她的。

当帕丽打电话告诉母亲自己和于连同居时，电话那头的妮拉发出空洞的大笑声，她说："我不知道你是谁，也不知道你安的什么心。我觉得你好陌生。"她继续酗酒，不管不顾，哪怕第二天就要接受杂志社记者的采访。

当一个人决定厌恶一个人，那么一切都足以成为理由

妮拉接受采访后，甚至没来得及看到杂志出版，就自杀

身亡了，年仅四十四岁。采访中，妮拉回顾了自己充满波折的一生。

妮拉的父亲属于喀布尔贵族阶层，受过高等教育，举止无懈可击。可在女儿眼中，这一切只不过是一种装腔作势的欧洲范儿，甚至不过是在迎合年轻而进步的国王的口味。当一个人决定厌恶一个人，那么一切都足以成为理由。

父女间的感情一直非常紧张，尤其是在妮拉十岁那年父母离婚之后。很快，妮拉开始谈恋爱，一次又一次，都无疾而终。但恋爱给了她写诗的灵感，让她成了一位真正的诗人。她这个阶段的诗歌不仅在节奏和韵律上打破常规，而且大胆写爱，写那些让人脸红心跳的异性间的肉体之爱。

她要以女性的身份发声，为女性拓展生活的界限，开展一场反抗男性垄断特权的单打独斗的革命。

然而，超越时代，就注定难以被赞同。她的父亲就第一个不赞同她。在他看来，妮拉那些所谓的诗纯属梦话，简直是在败坏他的姓氏。不久，妮拉病倒了，差点死掉。父亲带她去印度治病，足足六个星期才捡回一条命。那一年，她才十九岁。

在那段混沌的时光，她嫁给了瓦赫达提先生。然而，没有爱情的婚姻无法拯救任何人。瓦赫达提先生的严肃、冷漠和无趣让她早早就对这段婚姻失去了希望。而且她很快发现，她的丈夫爱上了自己的司机。妮拉还谈到了女儿帕丽。

她声称当年远赴巴黎全是为了女儿，这些年来自己所做的一切也全是为了女儿。可显然，帕丽让她失望透顶。她说："她就是对我的惩罚。"

生命中最重要的东西，人们永远不会彻底忘记，只是暂时想不起

在帕丽看来，这篇采访是妮拉精心炮制的悲剧罗曼史，其中真假参半，而她却不知道该相信什么。或许她唯一深信不疑的，就是母亲对她的失望。

妮拉总是不顾一切追寻幸福，可每一次都走上绝路，两手空空。而帕丽自己也无可辩驳，当妮拉站在生命的悬崖边上时，是自己和于连的放纵推了她最后一把。

不过最终，她也并没有和于连走到一起，而是嫁给了更专注安静，也更温柔体贴的埃里克。婚后，帕丽计划去一趟阿富汗——直觉告诉她，她必须回到那里，才能找回自己遗失的至关重要的那一部分，过去才能清晰，未来才能明朗，人生才能完整。一切已经准备就绪，怀孕的消息却叫停了她的计划。

随着一个女儿、两个儿子先后降生，帕丽心中那种强烈的挥之不去的缺失感渐渐暗淡，那种迫切要去寻找答案填补空缺的巨大火焰也渐渐熄灭。帕丽开始安定下来，在巴黎一所知名大学任教，并在三十六岁成了系里最年轻的教授。生命就像一块画板，当浓墨重彩不断堆叠，底色就难免被覆盖、被淡忘。帕丽会在电视和报纸上看到关于阿富汗的报道，也会被人问起对阿富汗局势的看法，但在她心中，阿富汗已经渐渐远去。

命运的大手却总是强大而莫测。那是一个初春的早晨，帕丽忽然接到一个越洋电话。来电者自称马科斯，正在喀布尔为一家非营利性组织工作。他将纳比留下的那封长信一字一句念给了她。原来，生命中最重要的东西，人们永远不会彻底忘记，只是暂时想不起而已。当帕丽叫出那声"哥哥"，泪水终于从眼眶中奔涌而出。

Day 5 《群山回唱》

用现实养活理想，
用理想支撑现实

顺从的表面下也许不是尊重，而是恐惧

即使背井离乡远赴巴黎，妮拉和帕丽还是没有得到自己想要的幸福。那么，那些没有能力逃去欧美的阿富汗贫民呢？

在小男孩阿德尔心中，父亲一直是他的骄傲。他修建女校，开公益诊所，为全镇打井，接通电力，修建房子，还资助人们做生意。在很多人心中，父亲就是这沙德巴格的重建者。长者们甚至提出用他的名字为镇子命名，但他却拒绝了这份荣誉。他总是告诉儿子，他们是幸运者。而作为幸运者，最重要的就是要负起责任，帮助百姓，造福人民。

可即使是对父亲的崇拜也无法抚平阿德尔心中的孤独。

出于"安全考虑",他不能上学,不能游逛;他没有同学,更没有朋友。父亲又经常出差,巨大的宅子里,就只有他和同样孤独的母亲相伴度日。

不久,一个名叫乌拉姆的小男孩忽然闯进了他的生活。乌拉姆虽然贫穷寒酸,但对足球的热爱却让两个小男孩迅速找到了共同话题,他那迥然不同的生活经历更让阿德尔艳羡不已。乌拉姆很快成了阿德尔唯一的,也是最好的朋友。

然而,乌拉姆这次从巴基斯坦回来,却并不是为了交朋友。他们全家世代居住在这里,后来在战火纷飞中背井离乡。可当他们重回故土时,却发现已经有人霸占了他们的土地。当他们试图与这个人交涉解决时,他却始终避而不见。这个人不是别人,正是阿德尔的偶像——他的父亲。

不得已,乌拉姆一家将他告上法庭,并将地契递交给法官,希望法律能够还自己一个公道。可没过几天,法官居然告诉他们,地契在一场小火灾中烧毁了。当法律被权势和金钱所钳制,它就失去了尊严和力量,只是一个满含血泪的笑话。

阿德尔不愿相信乌拉姆的话,可事实却由不得他不信。他甚至开始相信,父亲在赫尔曼德的田地里种植的,或许并不是棉花。原来,顺从的表面下也许不是尊重,而是恐惧;不是威信,而是恫吓;不是丰功伟绩,而是不公不义。

有爱才会有希望，才会有失望，也才会有冰释前嫌，才会有热泪盈眶

还好，除了伪善的强权者，阿富汗还有马科斯这些真正的人道主义的救援者。一切都要从一个名叫萨丽娅的女孩说起。

第一次见到萨丽娅时，马科斯只有十二岁。他们的母亲曾是儿时最好的朋友，而萨丽娅那次就是跟母亲一起前来做客。虽然母亲早就告诉马科斯，萨丽娅小时候被狗咬伤了脸，可当真的看到萨丽娅揭开面罩，他还是惊得全身发抖，呕吐不止。原来，狗不只是咬了她的脸，简直是吃掉了她的脸。

萨丽娅知道马科斯梦想成为摄影师，却没钱买下相机，她居然用一个旧鞋盒亲手为马科斯做了一个简易相机！相机做好后，他们去海滩上试拍。萨丽娅坐在一块礁石上，背对相机，让马科斯拍下了他生命中的第一张相片。原来，外表的残缺根本挡不住内心的光芒。他们很快成了最好的朋友。

萨丽娅终于拥有了友情，但却被自己的母亲无情抛弃——萨丽娅的母亲让好友奥德莉亚，也就是马科斯的母亲代为照顾。奥德莉亚做的第一件事，就是让萨丽娅摘下面罩。她坚定而温和地告诉萨丽娅："我不因为你而觉得羞耻。"只有摘下面罩，直面残缺，才能接纳自己，才能被世界接纳，才能真正开始全新的人生。

萨丽娅当然明白奥德莉亚的良苦用心。她摘下面罩，坚定地走进人们好奇的目光中，如同迎着狂风暴雨艰难跋涉。但狂风暴雨从来不仅在外面的世界里，更在我们的内心中。从小到大，萨丽娅拒绝走向更宽广的世界，宁可蜗居在狭窄的生活中，荒废掉自己得天独厚的科学头脑。她知道，这个世界不够聪明，它无法穿过皮肤和骨骼的残破，看到那些熠熠闪光的聪明才智、那些宏伟壮阔的理想抱负。

萨丽娅的那张照片，陪伴马科斯走遍了世界各地，直到马科斯在印度的医院里遇到马纳尔。那时，护士告诉马科斯，他将死于肝炎。而睡在他旁边病床的，就是马纳尔。年轻的马纳尔形销骨立，只有小肚子狰狞地鼓着，包裹一个保龄球大小的瘤子，横竖都是一死，却没有人会为他伤心。当疾病、贫穷和冷漠张牙舞爪，生命的尊严真的会被剥夺得一丝都不剩。

马科斯一直把萨丽娅的照片插在窗框间，有一天马纳尔却请求看看，他久久凝视着照片，似乎获得了前所未有的慰藉。于是马科斯将照片送给了他。

马科斯没有死在这里。他很快康复并成了一名义工，亲自护理马纳尔，陪他走到了生命的终点。

终于，他结束了四处漂泊的生活，放弃了摄影师的理想，填写了医学院的入学申请。他成了一名整容医生，一半时间留在雅典，为人们去皱纹，垫下巴；另一半时间飞去世界各地，为孩子们修复唇腭裂，修补面部损伤。他一半活在现实里，一半活在理想里，用现实养活理想，又用理想支撑现实。

多年后，他架不住催促回家休假时，母亲已经垂垂老矣，还身患渐冻症。在马科斯心中，母亲小小的身体中蕴藏着坚定的力量，她总是坚定不移地纠正不公不义的罪行，守望被肆意践踏的平民。她同情所有人，帮助所有人，却唯独用内敛、克制和严格将自己和儿子隔开，日复一日，渐行渐远。

人似乎总是被最爱的人误解，因为有爱才会有希望，才会有失望，也才会有冰释前嫌，才会有热泪盈眶。此时，母亲终于害羞地告诉儿子："你做的事是好事。你挺让我骄傲。"这句话，马科斯等了大半辈子，终于等到了。而这一年，他已经五十五岁。

Day 6 《群山回唱》

念念不忘，
终有回响

文化是房子，语言就是钥匙。丢失了这把钥匙，
人就只能四处漂泊，无家可归

寻寻觅觅几十年后，帕丽终于找回了自己的童年。然
而，当她立刻启程前往阿富汗时，阿卜杜拉一家却早已离
开。其实早在帕丽被卖掉时，阿卜杜拉已经决心离开。

后来，他和妻子在巴基斯坦相遇，后来又辗转来到美国
加州，开了一家阿富汗烤肉馆维持生计，渐渐安定下来。夫
妻俩只有一个女儿，取名"帕丽"。小帕丽总是要父亲给自
己讲父亲妹妹的故事，一遍又一遍，听多少次都不会厌烦。
因此，她虽然从来没有见过那个帕丽，却觉得自己和她早就
相识相知。在小帕丽心中，帕丽每天都会陪她刷牙、上学、

画画、玩耍，抚慰她作为一个独生女心中那种巨大的孤单。

每当父亲讲起妹妹的故事，沉重的悲伤总好像一块疤痕，深深烙印在他眼睛深处。小帕丽暗暗下定决心，总有一天她要启程去找回帕丽，她要亲手为父亲抹去眼中的悲伤。

时光如狂风一般从小帕丽身上掠过，吹落了她的稚嫩，也在她身上留下了成长的伤痛。上学时，她不能参加校外活动，不能出席校园舞会，不能参加篮球队、排球队和啦啦队。她总是解释说，这些活动正好赶上了穆斯林的节日，但事实上却只是因为囊中羞涩。正如父亲所说，他们不想再领救济了。

然而，就算手头再紧，父亲还是坚持送她去学习波斯语和《古兰经》。因为文化是房子，语言就是钥匙。丢失了这把钥匙，人就只能四处漂泊，无家可归。不论是否愿意，帕丽都得在每个星期天和十多个阿富汗女孩挤在没有空调的小房间里，听老师告诫她们远离饶舌音乐、麦当娜、啦啦队、非清真汉堡等一系列"西方文化的腐蚀"。

每当我们振动翅膀，奔赴理想，却总会发现翅膀上坠着现实的千斤重担

在长大后的帕丽看来，烤肉馆只是一个低劣简陋的情景剧舞台。而她的父亲置身其中，活像一个愚蠢的中东配角。

成长的过程，就是脱下越来越小的衣服，寻找并换上那些合身的衣服。帕丽越来越清楚地意识到，她丰盈的才华、远大的理想和壮丽的未来需要更广阔的天地。

她计划离开，并向美国顶尖美术学院提交了申请。一个月后，她收到回信，他们不仅录取了她，还给了她奖学金。画廊、展览、赞助人、评论家、成群结队的崇拜者构成一幅金光闪闪的画卷，在帕丽眼前徐徐展开，她看到自己站在中央，一身黑衣，低调优雅。

就在帕丽准备飞往东部参观校园前两个星期，她的母亲被确诊患了卵巢恶性肿瘤。帕丽毅然掐灭了刚刚开始燃烧的理想火苗，留在家中照顾母亲，陪伴她经历了一次又一次化疗，直至生命的最后一刻。母亲刚走，紧接着又是父亲。他开始忘记关水龙头，关煤气灶，渐渐又忘记了越来越多的人，越来越多的事。

在外人口中，帕丽是一个宛如天赐的圣女、一个英雄般的女儿。然而，故事是故事，生活是生活，永远不能混为一谈。帕丽根本不承认那个故事中的她。事实上，每当看到父亲阴冷而暴躁的目光，看到他抽动鼻子做出一副婴儿相，她根本无法压抑内心的厌恶。她真想一走了之，逃离这一切，可只要父亲在睡梦中一哼哼，她又会立刻回到原地，脸上因内疚而火烧火燎。

治愈心灵这么简单，只需要一双手、一句话；又是那么难，甚至要穿越万里，跨越时光

帕丽本以为未来不过如此了，一个来自巴黎的电话却改变了一切。当对方第一次念出父亲的名字时，帕丽就知道她是谁了。

念念不忘，终有回响，这或许就是生命中最美好的事情了。很快，两个帕丽在旧金山国际机场重逢。然而当白发苍苍的帕丽跨过五十八年光阴，终于站在哥哥面前时，他直视着她，目光中却空空如也。她问哥哥，为什么给女儿取名"帕丽"，阿卜杜拉喃喃地哼出了小时候那首和妹妹一起唱过的童谣。

阿卜杜拉认不出妹妹，但两人一直相处得不错。只有一次，他对她大发脾气。他摔碎了水杯，愤怒地拿拐棍戳帕丽的肩膀，对女儿吼道："她说她是我妹妹！我妹妹！"而帕丽只能站在一旁，脸色煞白，泪如泉涌。

两个帕丽也经常谈天说地。她们紧紧握着彼此的手，分享彼此的生活，拼命追回曾经错过的光阴。团聚虽然有些迟，但重要的是，她们终于还是团聚了。

从此以后，帕丽终于能够摆脱巨大的缺失感，实现内心的圆满了。而小帕丽心中某个一直错位的环扣终于咔嗒一声，归复原位。

姑母走后不久，小帕丽决定将父亲送进养老院，然后带着一个刚从壁橱里发现的旧茶叶盒来到巴黎，和姑母一家在这里相聚。

三年前，阿卜杜拉刚刚确诊。他知道自己很快就将忘记一切，于是将这个盒子用报纸层层包裹，藏进壁橱，并留下字条，希望妹妹能够找到它。当帕丽从侄女手中接过盒子，打开盒盖，发现里面是各种颜色的羽毛时，其中一根绿色的孔雀翎，闪着耀眼的虹彩。她已经不记得这些羽毛的故事，但却瞬间泪如泉涌。她知道，这么多年来，哥哥一直想着她，一直记得她。

这段绵延六十年，横跨三代人的悲欢离合就这样画上了句号。

Day 7 《群山回唱》

抛开家庭这个线索，
你几乎无法理解自己

人性的流转变化远比我们想象中丰富精彩，也更加隐晦复杂

正如书名《群山回唱》一样，一个个人物就好像重重的山峦，一段段人生就好像悠远的歌声。歌声在山峦之间相互激荡，连绵不绝。

在这个故事中，卡勒德·胡赛尼以一种真实得近乎残酷的方式将人性暴露在阳光之下。"善"与"恶"之间那个一言难尽的灰色地带，在帕尔瓦娜身上体现得淋漓尽致。

从小到大，帕尔瓦娜一直生活在姐姐马苏玛投射的阴影中。长时间沦为陪衬、不被重视的巨大落差在她心中播下了嫉妒的火种。直到姐姐即将嫁给自己深爱的人，这颗火种终于无法抑制，爆发出熊熊火焰。然而，当她亲手把姐姐推下橡树，害得她终身残疾后，帕尔瓦娜却并没有嫁给那个男人，而是选择留在家中照顾姐姐，心甘情愿，毫无怨言——当"恶"的火焰被悲剧的冷水骤然浇灭，"善"的本性给她戴上了沉重的镣铐。最终，姐姐马苏玛选择留在旷野中等死，终结自己和妹妹的一切苦难。当帕尔瓦娜抛下姐姐转身离去时，她恍然听到姐姐的呼唤，但片刻的犹疑后，最终还是没有回头。

我们可以指责帕尔瓦娜，却无法将她单纯地定性为一个"坏人"。因为她的自卑和嫉妒、歉疚和赎罪、挣扎和决绝，并不仅仅属于她自己，而是在讲述大多数普通人心中无法言说的幽微的秘密。

其实不仅仅是帕尔瓦娜，这个故事中的很多人身上都或多或少显露出这种"灰调"。帕丽和母亲妮拉的旧情人同居，给了母亲的内心致命一击；小帕丽是外人眼中感天动地的孝女，却无数次想要扔下父母，一走了之。

正如卡勒德·胡赛尼自己所说，在这部作品中，"你很难找到一个英雄或者恶棍"。

而看懂了人性的复杂，我们才能有勇气细看那些曾经不敢直视的隐秘角落，在"好坏"与"善恶"激烈交锋的时候，做出正确的人生抉择。

我们无法确信自己的抉择是对是错

关于人生的抉择，卡勒德·胡赛尼一开始就借萨布尔之口给我们讲了一个故事。父亲将最爱的小儿子交给了恶魔，没想到却意外通过了恶魔的考验。

这个颇有寓言意味的故事讲出了萨布尔的心声。在他心中，自己就是故事中的那个父亲，小女儿帕丽就是故事中的小儿子。他将帕丽交出去，不是不爱帕丽，只是为了保全这个家。他无从知晓帕丽的未来会怎样，但也只能安慰自己，帕丽也会像故事中的小儿子一样，得到自己永远给不了她的富足和快乐。即使已经知道了帕丽的未来，我们也很难去评判萨布尔的抉择是对是错，因为人生的很多抉择根本没有对错。

对于更多在硝烟和战火、贫穷和困顿中艰难度日的阿富汗平民来说，置身和平国度，接受良好教育，顺利结婚生子，成为大学教授，这一切都足以让人艳羡。但只有帕丽自己知道，那种弄丢了心中最重要部分的感觉有多么煎熬。

每一个抉择都会让我们失去一些东西，却也会让我们得到一些东西，我们永远无法确信自己的抉择是对是错。但还好，这种巨大的不确定性中也蕴含着坚不可摧的基石，那就是责任、勇气和爱。鼓足勇气，承担责任，为爱抉择，我们就无须后悔，也不必回头。

遗忘或许能保护我们少受一点伤，但只要能选，更多人却宁愿铭记，宁愿受伤

　　如果说"爱"是人生最重要的主题，那么"家"就是承载"爱"最宽阔、最宁静的港湾。为了帮妹妹得到一根孔雀羽毛，阿卜杜拉不惜用自己最宝贵的一双鞋来交换。最后他只能赤着一双脚回家，被沙石磨得一步一个血印。他知道自己太弱小，阻挡不了帕丽离开，他所能做的，唯有铭记，唯有期盼。

　　当战祸袭来，阿卜杜拉和家人在硝烟、炮火和爆炸中辗转流亡，却始终将妹妹那个装着羽毛的旧茶叶盒带在身上，片刻不曾分离。当他垂垂老矣，知道自己不久就将忘记一切，他立刻将茶叶盒用报纸层层包好，仍然盼望妹妹能找到它，能知道哥哥从来不曾忘记她。

　　那些羽毛那样轻，轻得被风一吹就会悄然而去，但却又那样重，重得足以承载一对兄妹绵延几十年的牵挂和思念。

　　然而，家给了我们最纯粹的爱，却也同时给了我们最沉重的爱的创伤。妮拉带着原生家庭的伤，始终无法做好一个妻子，也无法做好一个母亲；马科斯和母亲明明彼此牵挂，却宁愿天各一方，白白错失了几十年的幸福；阿德尔从对父亲的盲目崇拜中猛然惊醒，永远无法再全心信赖。

人生最大的灾难莫过于像帕丽那样，弄丢了自己的家。几十年来，她心中始终有一个巨大空洞。她不断追问，却没有人能给她答案，她四处寻觅，却始终一无所获。而这个空洞，正是那个被她遗忘的家。而遗忘了家，也就遗忘了自我，就像一棵树遗忘了自己的根，只能陷在迷茫和困惑中举步维艰。

正如卡勒德·胡赛尼所说："抛开家庭这个线索，你几乎无法理解自己，无法理解周围的人，无法弄清整个世界中自己的位置。"而我们终其一生，都是在寻找真正的自己，寻找属于我们的位置。

《你的奥尔加》

一个爱情故事，一部时代史

[德] 本哈德·施林克

在不可测的历史中，精彩的、悲伤的、美丽的、愤怒的
事情都已安静，而时间是当下的真实，弥足珍贵。

《朗读者》作者再度横扫文学榜单的新作

德语文学新高峰

《你的奥尔加》，从一场爱情的侧面切入——

展现了一个混乱时代的柔和侧影

奥尔加清醒坚韧，是当代"独立女性"的典范

Day 1 《你的奥尔加》

宏大历史的面前，
个人何去何从

我认为，上帝是人的创造

电影《朗读者》曾获第81届奥斯卡金像奖最佳影片提名奖，而它就是根据本哈德·施林克的同名小说改编的。

作为世界级的畅销小说，《朗读者》已被译成50种语言，是第一本登上《纽约时报》畅销书排行榜冠军宝座的德语书籍，先后获得汉斯·法拉达奖、"世界报"文学奖等奖项。

本哈德·施林克原是一名法学教授，1944年出生在德国小镇中一个知识分子家庭。他的父母都是德高望重的神学教授。不仅如此，本哈德的姑姑和姑父也都是神学家，姑父更是德国巴登州教区主教。可以想见，宗教给予本哈德的影响必然与其他事物不同。他曾在采访中说道：

我认为，上帝是人的创造，也许是人类最伟大的创造，这并不是说艺术和科学不重要。我喜欢去做礼拜，有教堂邀请的话，也会去布道。教会是我生命的一个栖息地。从我的童年开始就是我生活的一部分，现在也是。我喜欢做弥撒，唱圣歌，与聪明的神甫交流。年轻时我对《圣经》内容感到不解，虽然对一个宽容的上帝抱有信心，但不理解为什么上帝将他的儿子钉在十字架上，如果他真的原谅我们的话。最终我还是相信教会，我把教会当作人的集合体，当作好人的集合体，成为天主教一员是很满足的事情。

本哈德·施林克的童年时代是在曼海姆和海德堡度过的。高中毕业后，他先后在海德堡和柏林学习法律，大学毕业后来到美国加利福尼亚留学。在美国留学期间，施林克曾研究过计算机辅助程序，后回国，先后在海德堡大学、达姆施塔特、比勒费尔德以及弗赖堡大学当助教，后又获得法学博士学位并担任教授。自1988年开始，施林克同时担任北威州宪法法院法官。可以说，他在学术和政治上都具有相当程度的影响。

施林克自幼喜欢文学，中学时代写过戏剧和小说。踏上文学之路之前，他在法学界已经小有名气，发表了多部法学专著和一系列法学论文。1987年，施林克与人合作发表了第一部小说。之后，他陆续出版了多部文学作品，最终使他具有作家和法学家双重身份。

每个人在自己的生命当中既是太阳一般的永恒角色，又是流星一样的瞬间存在

《你的奥尔加》是施林克的一部中篇小说。全书分为三个部分，分别从不同视角出发，通过女主人公奥尔加漫长而跌宕的人生，以小见大，展示了俾斯麦缔造的铁血民族那段疯狂的战争岁月。

这部小说并没有仅仅停留在对出身穷苦家庭、失去双亲的奥尔加和工厂主的儿子赫伯特之间的恋爱故事上，而是将凄美爱情和宏大历史相结合，从德国发动两次世界大战，一直写到战后重建、推倒柏林墙、德国统一、欧盟成立，把德意志民族的兴衰荣辱融合进一个女人充满悲欢的生命史诗之中。

与《朗读者》相似，《你的奥尔加》称得上是施林克一部反战主题的小说。奥尔加用一生的经历诉说了在军国思想统治下一个总是轻启战端的民族给无数小人物留下的永久伤痛。作者意在用"你的奥尔加"来描述作者本人的观点。而进一步讲，我们每人都是"奥尔加"，都需要对历史进行反思。在宏大的国家历史面前，个人究竟何去何从？我们会发生什么样的爱情？我们将遇到什么样的人？这些看似都是我们自己的选择，但却又由不得我们选择。或许，每个人在自己的生命当中既是太阳一般的永恒角色，又是流星一样的瞬间存在。基于外物执着追求也好，基于内心随性而为也好，最后评判是非对错的其实只有自己。

Day 2 《你的奥尔加》

她不会给你添麻烦的，
她最喜欢站着看

她从小就明白了自己是众多穷人中的一员，并学会了在贫穷中成长

小说从奥尔加的童年开始讲起。小奥尔加的父亲是码头工人，港口没有活儿的时候，就待在家里；母亲是一名洗衣妇，就是从家境良好的家里取来换洗衣服，用头顶着带回家，然后把衣服洗干净之后熨烫好，再装好用头顶着送回去。

小奥尔加的家庭并不富裕，因为他父母可干的活儿事实上并不是很多，这些活计没有给家里带来很多的收益。她从小就明白了自己是众多穷人中的一员，并学会了在贫穷中成长。但雪上加霜的是，父亲在转运煤炭期间多日睡不着觉，不能更衣，最终生病倒下了，头疼，眩晕，高烧，而伺候他的母亲也因为接触出现了同样的症状，生了微红色的皮疹，进而头晕发烧。随后，两人都被确诊为斑疹伤寒，被送进了医院。

从这时开始，小奥尔加的人生悲剧便开始了。在之后的十几天时间里，小奥尔加的父母相继去世。周围的大人们担心她被传染，没有允许她到医院看望自己临终的父母。

"她不会给你添麻烦的，她最喜欢站着看。"就是她母亲去医院前将小奥尔加托付给邻居时所说的话。这句话被作者写在了全书的第一句。

幼年失去双亲，小奥尔加接下来的日子该怎么过下去？好在小奥尔加还有祖父和祖母。按道理，对没有爹娘的孩子，祖父母更应该加倍疼爱才是，但是我们的小奥尔加并没有得到这样的待遇。小奥尔加在失去父母后，本来想待在女邻居家里，而且女邻居也很想收留她，但她的祖父决定把她带到波美拉尼亚去，那是一个离家乡很远的地方。

她的祖母打从一开始就不同意小奥尔加父亲和母亲的婚事——因为小奥尔加的祖母以自己的德意志血统而骄傲自豪，而小奥尔加母亲的名字却是斯拉夫人的，尽管她母亲可以说一口流利的德语。也是因为血统和名字的原因，祖母要给小奥尔加起一个德国人的名字，但是小奥尔加不愿意接受德国人的名字。最后祖母让步了，但自此认为小奥尔加就是一个固执己见、毫无教养、忘恩负义的孩子。

　　小奥尔加不仅和祖母的关系不好，而且离开大城市来到小乡村对于她来说也是一种新的挑战。但是小奥尔加并没有被乡下粗糙的东西改变，而是在追求一种精致的东西。她想学习，想看书，就从图书馆借；想练琴就去找到管风琴师，求他教她练琴。就这样，我们的小奥尔加在这种孤单寂寞的生活中逐渐长大了。

一名光彩照人的战士

　　花开两朵，各表一枝。在小奥尔加默默成长的同时，小说的另一位主角——男主人公赫伯特也出现了。赫伯特小时候，几乎在还不会站立时，就想要走路，当然走不好，走着走着就跌倒了。然后再站起来，又跌倒，再站起来，小赫伯特就这样不耐烦却又孜孜不倦地继续做下去了。他母亲看着他这样，为他的固执摇了摇头。小赫伯特三岁时就开始奔跑，在各种地方奔跑，在楼层和阁楼的宽敞屋子里奔跑，在长长的过道里奔跑，在楼梯里上上下下地奔跑。在花园里、在田野上、在森林里、在去往上学的路上、在田间小路上、在耕田的田埂上、在木板路和在林间通道上……都留下了他奔跑的足迹。总之，他就是喜欢奔跑，而不喜欢走路。

　　后来，再长大些，小赫伯特和火车一起奔跑，长得越大，跟得上火车的时间就越长。更重要的是，对于小赫伯特来说，火车可以给自己带来一种心跳和呼吸快到不能再快的激情感受。在奔跑中，小赫伯特听到自己发出的喘息声和双脚敲击地面均匀、自信、轻松的敲击声，感觉到自己心脏的跳动，想象着自己在展翅翱翔。这是小说开始描写小赫伯特时的场景和片段，这种场景和片段就像电影里的一个小小的开头。

但是从中，我们可以体会到赫伯特从小骨子里就有德意志民族的那种拼劲儿，这也为之后他的人生经历埋下了伏笔——正如他的名字"赫伯特"一样。之所以他的父母给他取名赫伯特，是因为父亲曾经一心一意地当过兵，在普法战争的格拉沃洛特战役之后获得了铁十字勋章，希望儿子成为一名赫伯特，意为"一名光彩照人的战士"。

他向儿子解释这个名字的意义，小赫伯特为这个名字感到自豪。他也为德国感到自豪，为年轻的帝国和年轻的皇帝，为他的父亲、他的母亲、他的妹妹，以及家庭的庄园这个可观的产业、这幢雄伟的房子，感到自豪。在后来的照片中，小赫伯特也喜欢摆弄姿态，他模仿年轻的皇帝。

小赫伯特还有个妹妹叫维多利亚，他有时为了保护维多利亚还试图粗鲁地对待其他孩子而挑起事端，但是其他孩子们并不理睬小赫伯特的挑衅行为，因为他们并不想和赫伯特兄妹打交道。可见，上学时期的小赫伯特在孩子们中间并不是太合群。正是这种不合群，才使得他和同样寂寞孤独的小奥尔加成了好朋友，促成了之后男女主人公的爱情纠葛。

小奥尔加对赫伯特兄妹的世界充满好奇和欣赏，而赫伯特兄妹则对小奥尔加的这种好奇和欣赏着了迷。于是，孤独寂寞的三人——小奥尔加、小赫伯特，还有赫伯特的妹妹维多利亚，就这样成了好朋友。可是，看起来如此相似的奥尔加和赫伯特真的是最完美的恋人吗？

Day 3 《你的奥尔加》

价值观差异是
爱情间的尖刺

在有限的人生中，无限是否具有意义

奥尔加和赫伯特、维多利亚三人成了好朋友，还一起在花园里照了一张照片，这也是小奥尔加留下来的唯一一张照片。因为她太穷了，只有赫伯特和维多利亚的父母才能支付得起照片的费用，恰好照片里面有她，不然连这张照片也不会留下了。

相识不久后，维多利亚便上学离开了。奥尔加和赫伯特之间的友情有了进一步发展为爱情的空间和可能。刚开始时他俩对这种转变是不太适应的，总觉得需要一段时间来缓冲和重新找回亲近感。

他俩以前和维多利亚一起时那种无拘无束地散步和划船

的情况现在就需要回避了。奥尔加想为入学考试做准备，夏天的时候就带上书本到林边一个荒无人烟的地方学习。因为她的祖母、她的老师和牧师一样并不支持奥尔加读大学，奥尔加在家的时候不会让她闲着，因此她跑到荒无人烟的地方学习纯粹就是为了躲避祖母的使唤。

在林边学习的时光，也是她和赫伯特发展爱情的美好时刻。奥尔加看书时，赫伯特就带上他的狗奔跑过来，气喘吁吁地躺在她旁边的草地上，等着她放下课本和她聊天。一方面，赫伯特想从奥尔加那里打听她在学习什么；另一方面，他也想告诉她自己的所思所想。

他们讨论的问题有地理、自然，也有哲学和神学之类的问题，例如"有没有无限""平行的事物相交于无限之中""在有限的人生中，无限是否具有意义"等令人深思的问题，其中也包含了主人公的人生观和价值观。奥尔加在这种聊天中并没有感到害羞，而且想拥抱赫伯特，抚摸他的头，可她不敢。他们彼此对视，只用眼睛和心灵。此时，奥尔加和赫伯特已经互相萌生了爱意。

然而，青春懵懂的爱意之后，随之而来的却是无情的打击。首先是来自朋友维多利亚的反对。维多利亚放暑假回家时，奥尔加和赫伯特本来期望着能与老友一起重新相聚。但令他们失望的是，维多利亚有了别的安排，即参加临近贵族庄园的舞会和庆典。维多利亚向她的哥哥承认，她无法和奥尔加这样的普通女孩打交道。

不仅如此，后来维多利亚觉得奥尔加配不上自己的哥哥赫伯特，想让他们分手，竟然坚持不懈地在她的父母、朋友的父母和牧师那里施行阴谋诡计。当奥尔加注意到这一点时，想要和维多利亚理论，维多利亚却矢口否认了。

婚姻间一根不可逾越的梁木与爱情间一根贯穿始终的尖刺

最大的阻力和压力还是来自赫伯特的父母。奥尔加和赫伯特属于不同的社会阶层：奥尔加是乡下穷人家的孩子，而赫伯特则是地主的儿子。但是对于奥尔加而言，赫伯特不是地主的儿子；对于赫伯特而言，奥尔加也不是乡下穷人家的姑娘。他们发觉横亘在彼此间的阶级后，并没有受习俗的约束。

奥尔加曾对赫伯特说，她真想拥有许多东西，比如，一架钢琴、一套新夏装、一套新冬装、一双夏鞋、一双冬鞋、一个房间等等，包括一支索恩耐克公司出品的自来水笔。赫伯特说他没有钱，他要是有钱的话，就立即给她买一支自来水笔。后来，赫伯特果然用他的第一笔军饷兑现了诺言。

然而，赫伯特不介意和奥尔加之间社会阶层问题，不代表他的父母不介意。他们不仅介意，而且极力反对。在赫伯特和父母摊牌后，父母威胁说，如果他执意和奥尔加结婚，就要剥夺他的遗产和继承权。他们为赫伯特找好了妻子，她是制糖厂的女继承人，同时也是一名孤儿。在母亲的眼里，她可以生养很多孩子；而在父亲眼里，她将和赫伯特一起把他们的制糖厂缔造成一个制糖帝国。

双方将僵持不下，结果自然是无尽的争吵、喧哗和眼泪。最后，赫伯特径自出走了。正如他对父母既不承诺也不拒绝那样，他对奥尔加同样既不承诺也不拒绝。奥尔加并没有催逼，也没有抱怨。尽管赫伯特不想对父母屈服，却又无法和他们断绝关系。他不知道何去何从。

如果说来自家庭的压力是奥尔加和赫伯特婚姻之间的一根不可逾越的梁木，那么他们之间价值观上的差异则是他们爱情之间的一根贯穿始终的尖刺。

赫伯特和奥尔加生活的德国，是俾斯麦主政下的德国。这一代德国人，尤其是年轻人深受俾斯麦主义的影响，赫伯特就是其中之一。例如，赫伯特经常提及纯种的强大和魅力，提及孤独的益处，提及上等的人、高贵的人以及超人——超人同样也可以发展成伟人、高深莫测之人和可怕之人。赫伯特与当时的年轻的德国人的心态一样，想成为伟人、超人，生命不息，冲锋不止，要使德国强大起来，对外扩张殖民。而奥尔加则对这些漠不关心，认为这些都太过空洞。可是赫伯特面颊发红，眼睛发光，她别无选择，除了爱恋地注视着他。

　　奥尔加和赫伯特遭遇到的问题，即使在几百年后的今天仍然普遍存在。虽然，如今人们不再频繁地提及阶级，但是家世、财富、文化等不同层次的差异仍然是横在爱情中间的坚固栅栏。我们究竟应该强硬地拆除它，越过它；还是无视它，甚至是接受它？

Day 4 《你的奥尔加》

一个时代的
侧 影

殖民主义对祖国的意义何在

奥尔加通过了波森国立女子师范学院的入学考试。因为考试成绩优异，她还获得了一个免费的师范女生宿舍名额。后来，村里发生了天花，原来的老师去世了。所以在读了两年师范之后，奥尔加就接替她的老师在原来就读的母校成了一名教师，这也是她的第一份工作。虽然这对于奥尔加和学校都不是很合适，但对奥尔加来说可以搬到学校的宿舍，终于不用住在祖母家了，也是很不错的。

赫伯特则勉勉强强通过高中毕业考试后，加入了近卫军团。两人的见面机会和时间越来越少。后来赫伯特回家待了三周，自愿报名参加德属西南非洲的驻防军，度假结束后前往那里。由于各自的人生选择，两人从此开始了聚少离多的生活。

在赫伯特参军回家的三周时间里，赫伯特和奥尔加倍加珍惜这短暂的相聚。他们太快乐了，快乐到不在乎是否成为村里人饭后茶余的谈资。在漫长的分离之后彼此重新拥有，不再有任何克制，不再有任何压抑，不会有任何一刻想到恐惧的事。

奥尔加经历的那三周时间犹如在跳舞一样，旋转起舞，然后重新安静地渐次停下。她不同意赫伯特报名参加驻防军，她认可战士们为祖国战斗，也接受他们或许还会为祖国捐躯的可能。可是祖国并不在非洲，他在那儿会失去什么？赫雷罗人（西南非洲民族）又会对他做什么？

两人的分歧在这里已经逐渐显现了，赫伯特深受民族主义的影响，在德国崛起的大背景下，也向往那种为了祖国"开疆拓土"的殖民主义。而奥尔加则反对这样的想法和做法，担心赫伯特在那里会遭遇什么不幸，也不理解这种殖民主义对祖国的意义何在。

赫伯特在德属西南非洲的几年时间里，奥尔加为维多利亚所逼，通过好友父亲的关系被调到东普鲁士，来到了"世界的尽头"。奥尔加在那里乡村学校继续任教，独自承担了所有年级的教学任务。这所学校只有两个教室，一间供小孩子使用，一间供大孩子使用。孩子们都很乖，所以奥尔加在一间教室上课时，不用担心另一间教室的纪律。虽然，绝大多数孩子对学习都缺乏热情，学校的条件也简陋，但是奥尔加却很高兴，毕竟她离开了以前对她不太友好的村庄。

在新的环境里，奥尔加负责照料花园，和教堂唱诗班一起训练，礼拜天在教堂演奏管风琴，投身女教师协会，有时也去听一次音乐会或看一次演出，在这里的生活可以称得上是简单、宁静。她与邻村的一户人家成了好朋友，他们有很多孩子，奥尔加特别关心最小的孩子艾克。在这期间，奥尔加密切地关注着报纸，极力想要了解德国驻防军抗击赫雷罗人的战争。同时，她和赫伯特之间也保持着通信。

"我们的胜利是为了他们的幸福，也为了我们的幸福"

赫伯特在给奥尔加的信中讲述了前往德属西南非洲的远航经历，包括和当地黑人打交道的经历。赫伯特还在信中提及，有一天晚上，自己被派去巡逻，查明火光的源头。他看到草原着火了，然后他找不到营地了，他的马也找不到方向了，所以他不得不睡在草原上等待天亮。这时，他听到了胡狼的悲鸣，而且这悲鸣声离他越来越近，将他包围。他内心充满恐惧。但是赫伯特更愿意让奥尔加对他赞叹不已，而不是向她描述他的恐惧。

赫伯特认为，若不是想使白种人的使命白白浪费，就必须将那些无赖的黑人置于统治之下。德国人必须成为主宰："黑人企图发动起义夺回政权。我们不允许他们得逞。我们的胜利是为了他们的幸福，也为了我们的幸福。他们是还处在最低文化层次的一类人，他们缺乏我们拥有的最崇高和最美好的素质，诸如勤奋、感激、怜悯，以及所有理想的东西。即便从外表看他们是受过教育的，他们的心灵却还是跟不上。一旦他们胜利了，文明的人民的生活将会出现可怕的倒退。"

赫伯特还在信中特别谈起瓦特贝格战役的情况，谈起了1940年的一天德国军队缩小了对山前山后的赫雷罗人军营原本很松弛的包围圈，夜里他们开始向前推进，第二日凌晨发动进攻。赫伯特在写这些信的时候高呼"万岁"，提及皇帝称许他们的电报。赫伯特非常陶醉于这种殖民活动。

与赫伯特态度不同的是，奥尔加和社会民主党人持有一样的观点，即拒绝设立殖民地，认为这是不道德的，是无利可图的，也会使派驻人员的人品变坏。奥尔加更不愿意想象在战争中那个必须残酷无情的赫伯特，她希望这场可怕的战争可以早点结束。

当赫伯特从西南非洲回来，奥尔加再次见到他时，她高兴得忘乎所以，都没和他聊一聊她读到的那些暴行。可她很快就不想再了解任何关于屠杀、小冲突、巡逻和追踪的情况，包括无限辽阔的陆地、流光的炽热空气、海市蜃楼和雨后彩虹、燎原之火的火光和烟云，包括应该被挖掘、被饲养、被种植、被钻探、被建造的东西。她想知道黑人是否漂亮，那些男人和女人，他们如何生活，依靠什么生活，他们如何看待德国人，他们对未来有什么期望。他在那里喜欢什么，反感什么，还有那两年时间给他留下什么……

"他们讨厌德国人，却知道德国人是他们的命运和他们的未来。"

男女主人公之间的聚散离合，主要是那个特殊的时代造成的。英国已是当时世界上最大的殖民帝国，建立起了从西方到东方庞大的日不落帝国；德国是后起的殖民帝国，德国强大后，海外地盘已被基本瓜分完毕，留给德国的地盘不多了。土地贫瘠、人口稀少的西南非洲没有被英国看上，但这对于德国来说却是如获至宝。当年，德国铁血宰相俾斯麦宣布西南非洲是德国地盘。

大批德国战舰杀到了西南非洲，手拿木棒石头的当地人反抗拥有现代化武器的德国军队当然是一败涂地。德国很快就占领了西南非洲大片地盘。1892年，德国宣布成立德属西南非洲。德国人枪炮无情，对赫雷罗人几乎是斩尽杀绝，将赫雷罗人驱逐出肥沃的土地，赶到死亡的沙漠地带。这就是当时男主人公赫伯特从军作战的时代背景。

　　小说里有一句话讲得好："赫雷罗人过着原始的生活，他们讨厌德国人，却知道德国人是他们的命运和他们的未来。"面对这样一个时代，多少人的命运变得漂泊曲折，这是生活在太平盛世的我们想象不到的。在感叹之余，我们也需要意识到我们和平与安宁的生活来之不易，更应懂得维持和珍惜。

Day 5 《你的奥尔加》

她的人生就是等待，
而等待没有终点站

不要在无忧无虑的生活之后撑着拐杖苟且偷生

先静心思考！

然后竭尽全力地开始行动！

宁可在青春年华时丧命，

在人类勇敢的奋斗中献身，

也不要在无忧无虑的生活之后撑着拐杖苟且偷生。

赫伯特从西南非洲回来。短短的一个星期，对久别的恋人来说，却是最美妙的时光。他们游走在森林和草地之间，并为这美好的爱情取了一个浪漫的名字——"森林和草地之恋"。在假期的最后一天，两人一起去看望了邻村的一户人家。

这家的院落小小的。孩子们在房舍和马厩之间玩耍,公鸡、母鸡、大猪、小猪、狗、猫等农家小动物或走、或跑、或躺,组成一幅祥和的农家生活画卷。农夫萨娜和奥尔加热情地互致问候,孩子们都不认生,相比之下,只有赫伯特感到很拘束。他懂得在庄园里平易近人地和男仆女仆们打交道,但面对谦逊却不低声下气的农妇和孩子们就显得不自信了。

这时奥尔加试图拉着赫伯特和艾克一起玩。小男孩两岁,一头金发,结实有力,正兴致勃勃地和奥尔加一起用积木搭建一座塔楼,再同样兴致勃勃地将塔楼推倒。赫伯特不想坐在地上和他们一起玩,他站着观望,思考着奥尔加的一句话:"我想象你小时候就是这个样子!"但事实上,赫伯特无法习惯这种贫穷的农家院落,也难以接受奥尔加和这个高声喊叫的脏兮兮的小男孩一起玩耍。

想要做一番惊天动地的大事业,可不知道要做什么

几个星期之后赫伯特再次回来,他决定再向父母摊牌。他的父母威胁道,如果他选择和奥尔加结婚,就剥夺他的遗产继承权。赫伯特非常无奈,虽然他已经继承了一位姨妈的遗产,但不够和奥尔加组建家庭。赫伯特想要做一番惊天动地的大事业,可他自己也不知道要做什么。

几日后，他直接启程去了阿根廷。不过这次漫长的航海之旅，不是和其他士兵一起去的，而是和想要移民或者已经移民、回来拜访祖国的德国人，德国牧师，以及喜欢旅行和冒险的游手好闲之徒一起。

他们沿着巴拉那河向上游航行，然后又到科尔多瓦，前往图库曼，看到了安第斯山脉。这对赫伯特来说是一场全新的体验。在旅行中，有一次歇脚时，他的大腿被一条蛇咬了。是善良的印第安人救了他。赫伯特谢过印第安人后继续骑马远行。接下来，赫伯特又见识了卡累利阿的雪。赫伯特特别喜欢铁血宰相俾斯麦的话："我们德国人敬畏上帝，除此之外不敬畏世上的任何东西。"紧接着他又到巴西，到科拉半岛，到西伯利亚，以及堪察加半岛。

奥尔加多么希望赫伯特能进入她的生活啊，能在星期三一起参加合唱、星期天一起在教堂踏着管风琴风箱，能和她一起愉快地期待艾克健康成长起来。可是，当赫伯特陪伴她时，他要么在她的朋友面前表现得太害羞，要么太自信，总是找不到合适的气氛，融不进去。

"你在问什么？你不是知道我对你的问题没有答案吗？"

1905年，赫伯特在提尔西特祖国地理与历史协会做了一场德国在北极的任务的报告。"德国的未来在北极。在那块犹如处女般被冰雪覆盖的土地上，在那些被土地蕴藏的宝藏里，在渔业和狩猎里，在能够快捷而容易地将德国和其太平洋殖民地联结起来的北方海路里。只要我们敢于相信上帝、相信自己，北极就无法拒绝德国采取的行动。"

赫伯特站在讲台后面，在众人的鼓掌声中走到前面，唱起了《德意志之歌》，听众站起来，开始合唱。

赫伯特曾对奥尔加说："我一定做得到。那极地，那海路。虽然还没有去过那里，但我相信我一定做得到。"奥尔加反问："然后呢？如果你抵达了极地或者穿越了海路的话，它会带来什么？"赫伯特痛苦地注视她说："你在问什么？你不是知道我对你的问题没有答案吗？"两个人在这件事情上出现了严重的分歧。仿佛对奥尔加而言，她的人生就是等待，而等待没有目的地，没有终点站。那种念头让她颤抖。

赫伯特在一个又一个城市演说，在经历了各种挫折后最终凑齐了北极探险所需的资金。

赫伯特希望，先遣队的成功会为后面的科学探险队带来鼓舞。在出发前，赫伯特和奥尔加告别，但是她并不知道是应该对他在离别时刻渴望亲近感到高兴，还是应该对一种折磨他的神秘的恐惧感到担忧。文章开始的那首诗，就是奥尔加在这次告别时无意发现的。

奥尔加说："我看到你那首诗了。"

赫伯特一言不发。

"你能在冬季来临前回来吗？"

"我早在许多年前就写了这首诗。它更多的是和其他东西有关，和这次科学探险没有关系。"

"在冬季来临前回来吗？"

"是的。"

Day 6 《你的奥尔加》

人一旦懂得了平等的真相，就不会害怕死亡

她哀悼的是那些阵亡的年轻男子们，哀悼的是赫伯特和她永远不会拥有的人生

赫伯特去北极之后，奥尔加读到了一篇文章，了解到两名成员在特罗姆瑟（全世界最北城市之一）告别探险队回到了德国——这意味着赫伯特决定在东北地岛或者斯匹次卑尔根群岛过冬。奥尔加失望至极，感觉上当了，于是给赫伯特写了一封怒气冲冲的信。

后来奥尔加在《提尔西特报》上发现了一条信息，赫伯特在特罗姆瑟购买的那艘船被冰块冻住了。不幸的是，救援队穿越东北地岛的那些线路寻找赫伯特，但还是没有找到任何线索。

奥尔加没有放弃希望，照常给赫伯特写信。她知道救援工作已经终止，但是她还是以这样的方式陆陆续续地写。这些书信构成了整部小说的拱心石——小说的第三部分。

此时，第一次世界大战已经爆发了，奥地利向塞尔维亚宣战，德国向俄国宣战，战争的阴云笼罩着整个欧洲大地。战争的残酷让奥尔加不再抱有任何希望，当奥尔加的朋友写信给她说，她的家人和朋友在马恩河战役、佛兰德战役以及香槟战役中阵亡时，奥尔加感觉到，赫伯特他们那一代人已经被消灭了。

第一次世界大战期间，奥尔加的祖母病死，奥尔加为她守灵——她并不是在哀悼祖母，因为祖母并没有关心过她；她哀悼的是那些阵亡的年轻男子们，哀悼的是赫伯特和她永远不会拥有的人生。

奥尔加继续自己的教书生活。失去不明生死的赫伯特之后，能够给奥尔加带来欢乐的是艾克。奥尔加给艾克讲述赫伯特的旅行，但不谈及斯匹次卑尔根群岛等有关赫伯特那次北极探险的事情。

艾克长大后加入了纳粹党和党卫军，梦想着尼曼河和乌拉尔山脉之间德国的生存空间。从黑土到草原，肉眼所及之处，麦浪涌动起伏，牛群辽阔无边。奥尔加一开始就拒绝纳粹思想，并试图劝说艾克放弃他的幻想。奥尔加五十三岁那年被学校辞退了，因为她和那个时代格格不入，纳粹要辞退她，学校想摆脱她。

因高烧失聪，反倒让奥尔加过起了随遇而安的日子，她很高兴自己再也听不到喇叭声（纳粹到处安装喇叭），演讲声、行军声以及号召声从喇叭里翻来覆去地传出来，缠住人不放。

✎ 人生就是一串不断在丢失零部件的链条，必须及时学会恢复平静

二战末期，战争的硝烟弥漫到了奥尔加所在的村庄，奥尔加也跟着众人逃亡到西部，在"我"家做针线活儿。这里的"我"，是作者开始用第一人称来讲述奥尔加的故事的人。"我"也成了奥尔加晚年生活的参与者和见证人，"我"称奥尔加为"林克小姐"。

小时候的"我"和林克小姐成了忘年交。她给"我"讲述西里西亚和波美拉尼亚的童话、山妖的传说以及那个老弗里茨的逸事，"我"也喜欢翻来覆去地听。当然，林克小姐也给"我"讲述赫伯特的旅行和冒险。

当"我"发烧时，林克小姐给"我"盖上一条被子或者将一块湿冷毛巾放到我的额头上做冰敷。当年少的"我"失恋的时候，林克小姐安慰"我"："人生就是一串不断在丢失零部件的链条，必须及时学会恢复平静。"

林克小姐在"我"家的最后几年，还做一些缝缝补补的活儿，有时却不干活儿，傻傻地坐好久。有时她睡着了，头耷拉在胸前，直到觉得脖子疼了才醒过来，说道："你们需要另外一个裁缝了。"是的，林克小姐确实是老了，人也累了，告别了缝纫，这也让她获得了解放，因为她只是为自己而活。

林克小姐在租来的房子里住了多年之后，从政府建的房子中得到了自己的一套房子，也算是老有所居了。每隔几周，母亲总是在星期天邀请她共进午餐，"我"负责接送她，有时候"我"也陪她一起参观邻近城市的艺术博物馆。

后来"我"才知道，林克小姐喜欢穿越墓地，因为在这里所有的人都是平等的，无论是强者还是弱者，无论是穷人还是富豪，无论是被爱的人还是被忽视的人，无论是成功者还是失败者。陵墓或者天使的雕像，或者巨大的墓碑改变不了任何东西。所有的人都同样地死去，谁也不可能想变得"更伟大"，而"太伟大"已经完全不可能了。

她说灵魂转世的想象可以使人摆脱对死亡的恐惧，而一个人一旦懂得了平等的真相，他就不会害怕死亡。

到了奥尔加望九之年的一个春天的早晨，母亲打电话给"我"，说奥尔加躺在医院快要死了，让"我"马上过去。原来，"我"家乡的城市花园里发生了一起引爆炸袭击，这次袭击针对的是俾斯麦纪念碑。纪念碑并未损坏，但一名过路的女子——奥尔加受了致命伤，她只能靠尽量减轻疼痛来等待死亡的到来。就这样，奥尔加走完了自己的最后一程。

奥尔加的晚年是那么凄凉，这似乎并不是一个一生积极阳光的女人应该有的结局。但奥尔加对待死亡的态度让我们思考良多：死亡后，每个人都是平等的，能够看到人与人之间差距的只有活着的人。

奥尔加跌宕的青春和寂静的晚年给人一种极大的反差感，这是否就是人生的真相？

Day 7 《你的奥尔加》

写给痛苦的自己，
更写给荒诞的历史

思念犹如一个无法视而不见、无法挪开的物体，它常常挡住了去路，却属于房间的一部分，我对此已经习以为常

奥尔加去世后，"我"被指定为奥尔加的继承人。一天，"我"收到了一封来自柏林的一个女人的信——后来才知道是艾克的女儿写的，信中说她的父亲曾跟她谈起过赫伯特和奥尔加的故事。她一直在寻找奥尔加，在一家侦察机构的帮助下，她终于找到了作为奥尔加继承人的"我"。

"我"和艾克的女儿见了面，了解到艾克加入纳粹党和党卫军后，曾被苏军俘虏，1955年被释放，在刑事警察处工作，做到处长才退休，1972年死于肺癌。

与此同时，爱上收藏的"我"在明信片收藏家刊登广告，打听与1913年到1914年间寄往特罗姆瑟、留局自取的明信片的相关信息。

功夫不负有心人，几经波折，"我"终于找到了那些书信，在这些经年的旧信件中，不仅有1913年到1915年间的25封信，而且还有其他信件，分别写于20世纪的30年代、50年代和70年代。

其实，赫伯特去北极探险的路上早已失联，极有可能已经遇难，为什么奥尔加仍会继续这种孜孜不倦的写信行为呢？从理智上说，她很明白赫伯特早已不在人世；但从情感上说，奥尔加却无比需要进行一种近乎执拗的倾诉。

所以她的信件，与其说是写给赫伯特的，不如说是写给痛苦的自己的，写给莫名的虚无的，更写给荒诞的历史的。在奥尔加写给赫伯特的这些书信中，每一处的落款都是"你的奥尔加"，小说也因此而得名。

对赫伯特的强烈思念是奥尔加写信的主要感情基调，例如她写道：

思念是什么？有时思念犹如一个无法视而不见、无法挪开的物体，它常常挡住了去路，却属于房间的一部分，我对此已经习以为常。可是，突然之间，它又像是一次落到我身上的重锤，我真想吼叫起来。

"我要炸毁俾斯麦。所有的一切都源于他。"

这些书信还起到了对前文故事发展的补充和情感主题的升华的作用。首先，它们解答了艾克的身世之谜。

原来，赫伯特无法接受的那个脏兮兮的孩子——艾克，是自己与奥尔加的孩子。奥尔加说的那句"我想象你小时候就是这个样子"，是对赫伯特的暗示。奥尔加写给赫伯特的信中说："假若你没有将你的生命视同儿戏，我或许永远不会告诉你这件事。可之前不可能的东西，现在成了可能；而曾经不可言说的，现在也可以言说了……艾克是你的孩子。我原以为你在第一次看到他时就一定注意到这一点了，即便不是第一次，那么在第二次或者第三次的时候也会知道。我原以为你一定会认出自己的亲生骨肉。"

这种亲生父亲到死都没有认出自己的孩子、母亲到死都没有承认自己孩子的故事，给小说增加了几分遗憾之感，也令读者唏嘘不已。接下来，这些书信解答了奥尔加的离世之谜。

奥尔加是在一次炸俾斯麦纪念碑的爆炸事件中受伤而死。但真相是：老年的奥尔加在报纸上看到了一篇关于爆破一座水塔的文章，就在人们准备动工时，她去了那里和爆破专家聊天。爆破专家向奥尔加解释如何拆毁那座水塔，在和爆破专家和工人们熟络之后，奥尔加便偷偷从那里拿走了三根甘油炸药棒。原来，奥尔加偷走甘油炸药棒是去炸俾斯麦纪念碑了！

在阅读中，我们会发现多处伏笔，奥尔加认为俾斯麦开启了灾难之旅，自从他将无法骑行的德国定义为一匹太伟大的马之后，德国人希望他们的一切都必须是伟大的。

"我要炸毁俾斯麦。所有的一切都源于他。"这是奥尔加在信中对俾斯麦的最后的控诉。

"奥尔加的人生旋律就是她对赫伯特的爱情和她对他的反抗，其中有满足，也有失望。在疯狂地反抗赫伯特之后，她用一种疯狂的行为结束了平静的人生——她把对位放进了她的人生旋律之中。"

正如奥尔加所说，"或许当他（俾斯麦或者俾斯麦纪念碑）被炸毁的时候，人们才会反思"。

小说借主人公奥尔加的人生命运和她的口吻对历史进行了反思。那些年轻军团在朗格马克附近对法国人发动进攻时，他们嘴里高唱《德意志之歌》，无视敌人的炮火，冲进高地占据了法国人的地盘，年轻的精英们倒在茂盛的草丛中。据说人们对年轻人的自豪之情使他们死亡的痛苦神圣化了。赫伯特是其中之一，他们的孩子艾克也如此。

奥尔加说："我忍受了艾克对血与土，以及命运的长篇激情独白。我无法忍受他坐在二楼的书桌旁，而囚犯们在地下室里遭受折磨。"对于赫伯特和艾克,奥尔加并非没有过悔恨,她明白自己劝阻不了赫伯特的"成功"向往。她后来一直给赫伯特写信,其实是希望对方能知道他俩已经有了一个孩子,希望对方能为了家人而早早归来,可惜夙愿难实现。

奥尔加只能非常克制地以阿姨的身份照顾着亲生儿子艾克。她未曾想到:艾克太像他的父亲了,竟也同样热烈信仰着俾斯麦那只有通过开疆拓土才能证明民族强大的军事思想。

在历史的洪流中,在疯狂的铁血扩张战略下,个人的幸福根本不值一提,她那拥有一个完整家庭的朴素愿望,又如何去抗衡一个民族极具诱惑力的"梦想与追求"?

《逃离》

当远方成为脚下的路

[加拿大] 爱丽丝·门罗

幸福是养自己心的，不是养人家眼的。

春雨

诺贝尔文学奖得主极受读者喜爱的代表作
为了逃离令人窒息的生活，追寻自我
我们付出代价，遭受混乱，造成伤害
《逃离》敲开了生活的坚硬外壳——
没有什么是容易的，没有什么是简单的

Day 1 《逃离》

那是一种绝望，
绝望的竞赛

本该被抱怨的贫瘠，反而产生了另一种神奇的力量

2013年，加拿大安大略省的一个宁静小镇上，一位似乎平平无奇的家庭主妇，凭借短篇小说冲出重围，一举击败村上春树、阿多尼斯等热门人选，斩获了当年的诺贝尔文学奖。她，就是爱丽丝·门罗。

爱丽丝·门罗出生于加拿大安大略省温纳姆镇，父亲是一位农民，以饲养狐狸和火鸡谋生；母亲在小学教书，同样收入微薄。贫穷、忙碌、平庸，似乎只需要这三个词，就能概括这个家庭和那段岁月。在那个年代那座小镇的主流观念中，干活、赚钱、养家，这才是正事儿；阅读和写作不仅上不得台面，简直是不务正业。因此，父亲常常会为了自己这项业余爱好而觉得不好意思，而母亲也宁愿让女儿在厨艺和针线活上多下点功夫。

　　就是这种本该被抱怨的贫瘠，却反而产生了另一种神奇的力量。正如爱丽丝·门罗后来在采访中所说："我生活的人群，根本没有人想过写作，于是我就有勇气说了：'哦，我能写啊。'"在上学放学的路上，爱丽丝·门罗开始在脑海中构建自己的世界，塑造自己的人物，编织自己的故事。

　　18岁那年，爱丽丝·门罗迎来了自己人生中的第一个转折——她获得了西安大略大学提供的奖学金。可与此同时，家中经济捉襟见肘，母亲的帕金森病不断加重，底下还有两个年幼的小妹妹。在这种两难抉择的拉扯中，爱丽丝·门罗最终选择逃离原生家庭的沉重牵绊，奔赴远方世界的无限可能。在那里，她学习，阅读，写作，如饥似渴，酣畅淋漓，并发表了处女作《影子的尺寸》。可奖学金只够维持两年。两年后，她坦然接受现实，从大学校园走进了第一段婚姻，并在短短六年中接连生下三个女儿。

　　任何光芒闪耀的背后，都隐藏着常人无法想象的巨大代价

　　然而，她到底不是一个平凡的家庭主妇。利用孩子休息

和家务间隙，她坚持写作，甚至达到了拼命的程度。她试过写作直到凌晨一点，第二天一早六点就起床。就连她自己都会觉得，这太可怕了，可能会要了她的命。可她又会想，就算死了，她也已经写出了那么多故事。

正如她自己所说："那是一种绝望，绝望的竞赛。"刚开始，写作并不顺利，她写得很慢，经常要重写，还屡屡被编辑退稿。渐渐地，爱丽丝·门罗找准了适合自己的风格。她将短篇小说作为主战场，将背景定位在宁静荒僻的加拿大小镇，将视角对准平凡人物在平凡生活中那些不平凡的悸动。她的文字洗尽铅华，雕饰尽去，但骨子里透出的细腻温雅中，却又蕴藉着"于无声处听惊雷"的巨大能量。

终于，37岁那年，爱丽丝·门罗出版了自己的第一本书《快乐影子之舞》，一举赢得加拿大最高文学奖"总督奖"。

事业刚有起色，生活却又再生变故。40岁那年，爱丽丝·门罗结束婚姻，重回单身。好在不久之后，她就和大学时代暗恋的学长格里重逢。在第二段婚姻中，爱丽丝·门罗迎来了自己写作生涯的黄金时期。她以三四年一本短篇小说集的稳健节奏，一连出版了十余部著作，成为英语市场上当之无愧的畅销书作家。布克文学奖、英联邦作家奖……各种国际重量级文学奖项也纷至沓来，她还被文学评论界送上了"当代契诃夫"的桂冠。

然而，任何光芒闪耀的背后，都隐藏着常人无法想象的巨大代价。年轻时拼命三郎的写作方式不仅让她在女儿们的成长中缺席，还严重耗损了她的健康。2013年获得诺贝尔文学奖时，她已经开始接受癌症和心脏病治疗，甚至无法亲自到场领奖。

她说："我知道因为专注于写作，我错过了一生中很多美好的东西。"但写作就是她强有力的翅膀，让她从锅碗瓢盆、碌碌无为中逃离，带她飞过千山万水，抵达属于自己的彼岸。

"看，事实就是这样。事实上，你不是一个人。"

《逃离》，是爱丽丝·门罗在国内最具知名度的短篇小说集。事实上，在2013年前，这甚至是她在中国内地出版的唯一著作。2009年国内出版社策划出版《逃离》时，一共只印了五万册。即便如此，当时的总编辑仍然表示相当满意。他说："中国读者对她一无所知，五万本已经超越我们的期待。"直到2013年瑞典文学院将诺贝尔文学奖颁给爱丽丝·门罗，才终于扭转乾坤。

爱丽丝·门罗和这部《逃离》站在了中国读者面前的中心位。《逃离》包含八篇短篇小说：其中三篇相对连贯，可视为一个故事；另外五篇则自成一体，是五个独立的故事。

美国短篇小说大师尤多拉·韦尔特说，这些故事"以各种模糊的方式，一再重复自身……以各种变奏的方式，抵达确定的主题"。爱丽丝·门罗坦言，在写作的过程中，她并没有意识到这一点，但她觉得这很棒。因为高质量的变奏重复会凝聚成一股强劲的旋风，产生更有震撼力和感染力的旋涡。

而被裹挟在这股旋风中的她从来不是一个热血沸腾的鼓吹者，也不是一个义正词严的说教者，绝不会鼓动人们盲目踏上逃离之路，更不会大肆渲染一个光辉灿烂的美好未来。她只会说："看，事实就是这样。事实上，你不是一个人。"

Day 2 《逃离》

《逃离》：借来的光芒
只能闪耀片刻

世界嘈杂，生离死别，可不经意的善意却总是最能温暖人心

十八岁那年，卡拉和男友克拉克私奔，在一座小镇安顿下来，共同经营一家马场谋生。有情人终成眷属，携手并肩打拼未来，他们本该是惹人羡慕的一对。可当生活归于平淡琐碎，当现实的重压乌云盖顶，浪漫和激情的玫瑰色泡沫便不堪一击。

他们的生活中没有相敬如宾、相濡以沫，有的只是无休止的争吵和冷战。平日里，克拉克总是死死盯着电脑屏幕，卡拉也宁愿去马厩里干点杂活，起码那里还有山羊弗洛拉和她做伴。

　　渐渐地，对卡拉来说，弗洛拉已成一个温和睿智的闺中密友，带给她克拉克不曾给她的慰藉。可就在不久前，弗洛拉却突然走丢了，没有留下任何线索。

　　婚姻不幸，密友失踪，卡拉已经焦头烂额，连绵不绝的雨水又让马场的生意陷入前所未有的困境。当他们手头越来越拮据，甚至开始欠债时，克拉克提出了那个计划。

　　原来，为了贴补家用，卡拉曾经去邻居家帮佣。这家人只有夫妻俩，太太西尔维亚在大学里教书，丈夫贾米森先生是一位诗人。从那以后，卡拉开始在闺中、在床上对克拉克编造一些下流桥段，以此来讨好他，刺激他。在这些桥段中，贾米森先生重病卧床，却色心不死。他常常趁妻子不在，叫卡拉进房，用手势要求卡拉配合他的猥亵。

　　然而，克拉克不仅当了真，还打算以此要挟西尔维亚，狠狠敲她一笔，哪怕贾米森先生才刚刚过世。在克拉克的步步紧逼下，卡拉有口难言，不得不硬着头皮踏进西尔维亚的家门。

　　与卡拉不同，西尔维亚简直迫不及待想要见到她。贾米森先生刚过世那会儿，卡拉帮忙清理了贾米森先生的所有遗物，又来了个彻彻底底的大扫除，让里里外外焕然一新。她同情西尔维亚，总是在干活时竭尽所能逗她笑，还曾在她头顶印下鼓励的一吻。

　　卡拉没想到，这一吻深深印在了西尔维亚心中，让自己在这个理智冷静、心思缜密的中年女士心中占据了意义非凡的一席之地。

原来，迈出逃离的第一步，并没有想象中那样困难

可这次重逢，卡拉的脸上灵气不再，有的只是阴沉和呆滞。卡拉告诉西尔维亚，克拉克并没有动手，可他乖戾的脾气、蔑视的眼光总能让她如坠冰窟，她不仅开始怀疑婚姻，甚至开始怀疑自己。卡拉迫切想要摆脱这一切，想去多伦多找份工作重新开始。

西尔维亚当机立断，她借给卡拉路费，联系在多伦多的朋友，为卡拉安排住处，还把自己崭新的衣服送给卡拉，最后又亲自将她送上大巴。卡拉没想到事情居然会进展得这样顺利，这样迅速。西尔维亚的冷静和坚定感染了她，让她感到前所未有的信心、勇气和安全感。原来，迈出逃离的第一步，并没有想象中那样困难。

然而，当卡拉登上大巴，当她离开了西尔维亚温暖明亮的光芒映照，信心、勇气和安全感却立刻成了逃兵，只留下惊慌失措的颤抖和泪水。卡拉想起了十八岁那年的那个清晨，她在桌上留下一张字条，悄悄溜出家门，去和克拉克会合，远走他乡。那是她生命中的第一次逃离，虽然前景渺茫，但却满心欢喜——克拉克会给他们设计一个截然不同的未来，而她就像一个俘虏，只需顺从，也甘愿顺从。然而这次，西尔维亚帮她迈出了逃离的第一步，要坚持走下去，她却只能依靠自己。

危机不仅源于外在，更来自内心

借来的光芒只能闪耀片刻。此时此刻，她即将闯入陌生的城市，遇到陌生的人群，开始陌生的生活。未来如同巨兽，步步逼近，她却发觉自己根本无法驾驭，无法融入。终于，卡拉跟跟跄跄走下大巴，拨通了克拉克的电话。

西尔维亚回家等待卡拉从多伦多打来报平安的电话。可她等到的不是电话，而是克拉克。夜色之中，克拉克敲开大门。他将西尔维亚送给卡拉的衣服还给她，告诉她卡拉正在酣然入睡，在"她自己的家中"。他怒气冲冲，却又得意扬扬，俨然一个被诱拐羔羊的主人，找上门来宣誓自己的主权。

两人间的气氛正剑拔弩张，不远处的低洼地里，浓重的雾气忽然凝结成一个头顶尖角、闪闪发光的动物，拼命朝两人冲过来。

克拉克回过神来，定睛一看，那竟然是走失的弗洛拉。它停在克拉克身边，羞怯而亲昵地用头顶了顶克拉克的腿。

它就像卡拉，试图逃离，最终却还是回到原地。

　　卡拉的这场逃离就像一个转折点。在那之后，生活中的一切似乎都开始好转。天气终于放晴，马场的生意越来越好，预约电话此起彼伏。夫妻俩的关系也渐渐回暖，分别时会挥手告别，独处时会相互亲吻。

　　西尔维亚也来信表达歉意和祝福。可卡拉一读完这封信，就立刻将它捏成一团，烧成灰烬，冲进马桶。这封信是她心中逃离之火的灰烬，是可能再次勾起她逃离的诱惑。这种诱惑就像一根针，深深插在肺中，浅浅呼吸时并不觉得疼痛，可只要深呼吸时就会发现，它始终在那儿。

　　卡拉必须强迫自己习惯它、漠视它，直到忘记它，就像她必须忘记埋在树林边缘的弗洛拉一样。那只一度逃离又连夜归来的山羊，最终成了杂草丛中一堆肮脏的白骨，就像卡拉心中的自我，终于还是被扼杀，被掩埋，被遗忘。

Day 3 《逃离》

《激情》: 婚姻中,
彼此了解真的是必需品吗

他爱上的并不是真正的她, 而是那个光环笼罩下的她

格雷斯在旅馆打工时, 莫里正和家人在这家旅馆聚餐。他鼓足勇气走上前来, 正式向格雷斯提出约会的邀请。

莫里是个无可挑剔的好青年。他出身于殷实之家, 单纯热情, 英俊不凡, 还是个工程师, 积极进取, 前途光明。可格雷斯明白, 他们并非完美契合, 因为莫里并不了解那个真正的她。

他们去看过一场电影——《新娘的父亲》。这部片子让格雷斯怒火中烧——似乎所有人都认为, 女孩子就应该像影片中那个被宠坏的富家小姐一样, 安安分分做一辈子绣花枕头，漂亮、自私又无知。

这个世界总有那么多枷锁，将人们死死困在方寸之间，动弹不得。可她偏偏不愿乖乖就范！二十岁那年，她已经修满学科，可以中学毕业。但物理、化学、代数、意大利语……义务教育的学科中，还有那么多熠熠闪光的东西在强烈吸引着她。懵懂之中，她似乎已经隐约意识到，终有一天，这些知识将化为翅膀，带她逃离人们对女性愚蠢的成见。

格雷斯明白，莫里并不理解自己对那部电影的愤怒，他只是将这种感情理解为一种简单的穷姑娘对富家女本能的忌妒。

而在莫里心中，贫穷不仅无损格雷斯的魅力，反而为她笼罩上了一层思想成熟、不同凡俗的浪漫光环。

越是那些"无用"的东西，就越是拥有恒久绵长的吸引力，越是拥有潜移默化的影响力

很快，莫里正式将她介绍给家人，这对格雷斯来说，绝对是一种新鲜的体验。

格雷斯母亲早亡，父亲另立家庭，她从小由舅公舅婆带大。老夫妻俩很穷，对格雷斯却很好。尽管格雷斯对他们充满了感恩之情，却又忍不住想要逃离——逃离那种笨拙的、沉默的爱，逃离那种一潭死水般毫无希望的生活。

而莫里的家让格雷斯不仅不想逃离，甚至还有些流连忘返。美丽优雅的湖滨别墅、圆餐桌前亮晶晶的餐具、晚餐后令人兴致盎然的"愚人游戏"，拼凑成另一个迥然不同的世界。最重要的是，莫里的母亲特拉弗斯太太懂她。

当格雷斯告诉她，自己推迟一年毕业，只为学习那些"无用"的东西，她不仅没有像其他人那样惊呼她"简直是疯了"，而且完全理解并赞同她的选择。

得知格雷斯每周有一下午时间能好好休息后，特拉弗斯太太总会亲自开车去旅馆接她来湖滨别墅，让她独自待在宽敞凉爽的起居室里。那里摆着舒适的沙发和塞得满满的书架，格雷斯可以随意徜徉其中，尽情阅读。她总是读得酣畅淋漓，读得如痴如醉，如同去往一个又一个迥然不同的世界。

看到爱人和家人相处融洽，莫里很欣慰，并自然而然开始谈论他们的婚事。可格雷斯却丝毫没有那种水到渠成的感觉，莫里口中的那个未来美丽迷人，却虚无缥缈。

她能做的，只有一路走下去

那天是感恩节，格雷斯来到莫里家聚餐庆祝。在陪莫里的两个小外甥女荡秋千时，她却不小心被散落在草丛中的蛤壳划破了左脚，瞬间血流如注。就在众人手忙脚乱时，特拉弗斯太太的大儿子，那位一直活在众人谈话中却从未露过面的尼尔，开着一辆酒红色敞篷车姗姗来迟。

尼尔是一位医生。他利索地给格雷斯包扎了伤口，又当机立断，开车带格雷斯去诊所打破伤风针。这转瞬之间，惊雷已在两人心中炸响。白亮亮的闪电中，他们一眼就看清，他们拥有相通的心灵，拥有同样的渴望。

打完破伤风针后，两人没有返回家中，而是驾车一路狂奔，开始了疯狂甚至荒唐的漫游。突如其来的邂逅，无声却强大的信号，一言不发的急速飞行，汇成一股激情的旋涡，将格雷斯裹挟其中。她不在乎自己会被带去哪里，她只想和尼尔一起逃离，逃离所有人、所有责任、所有牵绊、所有期待。

此刻，她终于看清了自己的内心——她不该嫁给莫里，也无法嫁给莫里。

路上，尼尔教会了格雷斯开车。他一遍遍在她耳边说，继续向前，别停下来，向前走。尼尔还带她去了酒吧，去了私酒贩子窝。他喝了一杯又一杯，喝得酩酊大醉，沉沉入睡。或许对尼尔来说，这就是他逃离的方式。直到格雷斯驾车回到旅馆，尼尔才终于清醒过来。他们在夜色中相拥告别。这个拥抱那么紧、那么久，又那么矛盾、那么绝望。

格雷斯没想到，这一面是她和尼尔的第一面，也是最后一面。原来前一晚两人分别后，在回湖滨的路上，尼尔开车撞上桥墩，被熊熊烈火永远吞噬。一段漫游、一场疯狂、一条人命，终结了格雷斯和莫里的婚事。

格雷斯明白，尼尔用生命推了她最后一把，让她永远逃离那场海市蜃楼般的婚姻，让她勇敢奔赴真正属于自己的世界。而她能做的，只有一路走下去。就像他一直告诉她的，继续向前，别停下来，向前走。

$\mathcal{D}$ay 4 《逃离》

《罪债》: 曾弃若敝屣的东西,
兜一个圈, 就让人高攀不起

人们否定得有多坚决, 内心往往就有多犹豫

　　劳莲生活在一个三口之家。父亲哈里是新闻从业者, 母亲艾琳也在报馆工作。家境富足, 夫妻恩爱, 父母精心呵护孩子, 孩子真心敬爱父母, 一切似乎完美无缺。然而劳莲无意中发现的一个纸板盒, 撬开了这个完美家庭的第一道裂痕。

　　劳莲从未见过父亲如此粗暴恼怒。哈里告诉劳莲, 那个轻飘飘的盒子里放着的, 是一个婴儿的骨灰。那是他们的第一个孩子, 可在她很小的时候, 艾琳又怀孕了。那时, 艾琳初尝为人母没日没夜的劳累, 又被早孕反应折腾得焦头烂额。终于, 在一个雨夜, 她脑中那根弦"啪"一声断了。她

上了车，带着睡筐里的婴儿，不顾一切想要逃离一切。

然而，艾琳开得太快，雨点、夜色，加上一个急拐弯，那个婴儿从睡筐中摔了出去，一条生命就这样草草终结。艾琳也伤得很重，但好在还是保住了腹中胎儿。而那个幸运儿，就是劳莲。

哈里不想让妻子再受刺激，他叮嘱劳莲将这件事深埋心中，在母亲面前绝口不提。从那时起，劳莲隐约觉得，一颗小小的种子在心中深深埋下。直到她被女同学们硬拉着，来到学校旁边的咖啡馆，见到站在柜台后的女侍者德尔芬，这颗种子终于开始蠢蠢欲动。

原来不久前，德尔芬在咖啡馆捡到一条金链子，链子底下晃荡着拼成"劳莲"这个名字的几个字母。为避免有人冒领，她没有登报，只是托人私下打听。

链子并不是劳莲的，德尔芬却让她每天过来看看。要是再过几天没人认领，它就是她的了——毕竟，那上面有她的名字。

劳莲敏锐地察觉到，这个陌生女人显然对自己抱有一种特别的好意和兴趣。她喜欢什么？害怕什么？她对什么过敏？头发长得快还是慢？关于她的所有细枝末节，德尔芬似乎都满怀兴趣。

装潢雅致的咖啡馆、絮絮叨叨的中年女人，共同架设起另一个世界。在这里，她终于可以逃离那个被小心藏起的秘密，逃离那个已经不再完美的家。

她们的话题天马行空，百无禁忌。有一天，聊起生孩子的话题，德尔芬忽然开玩笑似的说："也许他们根本就不能生呢。很可能你还是领养的呢。"劳莲当即声称这绝不可能。

可事实上，人们否定得有多坚决，内心往往就有多犹豫。德尔芬这句玩笑话，瞬间让劳莲心中那颗种子破土而出，长出了怀疑的枝叶。回到家中，她忍不住试探父母的口风。哈里和艾琳坚决否认，艾琳还向劳莲展示了嵌在自己腹部的妊娠纹。

然而，怀疑就像野草，不彻底根除，就必定肆意疯长。无数种可能在劳莲脑中此起彼伏——或许那场车祸中，他们失去的不止一个孩子，或许艾琳肚子上那些印痕，根本与自己无关。

很多人的原生家庭中，都有一个潘多拉的盒子

一天，劳莲到咖啡馆时有些咳嗽。德尔芬带她回自己房里，一面给她冲一杯止咳糖浆，一面谈起自己的一位朋友乔伊斯。年轻时，乔伊斯和男朋友私奔，并很快怀了孩子。可不久，他们转运毒品被警察抓获，双双入狱。因为肚子里的孩子，乔伊斯被判处缓刑，很快出狱。她联系上了一些教会

中的人，并和他们达成协议——他们会照顾她生下孩子，可孩子一生下来，就将立刻交给别人领养。或许在乔伊斯心中，这个孩子就是那段歧途的罪证。逃离了孩子，她就能逃离所有不堪，从此辛勤工作，结婚生子，幸福美满，走上属于自己的正路。

可生活总是事与愿违，时光流逝，兜兜转转，乔伊斯却始终孑然一身。曾经弃若敝屣的东西，兜一个圈，就会让人们高攀不起。乔伊斯开始四处打探当年那个孩子，居然真的找到了些可靠的线索。

听到这儿，一种危险的预感好像滚滚闷雷，轰轰隆隆在劳莲头顶汇聚。在这位所谓的"乔伊斯"身上，劳莲分明嗅到了遗弃、谎言和秘密的味道。

回到家里，劳莲大病一场。或者不如说，她是窝在家中，装作大病一场。哈里和艾琳很快得知了一切。他们再次重申，劳莲的的确确是他们的亲生女儿。哈里还去找了德尔芬，告诉她："你搞错了，一切都结束了。"

可在那以后，哈里和艾琳之间的关系急遽恶化。先是尖刻的训斥和反驳，渐渐又演变为横飞的烟灰缸和碗碟，劳莲总是扑向他们，哭泣，抗议，却怎么也无法阻止。

不久后的一个深夜，哈里叫醒了熟睡中的劳莲，要她下楼和他们谈谈。劳莲懵懵懂懂走下楼，发现德尔芬竟然也在。当四个当事人终于聚齐，哈里完完整整道出了全部真相。原来德尔芬就是乔伊斯，可她寻找的孩子并不是劳莲，而是那个睡在睡筐中的婴儿！当年，哈里和艾琳放弃了怀孕的希望，领养了那个孩子，并给她取名劳莲。可车祸来得猝不及防，他们只能给亲生女儿也取名"劳莲"作为纪念。

在大雪初霁的深夜，哈里、艾琳、劳莲和德尔芬，他们一起捧着纸板盒走进原野，在皑皑白雪中安葬了那孩子，一起向她忏悔，向她道别。

可所有的罪真的就此赎完了吗？劳莲不知道，眼下她只能耐心等待，等待长大成人，等待心中另一颗种子生根发芽。

Day 5 《逃离》

《播弄》：所有的"如果"
都是徒然

*即使短暂的逃离，也能让人相信所有忍耐都自有
其价值，所有庸碌都自有其光芒*

若冰是一位年轻护士，和姐姐乔安妮相依为命。乔安妮身患严重的哮喘。为了照顾她，若冰放弃了更大的城市、更好的机会，安守在这个小小的镇子。生活说不上穷困，也绝不宽裕，但若冰却有一个奢侈的习惯。每年夏天，她都会独自坐火车去斯特拉特福，只为看一出莎士比亚的戏。

这个习惯开始于五年前，一位女同学用赠券请她看了一出《李尔王》。这出戏让若冰如醍醐灌顶，原来生活不止眼前的苟且，还有莎士比亚和另一个世界。从那以后，斯特拉特福之行成了她一年一度的逃离。这样的逃离虽然短暂，却

能给人勇气和力量，让人相信所有忍耐都自有其价值，所有庸碌都自有其光芒。

这一年看完戏，若冰走出剧院，沿着河岸悠然漫步，静静享受着逃离的余韵，却忽然发现自己把钱包落在了剧院。她立刻返回去找，钱包却早已不翼而飞。一时之间，她身无分文，就连返程的车票都没有了。

正当她不知所措、失魂落魄时，一条凶巴巴的大狗忽然从身后走来，大大咧咧地撞到了她。狗主人连忙向若冰道歉。他们停下脚步，闲谈了两句。不知为什么，身为一个单身姑娘，身处陌生城市，面对陌生男人该有的戒心在这一刻却杳然无踪。若冰本能地信赖这个初次见面的年轻男人，就这样把自己的窘境坦然相告。男人当即表示愿意借钱给她买火车票，并邀请若冰跟自己回他的钟表铺。他会下厨请她吃顿饭，然后亲自送她去火车站。

若冰接受了男人的邀请，没有任何犹豫和担忧，似乎一切都再自然不过。闲谈之中，若冰知道了他的名字——丹尼尔·阿德奇克。他是从黑山迁居而来——一个对若冰来说遥远又陌生的国度。

英雄救美、绝处逢生，加上红酒、爵士乐、月色的渲染，这短短几个钟头几乎集齐了所有一见钟情的元素。临别前，丹尼尔主动提出，明年夏天，他还会在这家钟表铺等她。他要若冰梳着同样的发型，穿着同一件绿裙子前来。而他会等她看完戏姗姗而来，然后再做饭，喝红酒，告诉彼此这一年来发生了什么。这一年中他们不要写信，只要相互记得。她也不用提前通知，只要感觉还在，那么来就是了。

那天之后，若冰的生活似乎一切如旧，但一切又似乎全都迥然不同，因为她的心中多了一个丹尼尔。他就像太阳，虽然距离遥远，但却如影随形，明亮的光芒一直照射在她身上，柔软的温度每时每刻都在温暖她的心。心怀丹尼尔的光芒和温暖，若冰变得更温柔，更有耐心，更热爱生活。一有闲暇，她就会去图书馆查阅黑山的资料，从历史、诗歌，到地理条件、人民性格，无所不包，如饥似渴。她总会浮想联翩，这段历史他一定学习过，这段诗歌他应该也会吟咏，这个地方他想必也曾逗留。刻骨铭心地牵挂一个人，并相信对方也同样牵挂自己，大概是世界上最浪漫的幸福了。更重要的是，在若冰心中，未来开始有了另一种可能。

他亲手为她打开了这扇门，又亲手在她面前关上了这扇门

一年后的这一天终于渐渐临近。若冰早早就开始准备，她选好日子订好票，又将去年那条绿裙子送去洗衣店清洗熨烫。可不凑巧，洗衣店女店员好几天都没来上班。若冰只好匆匆赶去市中心选购了另一条绿裙子。这条裙子正好合身，

无袖的设计也足够时髦。可当若冰穿着它坐在开了空调的剧场里，却被冻得瑟瑟发抖。她没能坚持到剧终就离开剧场，立刻出发赶往丹尼尔家。一路上，她腿脚发软，心如擂鼓——再过几分钟，生活就会全然不同，她还没有准备好接受一切，却再也无法继续拖延等待。

终于，隔着整整一年的光阴，若冰再次站在了这家钟表铺门口。隔着一扇敞开的店门，闪闪发光的短发、伟岸结实的肩膀、宽阔明净的额头，这个男人的一切都和她记忆中一模一样。可当他将目光从手中的钟表转移到门外，落在若冰脸上时，却只是轻轻摇了摇头，然后坚决而反感地走到门口，迎着她的脸将门关上。就这样，他让她看到生活的另一种可能，又亲自将这种可能全盘否决，彻底堵死。

原来，她整整一年的思念、牵挂、憧憬通通只是自作多情、闹剧一场。而他，可能早已另结新欢，对她避之唯恐不及。在屈辱的泪水中，若冰暗下决心，她永远不会再来斯特拉特福，永远不会再穿任何一条绿裙子，永远不会再关心黑山的消息。

当人们走到最后，看清结局，总会问那么多"如果"

四十多年后，若冰终于将生活过成了人人羡慕的样子。

她事业有成，业务精湛，是医院精神科的资深护士。她担起原生家庭的责任，陪伴乔安妮走到生命的终点。她上了年纪，却气质优雅，穿着讲究，魅力不减。在别人眼中，她的生活随心所欲，唯一的遗憾，或许就是一直未婚。

本来，若冰以为这辈子都不会再得到任何关于丹尼尔的消息，直到她在医院的精神病区见到一位从临县转来的病人。闪闪发光的短发、伟岸结实的肩膀、宽阔明净的额头，他躺在病床上沉沉睡着，似乎仍然是若冰记忆中的样子。床脚挂着卡片，赫然写着他的名字——亚历山大·阿德奇克。

若冰在心中冷笑，原来一切从一开始就是欺骗，他甚至连自己的姓名都不曾如实相告。可当她打听到这位病人的更多详细信息后，才发现一切并不是她想象中那样。原来，这位亚历山大·阿德奇克是聋哑人。这些年来，他始终无法与人沟通，难以融入社会。他的孪生兄弟一直在照顾他，直到自己走到生命的尽头。而他的那位孪生兄弟，就是丹尼尔·阿德奇克。若冰恍然大悟，那天下午，丹尼尔一定是有事出去了。而她在店里见到的那个修钟表的男人，就是亚历山大。

隔着四十年的漫长光阴，隔着生与死的森严界限，真相终于到来，却迟到了太久。那天，如果她没有穿着一条无袖的绿裙子，就不会提前离场。如果她晚到几分钟，或是早到几分钟，所有人的命运又将怎样被改写？但或许，一切都不会有任何改变——亚历山大离不开丹尼尔，乔安妮也离不开若冰，拖着两个沉重的包袱，他们真能逃离一切，抵达"另一个未来"吗？

当人们走到最后，看清结局，总会问那么多"如果"。可所有"如果"都是徒然，人们能抓住的永远只有当下。一切的一切，只因为她穿错了一条绿裙子。可就连她自己也无法逼自己承认，在这条绿裙子背后，藏着那么多复杂幽微的感情。那里有对再次失望的恐惧，有自信和勇气的缺失，有对逃离原生家庭的内疚，还有对必须付出的代价的逃避。

Day 6 《逃离》

《法术》：所谓的彼岸，也许不过是另一个此岸

命运的齿轮开始转动，越转越快，朝着让人心惊肉跳的方向

在南希的平凡世界中，泰莎是一个绝对独特的存在。她们曾是同学，但在十四岁那年，泰莎大病一场，再也没能复学。而那种独特的天赋，大概就是那个时候降临到她身上的。

南希的未婚夫威尔夫是一位医生，他住着光鲜耀眼的豪宅，拥有前途光明的职业。可在南希心中，威尔夫太成熟，也太严肃了。

婚姻中的幸福固然少不了面包牛奶，但也同样需要平等对话、心有灵犀，需要相互欣赏、舒服自在。可陷在局促的

世界中，南希没能看透这一点。

威尔夫总是很忙，去邀请泰莎那天，还是奥利陪南希去的。奥利是威尔夫的表弟，这次是来给表哥做伴郎的，顺便住上一两个月。南希和他反倒更能玩到一起，聊到一起。他们看似合拍，但奥利却明白，他和南希是不同的。

在孩子气的玩闹嬉笑之下，他心中那个想法一直在熠熠闪光——他的生命一定富有某种特殊的意义。终有一天，他会逃离眼前浮尘般的刹那光华，抵达属于自己的不平凡的人生。

去泰莎家那天，为了让奥利大开眼界，南希怂恿泰莎展示了自己的绝技——隔着奥利的衣兜，泰莎准确地说出了那里装着什么。而这，就是那场大病后泰莎获得的神奇天赋。利用这项法术般的天赋，她总能帮人找到遗失的东西，如有神助。

奥利敏锐地意识到，泰莎的天赋，就是他逃离的引擎。很快，他将泰莎和她的神奇天赋写进文章，在报刊上发表。一夜之间，泰莎名声大噪，各路人马彻底打破了她宁静自足的生活。

然而南希却并不看好泰莎的走红。尤其是当奥利告诉她，泰莎将作为研究对象前往美国，而他则将作为科学记者，跟踪报道这一切的时候。她写信给泰莎，试图阻止一切，却只收到一封简短的回信。泰莎告诉她，她跟奥利结了婚，且已经抵达美国。

抵达彼岸，等着他们的可能是志得意满，也可能是幻灭和颠覆

这一别，就是几十年。南希再见到泰莎的地方，是美国密歇根州一家即将关停的私立医院。

泰莎并不是人们印象中精神病人的样子，她身姿笔挺，语气自然，头脑清晰。她告诉南希，刚来医院时，她被电击，被针刺，还被迫吸过煤气。可一切都没用，她头上有一个空洞，无论如何都无法被填满。这些年来，她被切断了所有消息，无法确认任何信息，但唯有一点可以确信——奥利已经死了，如果他活着，一定早就来接她了，他答应过的。对泰莎来说，奥利死了，才是唯一合理的解释，才是最好的结局。毕竟，在爱情和婚姻中，背叛远比死亡更面目狰狞，更无法原谅。

南希同情泰莎的境遇，但要接手照顾她却有心无力——威尔夫的精神疾病越来越严重，全靠她一个人照顾，她根本没有时间和精力再分给泰莎。

几年后，就在温哥华街头，南希竟然邂逅了活生生的奥利。老友重逢，分外亲切。从他口中，南希终于得以一窥当年究竟发生了什么。

　　刚到美国那会儿，一切顺利，可研究的过程却充满了精神折磨，每次泰莎都像被挤干了一样。她开始被各种幻象紧紧纠缠，一连好几个小时都无法脱身。但这还不是最糟的。当研究成果始终乏善可陈，质疑的声音越来越多，加上经济大萧条的雪上加霜时，一切都停了下来。

　　奥利和泰莎无法输出价值，立刻就被毫不留情扫地出门。没过多久，就连泰莎的天赋也开始出现问题，最终彻底消失。就这样，生命将这份大礼骤然交给泰莎，又骤然收了回去。

　　紧接着，泰莎又得了白血病，没拖多久就去世了。在那之后，奥利彻底变了。他造船，装修，盖房子，当木匠，终于从那个"必须做大事"的盒子中走了出来。

　　他似乎很满足，可南希却只觉得伤感。坚信自己与众不同，最能让一个人炙热发烫；勇敢追求理想和不凡，最能让一个人熠熠闪光。可奥利身上的那种热度、那份光芒，原来早就熄灭，成了一片灰烬。

　　怀有巨大的罪恶感和幻灭感，或许奥利真的信了自己口中的"往事"。可南希已经见过泰莎，她当然知道，这段回忆掺杂了太多有意无意的扭曲。

　　而在一个秋日午后的梦中，南希看到了另一个截然不同的版本。梦中，她走进泰莎和奥利租住的小屋。两人那时都已经绝望，以为天赋已经永远抛弃了泰莎。可毫无征兆地，它居然奇迹般地回归了。泰莎激动地扑进奥利怀中，紧紧把头贴在奥利胸前。可隔着薄薄的衣料，奥利胸前内侧的口袋里，却装着一些见不得人的文件。那是一位医生交给他的，关于一个地方，可以让泰莎在那里"好好休息"，可以让奥利永远摆脱眼前这一切。

奥利抱着泰莎，忍不住猜想，如果泰莎真的恢复了天赋，她一定已经看到了那份文件。他想得没错，泰莎确实看到了。可她却傻傻地坚信，天赋已经恢复，一切都将不同。奥利也确实告诉自己，他要尽快毁了这些文件，他要忘掉整个打算。

泰莎的坚信、奥利的回忆、南希的梦境相互交织，缠绕出一段充满钝痛、绝望和矛盾的往事。

但毋庸置疑的是，当人们义无反顾逃离此岸，抵达彼岸，等着他们的可能是志得意满，也可能是幻灭和颠覆。所谓的彼岸，也许是真正的彼岸，也许不过就是又一个此岸。

Day 7 《逃离》

每一场逃离，
就像推着巨石上山

家庭带来最坚实的依靠，却也带来最沉重的责任

当我们深陷现实生活的泥淖，又有谁不曾萌生过逃离的念头？

在这五段人生中，充斥着来自四方八方的累累重负。这些重负有的来自家庭，有的来自婚姻，有的来自社会。对每个人来说，家庭带来最坚实的依靠，却也带来最沉重的责任；带来最不计回报的爱，却也带来最难以启齿的痛。

事实上，每一个社会人都无法逃开社会偏见、社会期望的围追堵截。可哪里有压迫，哪里就有反抗。我们欣慰地看到，故事中的人们一次次踏上逃离之路，义无反顾。

事实上，逃离之路甚至比我们预想中更加路途坎坷，更

加前景难料，逃离并不意味着抵达。在《逃离》中，卡拉身边虽然有西尔维亚这样睿智坚定的年长女性，有西尔维亚不求回报的支持和帮助，但她的逃离仍然以失败告终。

在一次访谈中，爱丽丝·门罗就曾说："离开是明智的，她有一大堆理由这么做，但她就是做不到。怎么会这样？这就是我要写的东西。"

但好在除了卡拉，有不少人终于成功实践了逃离。《激情》中，格雷斯在童年和少年时代如饥似渴地学习，不断强大自己的实力，终于成功逃离了原生家庭。而当她沉湎于温情，差点陷入一段盲目的婚姻时，尼尔以自己的生命为代价，狠狠推了她一把，让她彻底清醒，再无后路。

在《播弄》中，当若冰从爱情中断然抽身，就立刻寄情于工作，潜心强化自己的业务能力。事业的成功也反哺了她的生活。她有了更多话语权，能够更好地照顾重病卧床的姐姐，能够自主决定自己的生活方式和两性状态。她虽然没能逃离原生家庭的负累，却逃离了贫穷、琐碎、庸碌、被动。

这些成功让我们看到，逃离绝不是一次兴之所至的冒险，它需要不断积累，夜以继日地丰满自己的羽翼。它需要耐心等待，像一只警惕的猫头鹰在暗夜中谛听机会的动静。终于等到后，要当机立断，迅猛出击，紧紧将机会握在手心。但更重要的，还是要有一颗强大坚定、百折不挠的内心，源源不断输出智慧、勇气和毅力。

很多地方，我们以为是终点，其实只是转折

本来，勇敢逃离，追寻自我，这该是多么壮美、多么诗意的篇章。可对于逃离，爱丽丝·门罗从来不是热情洋溢的煽动者，有时甚至会兜头一盆凉水浇下来，然后冷静地告诉人们："瞧瞧，事实就是这样。"

因为彼岸一旦成为此岸，滤镜就会破碎；理想一旦变成现实，就会萌生新的理想。很多时候，我们以为是抵达，其实只是落脚；很多地方，我们以为是终点，其实只是转折。

那么，人们到底是该向眼前的苟且低头妥协，还是该一次又一次固执地逃离，哪怕明知那将是又一次失望、又一次幻灭？

这个问题，或许我们能在希腊神话中的西西弗斯身上找到答案。足智多谋的西西弗斯绑架了死神，让人类一度逃离死亡。但这却触怒了众神，他被打入地狱边缘，每天都要推着一块巨石走到山顶，然后眼睁睁看着巨石滚落山脚。在无数次的失望和幻灭后，忽然有一天，在巨石滚落的弧线、声响以及激起的飞扬尘土中，西西弗斯看到了一种美感和意义。

从这一刻起，这种劳作不再是惩罚，而是他自己的选择——他超越了众神，成了自己命运的主宰者。

　　在人生中，每一场逃离就像推着巨石上山。而在推着巨石一次次上山的路上，人们会拥有更强健的肌肉、更结实的骨骼、更坚定的意志、更强大的内心。正如加缪所说："向着高处挣扎，这本身就足以填满一个人的心灵。"

《家》

生活是一场搏斗

巴金

岁月静好，暗流涌动。人生海海，谁都有
自己的苦海。印刻，谁都有自己的印刻……

《家》，"激流三部曲"之一
温情礼教掩饰下的勾心斗角
以及新一代青年的觉醒与抗争
生活不是悲剧
它，是一场搏斗

Day 1 《家》

家庭的出走者，
永远的激流

"最真实的，最现世的，也就是最恒久的。"

《家》是中国作家巴金的长篇小说。它描写了20世纪20年代初期，四川成都一个封建大家庭的故事，多角度展现了封建家族在现代逐步走向崩溃的过程，也对后来的家族小说创作起到很强的示范作用，因而在现代文学史上有很重要的地位。

巴金，原名李尧棠，被称为中国现代文坛的巨匠。他出生于四川成都一个庞大的封建官僚地主家庭，父亲曾任广元县知县。家中长辈近二十人，兄弟姐妹三十余人，男女仆人近五十人。在巴金的青年时期，有"三个先生"深刻地影响了他。

首先是母亲，她一直教育巴金要"爱一切人"，允许他与"下人们"在一起。于是，小巴金常常同轿夫、仆人们一起聊天，听故事，培养了近乎原始的、正义直爽的性格。

其中，轿夫老周教他要真诚做人。巴金认为那是最珍贵的品质，称他为"第二个先生"。

16岁时，巴金考入成都外国语专门学校后，参与了一些请愿活动和集体罢课。17岁时，他写信给《半月》刊，毛遂自荐，加入了编辑部，结识了许多志同道合的朋友。编辑部的同伴成为他的"第三个先生"。

受"五四"新文化运动的影响，巴金大量阅读《新青年》等杂志。1923年，19岁的巴金离开家乡，到上海求学；1927年又远赴法国，在那里以"巴金"为笔名写下处女作《灭亡》。他是家庭的出走者，也是永远的激流。封建家庭的生活，让巴金看到无数命运的牺牲者，而受摧残的都是可爱、有为、年轻的生命。

不停地写下去，踏着一切骸骨，前进

"爱情三部曲"（《雾》《雨》《电》）和"激流三部曲"（《家》《春》《秋》）奠定了巴金在中国现代文学史上的地位。

为什么要写《家》？成长于封建大家庭，读着线装书，坐在礼教的监牢里，巴金"听到了年轻生命的痛苦呻吟"。其中就有大哥李尧枚。

在他看来，大哥曾有光明的前途：成绩全校第一，准备考大学化工系并到德国深造。但长孙的身份，让他选择忍辱负重、唯唯诺诺地扛起家庭重担，用"作揖主义"和"无抵抗主义"来麻醉自己。大哥爱过一个少女，却让父亲以抓阄的方法选择了另一个少女来做妻子；他也爱妻子，但为了一些愚昧的话将待产的孕妇送到城外荒凉的地方。陈腐的封建道德、传统观念带来的痛苦，大哥默默地忍受着……他就"好像一个人站在钢丝上行走，随时有从高空掉下来的危险"。

祖父、父亲的训导和对家庭的责任让他从未想过反抗，但对两个弟弟的爱却是毫无保留的：购买进步刊物给弟弟阅读，筹措路费学费，送他们离开家庭牢笼，甚至在家中濒临破产时依然寄钱给巴金，支持他到巴黎留学。

当巴金想写一部小说来为一代青年呼吁时，大哥也支持他并写信鼓励他。大哥曾到上海看望巴金，谈到家庭里种种可笑之事，他们又气愤又苦恼。临行前，大哥流着泪，将自己珍藏的唱片送给了巴金。没想到这是兄弟俩的最后一面。

酝酿了三年之久，巴金开始书写小说《激流》（后改名为《家》），希望用它鼓励大哥挣脱封建枷锁，走上新的路。但没想到刚写完前六章，大哥服毒自杀的电报就送到了。他连读到小说的机会都没有了。这个巨大的打击、终生的遗憾，更坚定了巴金写作的决心。

在《呈献给一个人》这篇序中，巴金对大哥说："你毕竟死了，做了一个完全不必要的牺牲品而死了。你已经是过去的人物了。然而我是不会死的。我要活下去。我要写。"

巴金要用大哥送的这支笔，踏着一切骸骨，前进。他做到了。作为文学家、翻译家和出版家，在70多年的写作生涯中，巴金给人们带来了1200多万字的著作和译文。

"变得善良些，纯洁些，对别人有用些。"

巴金认为，作家就是在寒天送炭、在痛苦中送安慰的人。写小说不是为了让读者消遣，而是要借文字拉拢人们的心，让他们互相了解。

生活是什么？曾经，阅读完托尔斯泰的《复活》后，巴金在扉页写了一句话："生活本身就是一个悲剧。"但后来他又说，生活并不是悲剧，而是一场搏斗。

——我们为什么要活着？为什么要有这生命？

——为的是来征服它。

生活中的一切使他成为作家，满腔的感情无法倾吐，便化为文字，变成小说，边写，边学，边改，一直坚持下去。不仅写作上如此，在遭遇人生的劫难时，不论是十年动荡里的干校劳动，还是与妻子的阴阳相隔，或是自己人格曾经出现的扭曲，他都诚恳地面对、真实地描述。

"穿越一个世纪，见证沧桑百年，刻画历史巨变，一个生命竟如此厚重。他在字里行间燃烧的激情，点亮多少人灵魂的灯塔；他在人生中真诚地行走，叩响多少人心灵的大门。他贯穿于文字和生命中的热情、忧患、良知，将在文学史册中永远闪耀着璀璨的光辉。"这段《感动中国》2003年的颁奖词，正是巴金这位仁者一生的写照。

他的文字之所以能紧紧攫住读者的心，也并不是因为题材或叙事的宏大浩瀚，而是来自在小人物的琐事中透出的一丝恒久微光。《家》当中有一个微小的细节，让人铭记于心：

一位在高家的老仆人，因染上鸦片烟瘾，偷了字画，被送进警察局，出来后便四处流浪，以讨饭为生。新年夜，他到旧主人家里讨些赏钱。当他看到觉民和觉慧走出大门时，想起觉慧曾躺在他的床上听故事，便感到亲切，想要拉住他们谈话。可他一看到自己衣服破烂的样子，心就冷了，蹲下来躲着。最后揉了揉润湿的眼睛，无力地走了。他回过头最后一次凝视大门的石狮子，一只手捏着赏钱，另一只手按住自己的胸膛。而当时兄弟俩正沉浸在自己的快乐中，并没有发现阴暗角落里蜷成一团的人。

这个人物在书中只出现了一次，但让人难以忘怀。越是卑微的人，越能记住别人对自己的好，因为世上对他温柔的人寥寥无几。正如这位仆人，还记得觉慧，却不忍打扰。

写下高家的故事，巴金把心交给了读者，也希望大家在阅读时能用宽容的眼光，看待书中的人物。或许他们的做法令人郁闷、不解，但在那个吃人的时代里，又有谁能真正不受环境的影响呢？

Day 2 《家》

人的身体可以被囚禁，
心却不可以

他羞愧，知道是自己的错，很想替她辩护，却发不出声音来

雪夜，街灯的光在寒风中显得尤为孤寂。一座黑漆大门的公馆立在街道中央。门口一对永远沉默的石狮子，檐下一对红灯笼，门墙上挂着红漆底子的木对联，刻着八个字：国恩家庆，人寿年丰。

年轻的兄弟俩，迎着风雪走进了高公馆。他们聊着今天发生的事情，身子挨在一起，友爱、亲切，忘却了风雪，忘却了夜。他们是二哥高觉民和弟弟高觉慧，公馆里的少爷。

公馆里有客，饭后，长辈们打起了牌，琴表姐和觉民、觉慧在一起谈论书籍。觉慧站在门槛上，昂着头，挥动手

臂，想象身边有广阔的空间，没有什么东西能阻碍他的自由。想起白天演戏时剧里的场景，他豪气陡然升起，高声叫鸣凤倒茶来。

鸣凤是高家的婢女，十六岁，瓜子脸，带笑说话时脸颊上有两个酒窝，两只天真的眼睛亮晶晶的。她端来两杯茶，却被觉慧找碴儿，拦住去路，不让走。鸣凤默默站着，小声哀求觉慧让她去做事。周太太呼唤鸣凤的声音传来，觉慧却笑着说挨骂有什么要紧。直到淑华也出来了，他才把身子一侧，让出路来，导致鸣凤被狠狠责骂了一顿。

黑暗中的觉慧听到那些责骂，感觉像鞭子在抽打他的头。他羞愧，知道是自己的错，很想替她辩护，却发不出声音来。

他的头脑里，两种思想在交锋。一方面认为鸣凤的命运在出世时就已经被安排好了，没有例外。一方面又觉得命运的安排实在不公，想要反抗、改变它。

希望是有的，在自己，并不在别人

琴的大名是张蕴华，是高家亲戚里最美丽活泼的姑娘，就读于省立一女师。她虽然只有母亲，但仍是家人手心里的宝。她想去学校读书，母亲便支持她，哪怕要背负各种流言蜚语和冷嘲热讽。因此，琴是幸福的、勇敢的。当她听说外国语专门学校计划开放男女同校的消息，决定第一个去报名。

她坚定地认为："我的事应该由我自己决定，妈答不答应也没关系。因为我跟所有人一样，我也是人。"一番话道出了新女性的心声。

同一个夜晚，鸣凤坐在床沿，痴痴地望着灯花。七年前，同样在雪夜，她被一个面貌凶恶的中年妇女从死了妻子的父亲那里带走，送来公馆。时间平淡地流过，听命令、做苦事、挨打骂、流眼泪，都是家常便饭，就算不愿意，也只好忍着。鸣凤知道，到了一定的年纪，她会被轿子抬到太太所选定的、自己并不认识的男人家里，贫苦地生活下去，做事，生小孩。她心里藏着一个年轻男人的脸。她盼望他伸出手拯救自己……

一出生便被决定了命运的人，还有高觉新。中学时，觉新成绩优良，曾打算毕业后到上海或北京的大学深造，去德国留学。但作为长孙，他生来就身负重担，命运不由自己掌控，加上噩耗频至，很快就活成了另一个样子。

先是失去了母亲，不久父亲续弦。得到毕业文凭的夜晚，他被父亲叫到房里，被告知因为爷爷希望有重孙，已经给他寻得一门亲事，年内结婚。结婚的对象不是与他青梅竹马、两情相悦的梅表妹。

最后，觉新的父亲抓阄，从两个比较合适的姑娘中选出了新娘。他只是点头表示顺从。前程断送，美梦破灭，他像傀儡被人玩弄，又被当成宝贝珍爱着，做着别人要他做的事。打牌，看戏，喝酒，不再思考，没有快乐，也没有悲哀。

新娘是瑞珏，温柔、体贴，全心全意地爱着他，使他忘了前程，忘了梅，忘了痛苦。只是不到半年，时疫便夺走了父亲。

上有继母，下有弟妹，二十岁的觉新，担起了大家庭重担，也受到这个绅士家庭背后仇恨的攻击。奋斗毫无结果，他只能实行"作揖主义"和"无抵抗主义"，尽力避免起冲突，恭敬、敷衍，陪打牌、当跑腿……

梅也出嫁了。不到一年，守了寡，因婆家待她不好，便回到娘家。就在最近，她随母亲回到了省城。

这样的生活不值得也不能再过下去了，唯有反抗

偌大的高公馆里，更多的风雪正在酝酿。公馆外，官兵打了学生。学生们都到督军署请愿，无果，冲突几乎每天都在发生。觉慧也参与了这些愈演愈烈的活动，并被好事者告诉了高老太爷。被祖父批评了一顿后，他被罚禁足，不许离开公馆。

觉民则每天都去教琴学英文，为进入外国语学校做准备。他的心已被这位勇敢聪明的少女占据了。可近来，他常常在夜里听到大哥吹箫，凄惨的调子让他害怕。觉民与琴，就好似当初的觉新与梅表姐，他担心重蹈覆辙。

好在有觉慧的安慰：时代不同了。觉慧正沉浸在被禁足的烦躁、愤怒中，他痛恨这深锁他的大宅。最近，他和鸣凤也没有单独谈话的机会，偶有几次碰面，她总是转身刻意躲避，担心被太太得知。人的身体可以被囚禁，人的心却不可以。

他找出旧的杂志、报纸，在阅读中肆意地飞驰，幻想着自己已经报了仇；嫂嫂也偶尔找他下棋、聊天解闷。只是脱离了书籍和陪伴，寂寞便又环绕着他。他想到外面的一切，听着家里种种黑暗的、压抑的故事，便愈发觉得家中处处是压迫，这样的生活不值得也不能再过下去了，唯有反抗。

Day 3 《家》

困境，
往往源于心的束缚

思想是新的，行为是旧的，人是矛盾的

　　觉慧不顾祖父的禁令，偷跑了出去。那是除夕前一天的下午，他和觉民在觉新的办公室，阅读刚买的书籍。读到关于爱情的语句时，觉慧感到一股热气从身体内直往上冲，激动得手也颤抖起来。他大声朗读："我们是青年，不是畸人，不是愚人，应当给自己把幸福争过来！"

　　觉慧曾同父亲外出，见识过高山流水，领略了奇异景物，更渴望干出一番不寻常的事业，却困于绅士家庭里。在这个庞大的家里，几十个仆人、轿夫为了微薄的工资服侍主人，一旦触怒主人就不知道第二天该怎样生活下去。他同情这些人的命运，常常与轿夫躺在一起，听老轿夫讲剑仙侠客的故事。

进入中学，他被培养了爱国主义的热情和改良主义的信仰，五四运动又突然给他带来了新世界。带着极大的热忱，他接受了新的、更激进的学说，被称为"人道主义者"。

他开始痛恨浪费青春和生命的生活，但愈是憎恨，便愈发现更多无形的栅栏立在四周，难以摆脱。面对兄弟们的沉默，他愤恨地感叹：总是忍受，口里说着反对旧家庭，实际上却拥护着它，思想是新的，行为是旧的，人是矛盾的。

他忘了，自己也是矛盾本身。

吃年饭时，一道菜的传递，需要经过三个等级不同、分工各异的仆人传递，排场浩大。按次序，上面一桌是长辈，下面一桌是年轻人。老太爷看着众多子孙，明白四世同堂的希望已经实现，浮出了满意的笑容。年轻的一桌欢乐地谈笑，行酒令、喝酒作乐。长辈这一桌则拘谨得很，老太爷举起酒杯，众人跟随；老太爷放下酒杯，众人也放下，话语甚少。

散席后，觉慧信步走到大门口，在一片寂静中听到了一阵细微的哭声，发现一团黑影猫在石缸旁边。那是一个讨饭的小孩，布衣又脏又破，飘蓬的头发散落在水面。好似一瓢冷水泼到觉慧的脸上，一种奇怪的、从未有过的感情控制了他。他从口袋里摸出两个半元的银币，放在小孩的手心，喃喃地叮嘱了几句，便连忙逃走，脑海里显出大哥曾嘲笑他的称谓：人道主义者。

他一方面觉得这是善举，一方面又指责自己：这伪善的人道主义者的行为，并不能改变社会的面目，无法为小孩免除饥寒的困境。怀着矛盾的心情，觉慧颓然倒在床上，睡着了。

怕什么呢？即使倒下千万次，只要不屈服，无人能打败我

第二天，觉慧与觉民到园子里散步。花台上几株牡丹的枯枝勇敢地立在寒冷的空气中，得到了觉慧的赞赏。觉民却说，熬过冬天，发了叶，开了花，仍逃不过老太爷的一把剪刀。对此，觉慧很乐观，来年照样会开出新的花朵。怕什么呢？即使倒下千万次，只要不屈服，无人能打败我。

觉新就像牡丹。新式学堂、新思想和抱负、懵懂的爱情，他都有，好似牡丹发叶、开花。可祖父抱重孙的期盼、接连的噩耗、爹临死的嘱托、报答母亲的爱的心愿，都变成利刃，剪掉志向和快乐，他无法乐观，只企求弟妹们长大好好做人，替父母争气，自己一生的志愿也就实现了。

原来，觉新几天前偶遇了梅。相爱过的人，总是有能在茫茫人海里认出彼此的能力。他们也不例外。人潮汹涌，觉新一眼就看到了梅，几乎要叫出声音来。梅也抬起头，隔着

来来往往的行人，他们的目光相碰，却无法光明正大地打招
呼。梅点点头，把脸转到另一个方向。觉新也只能远远地站
着，凝望她。梅眼里含泪，嘴唇微颤，仿佛想说什么，但下
一秒头一转，就走远了，不再回头。

　　"如果我们再相见，事隔经年。我将以何贺你？以眼
泪，以沉默。"拜伦的这句诗，正是他们的真实写照。

　　　新的思想只是徒增他们的痛苦，正像让死尸站起
来看见自己的腐烂一样

　　梅悲惨的遭遇——青年孀居、回家与顽固母亲过着尼姑
庵式的生活，又令他无法忘却。他害怕梅怨恨他，又自知不
能在承受瑞珏的爱之余，还爱着另一个人。这令他痛苦，无
法宽恕自己，就连诉说心声的时刻都极少。更多的时候，他
只能借箫声，道出一声叹息。而只要家人一召唤，他便不得
不马上做回情绪稳定的大人，操持家庭事务。

　　觉慧劝慰大哥，过去的事情应该深深埋葬起来。只要梅
爱上其他人，再嫁出去，问题就能得以解决。

　　但觉新提醒他：现实不允许这种情况的发生。梅的母亲
不会同意，梅也从未有过改嫁的想法。封建礼教的绳索束缚
在她们的身上，造就无数困境，难以挣脱。

　　觉慧感到自己的思想和大哥、家庭越离越远了。看着大

哥痛苦的脸庞，只觉得没有希望：新的思想只是徒增他们的痛苦，正像让死尸站起来看见自己的腐烂一样。

觉慧转而关注窗外在踢毽子的弟弟妹妹们，和淑华斗嘴，看毽子在淑英脚边跳上跳下。这个十二岁的女孩，吃力地舞动小脚，那双畸形的脚是血与泪的产物，娇弱的样子又带回当年缠脚时发出的哀泣声，令人痛苦。

觉新也参与其中，玩笑打闹，不再是刚刚那副痛苦的模样了。觉慧感慨：人原来是这般健忘，刚刚掘开的坟墓带来的苦痛，已经消失不见。

或许也正因这样的健忘，才能够在痛苦中活下去吧？

Day 4 《家》

无论愿意与否，
梦醒的时刻总会来临

生活的潮水涌来，我们曾幻想在其间激荡，但往往是被淹没，消失了踪迹

　　正值春节，按顺序完成繁复的祭拜仪式后，觉慧没能避开仆人的行礼。最后行礼的是鸣凤，她脸上擦了一点粉，辫子梳得光油油的，脸上还有天真。叫唤着"三少爷"，鸣凤埋下头，弯下身子，微微一笑。自从上次在梅林相遇，讲述心声后，他们之间的氛围终于又回暖了。觉慧愉快地回礼，刹那间，觉得到处都是快乐的声音，在说祝福的话语，世界如此美满。

　　姑妈家很清静，只有琴和母亲，以及两个佣人。道过寒暄，琴带着兄弟俩来到房间，那里坐着个年轻的女子——

梅，她穿着淡青色棉袄，坐在床边看书。兄弟俩痴痴地站在那儿，只是盯着她，却一句话也说不出来。倒是梅先笑了。凄凉的笑，无可奈何的笑，额上一道皱纹使她的脸更美丽，也更凄哀。

讲着别后的生活，梅说到自己比以前更容易伤感，常常无故伤心，紧锁眉毛。对梅来说，别后的生活就是一场凄楚的梦。如今梦醒，什么都没有了，徒剩一颗空虚的心。又或许，现在也在梦中，不知何时梦醒。她和觉新一样被困在往事中，难以挣脱：觉得自己赶不上时代，不能自己做主，便任由命运摆布，毫无幸福可言。

众人安慰她。觉民的心里悲哀、惊恐、怜悯交织着，不仅为了梅，也为了琴和自己。觉慧又开始宣扬他内心激烈的思想，鼓励梅改变和征服环境。他认为，多阅读新书就能解决一切问题。觉慧是理想化的，也过于年轻。他没能设身处地、感同身受地理解梅。的确，新书能改变人的思想，但很难提供行动的力量。尤其对梅来说，诸多不幸让她丧失对生活的热忱、与命运的抗争，思维固定了，过分防御和恐惧未知，自然害怕改变。

她当然也阅读。《新青年》里的文字，清清楚楚写着自己所受过的害，描绘了与她所经历的全然不同的环境，字字句句都成为刺，扎得她心里难受。羡慕，痛苦，好似乞丐站在富家花园墙外听着里面的欢笑声，走过饭馆门口闻着饭香肉香，只觉得难受。没有人能真正理解她。于是，她轻轻叹气，要说话，又忍住了，只是表达了感谢。

人类的悲欢并不相通。处于同一个时代的梅和琴，境遇截然不同。可无论时代如何改变，梅和觉新的困境都无法解除：她嫁过人，觉新有了妻子，两人的母亲是仇人。被叫醒的梦中人，却已离不开梦境。梅就像被锁紧在玻璃罩里的蜡烛，徒然地燃烧着青春。此时，连觉慧也开始明白并不是一切的问题都可以由书本解决了。

谈话间，梅提到了觉新，谈起那短暂的相遇，说起自己只敢偷看他的背影。他们平静絮叨地讲着觉新的生活。

从姑妈家出来，觉慧和觉民看着两旁灯烛辉煌的店铺和酒馆，顿感轻松，遇到梅表姐的事好像只是一个梦。可见，自己身上所发生的切肤之痛，在他人眼里也不过是一场梦境、一个故事罢了。

镜花水月般的承诺，如果没有落到实处，终究只能成为一场迷梦

高家公馆里依然喧闹。男人赌博，女人打牌，谈笑声、银钱声，动、笑、叫，像演戏一样。这一切对觉慧来说，显得陌生无趣。曾几何时，他也和其中的任何一个人一样，打牌掷骰做游戏，丝毫不觉孤寂。如今，他感到周身都被冷气

和寂寞包围，莫名的忧郁压迫着他。

一个人站在黑暗中，看别人笑，他好像活在另一个世界里。到底是周遭的一切是梦，还是自己才是梦呢？他感到自己跟家庭一天一天地向两条背道而驰的路上走了。

在公馆里闲逛，不知不觉中他走到一扇窗下，听到鸣凤与婢女婉儿的对话，不自觉就停下脚步。原来，高老太爷要从她们中挑一个给冯老太爷做姨太太。觉慧几乎要叫起来了，他忍住了，认真听鸣凤的回答。

原本，两位妙龄少女在繁重的工作后，聊着婚姻大事，即使不能自己做主，但拥有憧憬总归是幸福的。可被当成礼物送出去，这样吃人的封建礼教，埋葬了无数少女的期望。

怎么办？鸣凤痛苦地说，宁愿死也不做小老婆。鸣凤说着心中的"他"，就好像找到了庇护她的力量，不再感到害怕。她在纯洁的爱情里找到了忘我的快乐。

婉儿离开后，觉慧轻轻敲着玻璃，低声呼唤。鸣凤抬起头，吃惊地四处张望却没看到人，叹息着自己还醒着就做起梦来了。觉慧更用力地敲着，鸣凤才循声揭开窗帘。可觉慧不但没有安慰她，反而急急地问：假如真的被选中了，怎么办呢？

鸣凤痴痴地望着他半晌，不说话，忽然淌下眼泪，十分坚决地说："我不去！我向你赌咒！"觉慧从未想过自己的不成熟。他的思想和行为互相矛盾，既想要脱离大家庭，又不敢主动去反抗，只将问题丢回来。可鸣凤如何能掌握自己的命运？

他一直给予鸣凤希望，镜花水月般的承诺，如果没有落到实处，终究只能成为一场迷梦。

美景之下，人人都有自己的心思和烦恼

长辈们在初九时邀请大家看龙灯。龙灯舞起来的时候，爆竹声也响了起来。仆人们手持缚了鞭炮的长竿，轿夫们拿着竹筒花炮，都往赤着身子的舞龙人身上射。舞龙人滚着，躲闪着。但提前制作的火药里被放了碎铜钱，火花牢牢地贴在人的肉体上烧，不会落下来。他们被烧得大叫起来，身上的肉变了颜色，抖动着。观众们满意地笑了，他们继续把花炮逼近同类，想烧得他们求饶。

对于这一出又美又残酷的表演，觉慧感到愤怒：难道人就没有一点同情心吗？

琴反驳，这场表演让长辈们满足，舞龙灯的人也得到了赏钱。各取所需，不好吗？

觉慧冷笑着，讽刺着，一个人应该把自己的快乐建筑在别人的痛苦上吗？只要出了钱就可用鞭炮乱烧别人的身体吗？

从来如此，便对吗？

　　总之，高公馆里的生活，实在如梦境般旖旎。赏烟花，观龙灯，还在元宵时划船赏月。一路斗嘴，伴着箫声笛声，少男少女在皎洁的月光下，湖上泛舟，饮酒畅谈，浪漫至极。美景之下，人人都有自己的心思和烦恼。

　　但这仍然是一个堪称完美的夜晚，虽有争执，泛舟时遇到了雾，但也赏到了极美的、绸缎般的月光。

　　只是觉新和琴的心里都有些遗憾：如果梅也在，就好了。

　　而梅，果然来了。

Day 5 《家》

死亡的是生命，
更是一个人的心

靠旧礼教维持的大家庭，突然现出了它内部的
空虚

　　赏完月色，一张报纸递过来：前线开火了。军队已到北
门外，伤兵接二连三被抬进城。大家都担心发生巷战，惴惴
不安。天将黑时，交通断绝，公馆大门紧闭，每个人都轻声
细语。女人们包扎起重要的物品，藏在地窖或者身边；夫
妇儿女们相对望着，带着疲惫的眼和恐怖的心，挨过漫漫
长夜。

　　深夜，枪声大作，时时有枪子从屋顶上飞过。炮弹炸
裂，房屋动摇，传来巨大的轰鸣声。孩子的哭声、老太爷的
咳嗽声此起彼伏。大家和衣熬过了一夜。第二天，琴和她的

母亲来了。她家被军队占据，正好在她家的梅也因交通断绝无法回家，只能一起到高家避难。

第二天，觉民和觉慧出门时得到督军下野的消息。当他们把这个消息带回家时，大家正在打牌，即使有焦虑，也在一副好牌的影响下忘记了外面的战祸。

几天后，交通恢复了，情形似乎好了起来。可一波未平，一波又起，谣言纷飞，都在说今晚会发生抢劫的事，首当其冲的便是高家公馆——北门一带的首富。于是，各房太太都带着孩子回娘家去了。众人纷纷离散，只剩下觉新这一房。这个靠旧礼教维持的大家庭，突然现出了它内部的空虚：平日在一起生活的人，如今大难临头，就只顾谋自己的安全了。

寂静的街，近乎凝固的时间。一有风吹草动，大家便草木皆兵，疑神疑鬼。枪，刺刀，血，火，女人的赤裸身体，散在地上的金钱，开着的皮箱，躺在地上的浴血尸体。这样的画面围绕着大家，恐惧穷追不舍。女人们更是做好了遇险就投身湖底、保全清白的准备。觉新作为一家之主，也不敢熟睡。

如此煎熬数日，传说中的抢劫没有发生，高公馆又热闹起来了，还拒绝了军队进入公馆驻扎的要求，从司令部那里拿来告示，张贴在大门口。上面写着，军长张令：此系民房，禁止驻兵。恐怖远去，和平的统治恢复了，至少在表面上，人们平静地生活下去。

原来，想阻止一个女子对自我的追寻，只要把她嫁出去就可以了

　　觉慧参与了《黎明周报》的工作，开始发表文章。他对社会情况还未有精细的观察，只有一些生活经验、从书本上得来的信息和青年的热情，写作的材料和论点大多是从其他新杂志上找来的。他也不再愤怒、寂寞、喜欢讽刺，而是发散热情，看着思想变成文字印在纸上，借助信件结交了远方的朋友。

　　觉慧鼓励琴写了一篇关于女子剪发的文章。很快，许倩如身先士卒，剪了短发。在学校里，她成为焦点，放学时又帮几位同学也剪了短发。琴也蠢蠢欲动，希望倩如能到她家里去，借此观察母亲张太太对女子剪发的态度。

　　在街上行走时，琴觉得所有人的目光都在她们头上、脸上，她同倩如一起暴露在轻视与侮辱的眼光下面了，不堪入耳的下流话从尾随其后的男子口中接连蹦出来。琴满脸通红，不敢抬头，也不好意思讲话，只顾加快脚步向前走。

　　母亲的态度与路人们并无二致，认为倩如的短发弄得小姐不像小姐，尼姑不像尼姑，简直失了大家的风范。因此，当琴提出自己也想剪短发时，张太太显得极为不耐烦，不想听琴的大道理，甚至开口说不如将她早早嫁出去，以免名声坏了以后没人要。

琴极为伤心。原来，想阻止一个女子对自我的追寻，只要把她嫁出去就可以了。琴仿佛看到了眼前一条几千年前就修好的路，浸满了无数女子的血泪，断送了她们的青春。

就在琴痛哭的夜晚，鸣凤被告知：再过三天，她就要被送到冯家当小老婆。六十岁的冯老太爷甚至可以当她的爷爷了，主子口中的好归宿，其实是蹂躏与折磨。她的痛哭无法改变事实，鸣凤就像上次觉慧所做的一样，站在窗外，小声地敲着窗户，呼唤窗内人。可觉慧埋头读书写文章，并没有注意到微小的动静。当她终于决定跑进去时，眼前突然一片漆黑，房里的灯光灭了。三天时间里，鸣凤很努力想找到觉慧商议对策。但他似乎比以前更忙碌，早出晚归，把自己关在房里写文章，读书。

最后一夜，她终于鼓起勇气，跑进觉慧的房间。觉慧很惊讶，诉说着自己的忙碌。鸣凤正要说话，他又问："你没看见我这样忙？"鸣凤眼里立刻闪烁着泪光。觉慧心软了，伸手捏了捏鸣凤的手，突然轻轻地在她唇上留下一个吻。鸣凤痴痴地站着。觉民的步伐近了，她来不及再说任何话。仿佛从梦中惊醒一样，她眼睛一闪，流下一行泪，喊了一声异常凄惨的"三少爷"，就跑开了。

后来，觉民将鸣凤即将出嫁的消息告诉觉慧，那一刻，觉慧感到世界在崩塌。他跑到鸣凤的房间和梅林里寻找失踪的少女，但都没有收获。

鸣凤此刻在湖边。此时，这位纯洁的少女，回忆了自己悲惨的一生，想到了所爱的人，最后用极温暖而凄楚的声音叫了声"三少爷，觉慧"，便纵身跳进湖里。

这一跳改变的只有婉儿的命运。第二天，轿子载着哭泣的婉儿，按原计划送往冯家。鸣凤呢？她死前纠结的内心、满怀的心事，又有谁在倾听？留给她的命运不过九个字：捞起来，抬出去，就完了。她甚至不知道，那天夜里，觉慧寻她不得后，坚持写完文章，第二天也照常到校学习。因为经过一夜的思索，他的心里已经决意将这位少女抛弃。

热心是多么美丽的东西！它使得年轻人们在简短的时间里，就把一切的困难都克服了

鸣凤的死让觉慧大受打击。为什么人家把她当作东西一样送给别人？但没多久，觉慧就不再提鸣凤的名字，好似把她忘掉了，带着难治的疤痕。他也曾梦到鸣凤，默许其他丫头为她烧纸钱。但他的周报事业遇到了麻烦。警察厅发布了禁止女子剪发的布告，觉慧写文章狠狠驳斥了一番。借此，警察没收了报纸，送来公函，宣布报纸言论偏激，不能再发行。

青年们痛苦着，冷笑着，激愤地骂着，也很快想出对策：换个名字，重新再来。《黎明周报》停刊，《利群周报》发刊，报社改为阅报处，其间的新书报将在此陈列，免费供人阅览。

热心是多么美丽的东西！它使得年轻人们在简短的时间里，就把一切的困难都克服了。青年茶会里，同样的热情、理想和赤诚的心，让他们成为友爱的家庭，并且脱离了利害关系的束缚。在这里，觉慧爱着周围一切人，也被爱围绕。他们彼此信赖，不再觉得自己是孤岛。

但回到家里，一地鸡毛仍然消耗他的心力。

生日宴会上，冯老太爷带着新姨太——饱受折磨的婉儿来了，同时也带来一桩婚事：他替侄孙女来提亲，对象正是觉民。老太爷自然是同意了。觉民并没有被吓倒。眼见着正式托人做媒、算八字等步骤逐一进行，觉民开始了战斗：写信告诉琴，让她相信自己；向大哥和继母要求取消亲事。

Day 6 《家》

这个家需要
一个叛徒

我恨不能把你从棺材里拉出来，让你睁开眼睛看个明白，你是怎样给人杀死的

觉民不想屈服，他选择了反抗。在觉慧的帮助下，他离家出走，躲在同学家里。

这件事把祖父气得够呛。他的权威受到了挑战，面子也被撕破，就勒令觉新把弟弟找回来，否则就要登报将其赶出家门。无论继母和觉新如何劝说、哭诉，觉慧都不透露觉民的藏身之处。觉新夹在中间两头受气。他觉得弟弟们太不体谅自己了。这一房里没有笑脸，别房的人都在幸灾乐祸地冷笑着。

高老太爷甚至说，如果觉民不回家，就让觉慧应承这门亲事。多可笑啊！丫头也好，孙儿也罢，在高老太爷的眼里，都是物件而已。觉民在信中写道："死囚牢就是我的家庭，刽子手就是我的家族。"目睹着家里的一切，觉慧觉得这个家一点希望也没有了，脱离了也好。

让觉新开始转变的是梅的死亡。积郁成疾，梅病了，甚至到了吐血的地步。她不愿意吃药，只觉得活着是在受罪，还不如死了好。她的母亲整日忙着拜客打牌，也无暇顾及她，终于重视起来时，已经迟了。哀莫大于心死，或许梅早已不在这世上。

流着泪，觉新帮忙操办梅的丧事。看着梅憔悴的、不会再活泼起来的面庞，他也想抱着她跑到一个没有人迹的地方去，但没有这个勇气。看着扶棺哭泣的琴、被与梅相似的命运所威胁的琴，他心里的某些害怕、恐惧仿佛也死去了。

觉慧的愤怒大于伤心。他独自看着梅的棺材，用交织着爱与恨的声音说道："一些哭声，一些话，一些眼泪，就把这个可爱的年轻的生命埋葬了。梅表姐，我恨不能把你从棺材里拉出来，让你睁开眼睛看个明白，你是怎样给人杀死的！"

这个空虚的大家庭是一天一天往衰落的路上走了

觉民的斗争是艰难的，但好在有兄弟、同学的帮助和琴的信任。琴的母亲在目睹梅的悲惨遭遇后，大为震动，也愿意帮助他们。觉慧那本因害怕失败而痛苦的心也得到了支持。

与此同时，一场闹剧正在高家上演——五叔克定在外讨了姨太太，租了小公馆，还把五婶陪嫁的金银首饰都骗走当卖了……老太爷当众训斥他，喜欢看热闹的家人们都兴致勃勃地围观克定打自己的嘴巴。如何结交坏朋友，走上邪路，与私娼发生关系；如何租下小公馆，欺骗当卖妻子的首饰……觉民，十九岁的青年，正在勇敢斗争；克定，三十三岁的成年人，却胆小虚伪，跪在地上打自己，羞辱自己，甚至牵连他人。

老太爷在生气之余，也感受到了这个家正在走下坡路。他勉强站了起来，却一阵眼花，倒了下来。这一摔，高老太爷病了。医生来来去去，药水一碗碗灌下去，却没有好转。家里的人们依旧在笑，在哭，在吵架，在斗争。

久病床前无孝子。克定趁老太爷生病，管不到他，整天躲在外面的公馆里打牌，和女人调笑；克安写字，作诗，看戏，不闻窗外事；只有克明和觉新陪着老太爷看病、喝药。药无效，人们就想起了作法。最初是道士们敲锣，打鼓，念咒；接着克明三兄弟祭天；然后是请巫师到家里来捉鬼，恐吓的姿势把病人吓得惊叫起来。每个房间的"鬼"都要捉干净，于是小孩哭，女人叹息，男人摇头，滑稽的仪式一再上演。只有觉慧紧闭大门，被众人以孝道相威胁。他愤怒且轻蔑地指责众人的行为可笑，将爷爷吓得不轻，病反而加重了，扬言谁敢进房间，就打谁的巴掌。

一番话让克明这个日本留学生、省城有名的大律师惭愧得红了脸，转身离开。觉新也跟着溜走了。陈姨太审时度势后，也怀着恨意敷衍地骂了几句，扭着身子走开了。这一次的"大获全胜"让觉慧也感到意外。

第二天请安时，觉慧发现祖父比平日温和了。他似乎感觉到自己命不久矣，只想看看孙儿们，便答应只要觉民回来，就不再提结婚的事。觉慧把二哥带回来时，老太爷这盏油灯已经燃到了最后。他希望几个年轻人好好读书，显亲扬名，而后就去世了。于是，高家又忙碌起来了。

纷至的礼物，盛大的仪式，众多的吊客。只是苦了女眷们，来客多，哭的次数也增加了，无论她们正在做什么，只要吹鼓手吹打起来，就得立刻放声大哭，愈伤心愈好。葬礼还未结束，分家的戏码就开始了。为了古玩字画等物品的归宿，一群人争得不可开交，太太们也抱怨遗嘱的不公平。

让那些看热闹的人知道，家里并不是只有像他这样一味服从的人

分家后，瑞珏已经待产了。陈姨太一本正经地说，长辈

的灵柩停在家里，产妇的血光会冲撞到死者，导致身上冒血不止。她要求将产妇迁出城外，还要过桥，并在家里筑假坟来保护棺木。这些话对觉新来说无异于晴天霹雳，但他平静地接受了。

就连公馆里的下人都觉得这个做法不安全，希望觉慧劝一劝大哥。可觉慧的劝说毫无成效，觉新仍不想忤逆长辈。

于是，瑞珏搬到城外一座潮湿矮小的房子里。那里满足"出城、过桥"的条件，却不是产妇生活、生产的好地方。起初，觉新每天都到城外看瑞珏，但家里让他监督建假坟，不反抗的他便没什么机会出城了。

再一次来到城外，瑞珏已经在生产了。依照几位太太的吩咐，他不能进入产房。瑞珏的呻吟声不绝于耳。痛苦的号叫，与她平时的声音截然不同。他想起了几年前瑞珏生第一个孩子时，他尚是充满期待的，今天却只剩下了恐怖和悔恨。

又一阵更为猛烈的哭号，瑞珏开始痛苦地呼唤觉新的名字。觉新终于想冲进去了，但紧锁的门却将他隔绝在外。当婴儿的啼哭打破难得的一阵静寂时，门里却又传来更恐怖的声音——瑞珏的手冷了。

瑞珏的死亡让觉慧出走的心更坚定了。他的眼前有一张丰满的脸庞，接着又现出一副棺材，渐渐地变成两副、三副。

　　觉新看到劝说无效，便决定支持他，帮他筹路费。他想，我们这个家需要一个叛徒。他希望觉慧成功，替自己出一口气，也让那些看热闹的人知道，家里并不是只有像他这样一味服从的人。

　　有了大哥和报社诸位朋友的帮助，觉慧的出走并没有那么艰难。

　　坐上船，一种新的感情渐渐地抓住了他。他清清楚楚地知道自己离开家了。这流水，不停地向前流去，把他送到一个未知的叫作上海的大城市去。在那里，有新的运动，有广大的群众，还有几个通过信但未见面的热情朋友。新的一切正在生长。

　　他最后一次把眼睛向后面看，轻轻道一声"再见"，便扭头去看永远向前流去，没有一刻停留的绿水。

Day 7 《家》

牢笼里
渴望新光明

阅读《家》时，常常想到《红楼梦》。它们同样细致地描写了封建大家庭的日常生活，琐碎之间，草蛇灰线地埋伏着大厦倾覆的痕迹，反映时代的某个切面；也让人想起萧红和她笔下的人物，他们似乎被同样的枷锁束缚着，脸庞上有欢笑、悲伤、泪珠，展现着家族与时代的兴衰荣辱。

觉新的懦弱妥协，觉民的沉稳执着，觉慧的冲动与义无反顾，琴的坚强勇敢，鸣凤的纯洁刚烈，梅的忧郁无奈，瑞珏的善良悲凉……

他们不曾想过还有反抗这个选项，最终错失一生

觉新、瑞珏和梅是一个旧时代的牺牲品，可怜，可叹。

长孙觉新从小就被寄予厚望。父母去世时，弟弟妹妹还年幼，只有他能挑起高家的担子。他重情，因此不忍辜负母亲的期盼，竭尽心力地操持家事，哺育弟弟妹妹们，让他们拥有接受新文化教育的机会；也因此，他无法忘记梅。

梅是他的表妹，两人青梅竹马、郎才女貌，本是一对金童玉女。当祖父希望抱重孙时，觉新的一切抱负、理想都要屈服于传宗接代的家族责任之下。两位母亲的矛盾则将他推向另一位新娘。新娘瑞珏是拈阄选出来的。当时，高家在两个姑娘间犹豫，最后只得求助于拈阄：把她们的姓氏写在小红纸片上，揉成两团，拿在手里，走到祖宗的神主面前，诚心祷告一番后随意拈起一个来。他们都对自己的命运深信不疑，不曾想过还有反抗这个选项，最终错失一生。

觉新是一个介于高家封建家长与叛逆青年之间的人，是合格的儿孙，却不是合格的丈夫。但觉新也并非一无是处。他是宽厚的，仁爱的，深情的。即使与两个弟弟有不同的见解，他也愿意选择支持，尤其是在觉慧离家时，甚至主动要求成为他的经济后盾。

跟着时代走的人最终于会得到报酬，做一个落伍者则会抱憾终生

觉民接受了新式学堂的教育，但对于社会的发展、青年的

运动兴趣并不大。他的性情和高公馆的多数人是类似的：常常是乐观的，虽然有过不如意的事情，但是很快就忘记了。

他关心的是琴，是自己的爱情。因此，当命运的手伸到他和琴的爱情上，他才表现出坚强与勇敢的品质，反抗了绅士家庭中地位最高的人——老太爷。

起初，他将希望寄托于觉新和继母身上，希望他们能替自己回绝亲事。但高家没人敢忤逆老太爷的意思。好在有觉慧帮他出主意，鼓励、帮助他，才有了最后的胜利。

与他相比，琴的形象显得更加美丽、坚定。在那个女人承受诸多束缚的时代，她却希望能到男女混校的外国语学校学习，前路何其艰难，闲言碎语何其繁多、难听，但她的决心和信念又何其坚定，发出光芒。

无形和有形的障碍，阻止她走向幸福的道路；要征服这些障碍，她还需要更多的勇气和精力。比如遇到战争时，她绝望地发现自己和其他女子一样，努力多年而造就的美梦破灭了，在时代车轮的碾压下，没有谁能幸免于难。比如她知道母亲为了自己承担了许多冷嘲热讽，便宁愿为了她牺牲自己的前途。在同学的劝导下，她领悟到：这种牺牲没有多大的意义；就算要牺牲，也不能为了一个人，应该为无数的、将来的姐妹牺牲。跟着时代走的人最终会得到报酬，做一个落伍者则会抱憾终生。她还鼓励高家的其他姐妹继续学习。

只能看清楚别人，却无法全面客观地看待自己

觉慧无疑是本书的男主人公，他热情而又急躁，是一个充满矛盾的人。他自诩接受了新思想，但在觉民频繁去找琴时，又担心这样的举动会被爱说闲话的人注意到，再起波澜。表面上说着反对封建思想，参与了许多学生运动，但在生活中依然会为了闲言碎语而烦恼。他厌恶虚伪的封建官僚家庭，但又不具备出走的条件，难以自立，于是常常在痛苦中徘徊。

他喜欢鸣凤，又太幼稚，潜意识里仍将鸣凤当作婢女，使唤她，捉弄她，而不是理解她的苦、明白她的心，导致她被责骂时又不敢站出来承担责任。有时候，他也想为了鸣凤明亮的眼睛放弃一切，但一走到外面，新的环境、朋友让他的眼界又变宽了。那个少女的一双眼睛和广大的世界比起来，太渺小了。他的爱太狭隘、太单薄。

相反，鸣凤是书中最美好、清亮的角色，如月光一般皎洁。她全心全意地祝福三少爷，偶尔也期待能被他从泥沼里救出来。然而，她也只是希望做他的奴隶就够了，而不是与他平等地生活在一起。她没有接触过新思想，不知道应该怎样地抗争，不知道一个人应该活得像一个人。最后，她用一汪湖水捍卫自己的清白。鸣凤是为自己而死的。

　　而在那个夜晚，觉慧却以革命之名，放弃对她的营救，将所有的怨恨投射到家庭上。觉慧是书中最有争议的角色，不少评论者批评他的自私。简言之，他只能看清楚别人，却无法全面客观地看待自己。他的反抗道路也不过是指责、咒骂，并没有实际行动，也没能独立。

　　但有了这些缺陷，这个人物更真实、鲜明。十八岁的觉慧就是个血气方刚的青年，他还需要到更广阔的世界去磨炼一番，才能从逃离家庭者变为真正的革命者。

　　阅读"激流三部曲"接下来的《春》《秋》，相信大家会有更深刻的理解。

《**指匠**》

人生，就是与命运不断周旋

[英]萨拉·沃特斯

欲望如果环环相连、生而又生，那你肯定
会变得手忙脚乱，最后什么事情都做不成。

当今首屈一指的讲故事高手的

"维多利亚三部曲"之一

获"历史犯罪小说匕首奖"

入围"布克奖""柑橘奖"

得到《卫报》《观察家报》《泰晤士报》等

一系列媒体盛赞

Day 1 《指匠》

一部反转再反转的
悬疑小说

相爱吧，那是自由

《卫报》说："总有些小说，会让你嫉妒那些还没读过它的人，因为那份阅读快感还在等着他们，而你已经没机会了。"鲍勃·迪伦直接感叹，这是他一生最爱的100本书之一。《指匠》是一部严肃小说，可读性也极强。每一行字都需要细细品读，生怕不小心漏掉某个重要环节。

萨拉·沃特斯，是英国一位备受瞩目的作家，作品不多，但部部是精品，曾三度入围"布克奖"，两度入围"莱思纪念奖"。她主要描写女性之间的情爱，探索她们的情欲秘密，在那个年代，这种情欲被称为禁忌之爱，是最孤独的，也是最绝望的。而萨拉·沃特斯却用作品告诉大家：相爱吧，那是自由。萨拉曾经是一位研究19世纪女性文学的文学博士，她很爱自己的研究，又在研究过程中发现，如果仅仅是作为历史学家来研究，素材太匮乏了；但是如果作为小说家，自己有权利去填补那些故事中的空白。

豪放的态度，开阔的胸襟，也让她的作品染上了耐人寻味的色彩。"维多利亚三部曲"——《轻舔丝绒》《半身》《指匠》，就是她最好的见证。她的小说，故事充满了神秘感与艺术感，现实与虚拟的交错丝毫不留痕迹。

我们是如何经过风风雨雨，幸存为今天这样的女性

1966年，萨拉出生在英国威尔士的彭布罗克郡，父亲是工程师，母亲是家庭主妇。他们对孩子的教育非常开明，经常鼓励萨拉做手工，培养她的想象力，同时鼓励她在学业上继续深造。在父母的鼓励下，萨拉有着幸福愉快的童年。

在萨拉的描述中，维多利亚时代的女人，通常只有四个归宿——深宅、贼窝、收容所和精神病院。密闭的空间、边缘性的人群、复杂的人性，似乎每一样听起来都令人毛骨悚然、绝望至极。这是女性的悲剧，也是时代的悲剧。

在《半身》中，一个名叫玛格丽特·拜尔的女人被女囚犯萨琳娜·多丝所吸引。萨琳娜就像谜一样的存在，她自称

能通灵，是沟通现世和彼世的灵媒。玛格丽特对她深信不疑，别人却把萨琳娜当成了诈骗犯。玛格丽特开始怜悯她，甚至在她的指引下，玛格丽特体会到生活的真谛，爱的真谛、她再也忍不住了，她要帮萨琳娜逃离困境……

而在《轻舔丝绒》中，一个十八岁的小镇少女南儿在某次观看马戏团表演时，遇到一位反串男子角色的女角凯蒂。南儿顿时被她吸引，并产生了深深的爱慕之情。很快，两人同台演出，并成为舞台上最炫目的一对角儿……

在萨拉的作品中，女性的人生被数以千倍地放大，似乎她们每一次的呼吸我们都能清晰地感受到，是深是浅，是欢愉还是忧叹。而对作者萨拉来说，这是独特的，也是引人注目的。

你想象过深宅的生活吗？或许像古代宫廷剧中那样，佳丽三千，整日争宠；或许像《简·爱》中那样，男女主相互爱慕，偷偷约会，平日里有舞会，有下午茶。但是，《指匠》也许会打破你的幻想。

深宅中唯一的千金小姐，每日被舅舅逼迫抄写和诵读情色藏书。直到有一天，一位绅士的到来，改变了她一生的命运。而这位绅士，究竟是真心相助，还是图她钱财呢？整部小说多次反转，当你以为某位角色是好人时，或许他就是背后的始作俑者；当你以为他是坏人时，也许他也是受害者之一。在这深墙之中，阴谋浩荡，而欲望蠢蠢欲动。

这是一部反转又反转的哥特式悬疑小说，是一部充满十九世纪珍闻的纯文学，更是洋溢着生命体验的女性书写。也如《英国时报》所说：这是一本一旦打开就无法合上的书。

Day 2 《指匠》

她出身贫苦始终单纯善良，
却走上阴谋之路

人永远不要只看表面，也许你看到的东西，只是别人想让你看到的而已

　　在泰晤士河附近镇上的兰特街上，有一户特殊人家。当家的是一位叫萨克斯比的大娘，她养着一群孩子，孩子大多是孤儿，有十来岁的小孩，有还在襁褓中的婴儿。一位叫易布斯的大叔帮衬着他们，但他并非出自好心，而是为寻求自己的利益。易布斯大叔有一家锁铺，小偷经常来光顾，但小偷不是来偷东西的，而是把偷来的东西典当给易布斯大叔。

　　萨克斯比大娘、易布斯大叔经常带着孩子们去偷别人口袋里的钱包，去偷香水等贵重物品。看起来是特别弱小的一家人，所作所为却永远见不得阳光，手是脏的，心也是脏

的。人永远不要只看表面，也许你看到的东西，只是别人想让你看到的而已。

在这一家人中，只有一个人例外，那就是苏珊·程德，大家都叫她"苏"。有一次，一个叫弗洛拉的女孩给了萨克斯比大娘一便士，然后带着苏去剧院要饭。刚好剧场在上演《赵氏孤儿》，一个女人在台上被一个男人拿着棍子狠狠地打，剧场中有演员在尖叫，有观众在骂喊，苏被吓哭了。当萨克斯比大娘看到苏哭得发紫的脸，立马给了弗洛拉一耳光，说："我可不是让我的小娃娃们租出去搞成这副样子送回来的，脸都哭紫了，你想干啥？"其实，弗洛拉也不过是个十二三岁的女孩，比苏大不了几岁，但在萨克斯比大娘眼里，谁也不能欺负苏。萨克斯比大娘知道弗洛拉的小把戏，让她交出偷到的东西。弗洛拉拿出了两条手帕、一个钱包，连偷藏在裙子缝中一个丝袋里的香水，都逃不过萨克斯比大娘的毒眼。

苏都惊呆了。弗洛拉还埋怨，要不是苏哭闹坏了她的好事，本可以偷更多的。萨克斯比大娘听到这句话，立马又给了弗洛拉一耳光，再次警告她："你要是想带小孩去偷东西，带别的小孩去，不准带苏。听明白了没有？"萨克斯比大娘似乎对苏有着非比寻同的感情。在所有孩子中，苏是唯一有这待遇的。当然，爱是相互的，萨克斯比大娘也是苏的全世界。

　　苏从小在萨克斯比大娘身边长大，在萨克斯比大娘的描述中，苏的母亲，做买卖失败了，情急之下把一个阻碍她的男人杀死了。后来她被逮住，在监狱被关了一个月，最后被吊死，极其惨烈。苏懂事后，花了很长时间才接受了这个现实，她最大的愿望就是希望萨克斯比大娘是她的亲生母亲，因为她对自己太好了。当时苏的母亲只给了萨克斯比大娘一个月的钱，而萨克斯比大娘却照顾了她十七年。苏把这种感情，看成是一场不求回报的母爱。这或许是满口谎言，甚至是一场十多年的欺骗。

　　在一个寒冬的夜晚，屋外大雪纷飞，萨克斯比大娘一家子人各自忙活着自己的事。有几个男孩守着炉边，想要把金币外层的金子熔下来；另外有个叫约翰的男孩在吃花生；还有一个叫丹蒂的姑娘，被约翰指使着去给偷来的狗缝上一层更好的狗皮，说这样能卖个好价钱。就在这时，屋外响起嘎吱嘎吱的脚步声，没多久，就传来沉重的敲门声，屋内的人顿时像惊弓之鸟。他们不是普通人，若是警察突然来访，那他们的这辈子就完了。小偷都有敲门暗号，轻而快，这显然不是，那到底是谁呢？

　　他们赶紧把炉子里的东西都藏好，让"最干净的人"苏去开门，没想到是熟人理查斯·里弗斯，大家都叫他绅士。苏已经一年没见过他了，差点没认出来。大家都松了一口气。

一个决定或许能改变一个人的命运，也可能毁掉一个人的一生

　　绅士自称以前上过贵族学校，有良好的家庭环境，由于自己抵制不了诱惑经常去赌场，把钱都输光了，为此家人们也与他断绝了关系。绅士风度翩翩，也有才华，但是他将这些都用在了歧途上，常常坑蒙拐骗，卖过假画，做过赌场老千，靠精致的外表和"才华"迷得姑娘们心花怒放，明明是个混子，却装得人模狗样，在上流社会混得风生水起，甚至萨克斯比大娘和易布斯大叔都宠着他。这次来，大家以为他又带了什么货来销赃，但他声称这次他专为一人而来，那就是苏。

　　原来在郊外有一座庞大的古宅，里面住着一个老男人和他的外甥女莫德。老男人虽是学者，但性格刁钻古怪。他只对一屋子的书感兴趣，而绅士暂时在帮他做事。他有非常大的一笔财产，但是，外甥女如果想得到这笔钱，有一个特殊条件，就是嫁人。如果她没嫁人就死了，财产就归表哥。绅士想要通过娶这个富家千金获得财产，在深宅里，绅士还教她画画，姑娘的目光中充满了爱慕，但两人很少有单独相处的机会，她的贴身女仆几乎寸步不离地跟着她。所以他需要苏的帮助，让苏去做这姑娘的新女仆，然后旁敲侧击，让她愿意嫁给绅士。绅士说这姑娘傻乎乎的,很容易钻进圈套。两人结婚后,会有人来把她带走,然后关进疯人院,绅士就可以神不知鬼不觉地拿到这笔钱。当然,作为报酬,绅士会给苏两千英镑,并且姑娘的所有衣服、首饰珠宝都是苏的。

对一无所有的苏来说,这可是一笔不小的财富。苏是胆怯的,但所有人都在劝她安心,有什么问题他们都可以解决。绅士会写推荐信给那个富家小姐,反正她也没出过社会,很容易受骗。在设想了无数问题后,苏终于答应前往深宅帮绅士娶到富家千金,然后两人分光她的财产。

Day 3 《指匠》

你在羡慕别人时，
别人也在羡慕你

人最害怕的，其实是未知的恐惧

　　绅士在伦敦待了一周，给深宅老头做书的封面，第二天立马给深宅千金写了一封推荐信。信里他编了一个故事，大致说的是他最近去探望了自己当年的老保姆，老保姆看起来忧愁满面，原来是为自己去世妹妹的女儿的前途担忧。那个小姑娘本来是一位女仆，但是主人要嫁到印度去了，她便失去了工作。外面的世界那么乱，老保姆希望有位小姐能收留她。

　　绅士非常自信，因为深宅千金天性单纯，非常容易被说服。于是他开始抓紧时间教苏关于如何做女仆的一切事宜。第三天，绅士就收到了莫德小姐的回信，信上说她很需要一位新的女仆，希望见见这位叫苏的姑娘。

那一晚，大家准备了丰富的晚餐，给苏践行。大家都期待着绅士发财，期待苏拿到一大笔钱，改善所有人的生活，但没有人真正考虑过苏的感受。她是害怕的、胆怯的，甚至是恐惧的。她在幻想深宅是一副怎样的景象，她试着行一个鞠躬礼，突然感觉自己一身冷汗。人最害怕的，其实是未知的恐惧。萨克斯比大娘上楼来寻她了，又安慰她一番。

第二天一大早，只有萨克斯比大娘和苏告别，其他人要么还在睡觉，要么忙自己的事情去了。绅士计划送她去出租车站，坐马车到帕丁顿，然后在那儿送她上火车。下火车后转另一趟火车去马洛村，莫德小姐的人会在马洛村等苏。但是那天雾很大，出行非常不顺。马车慢得出奇，只好自己走路，而火车也误点延迟了，这意味着她会很晚才能到深宅那边。苏又开始害怕起来，她多么希望绅士能和她一起前往深宅。但绅士摇摇头，他现在还有事情没做完。

火车启动了，苏的思绪很乱，她没出过远门，眼前都是陌生的人，窗外也都是陌生的景象。下火车后，苏错过了那班去马洛村的火车，只好等下一趟，旁边的小卖部都已经打烊了，她一个人一整天东西也没吃，坐在行李上不知所措。这时候，来了一个男人，他安慰苏，顺便问她叫什么名字。苏觉得这不是一个好人，她想起丹蒂曾经遇到的变态男，恐惧极了，还好此刻火车来了，途中又经历了无数挫折，苏才等到前来接应她的马车。

马车行驶了很长一段时间，终于来到一堵高高的墙前，苏以为已经到了目的地，结果车夫说还有半英里（1英里合1.6093公里）路程。原来这就是所谓的深宅，苏完全呆住了，从没想过是这样的景象。马车从一个门进去，过了一会儿，来到一栋大屋前，这里就是富家千金居住的大宅了。

莫德小姐和苏就像久别重逢的姐妹一样，有无数的话题可以聊

莫德小姐已经睡着了，斯泰尔斯太太带她洗漱和吃东西，告诉她一些简单的礼仪和房子主人的习惯。斯泰尔斯太太带她通过用人通道走到为她准备的房间。房间里面有一扇门，是通向莫德小姐房间的。原来莫德小姐睡眠质量很差，晚上很容易被惊醒，她就会叫女仆过去陪她。

这个晚上，苏失眠了，她躺在陌生的床上，幻想着接下来的生活，她认为这和监狱没什么区别，监狱或许还热闹点，这里只有一片死寂。苏内心满是萨克斯比大娘，她想念兰特街。这里的所有人苏都不认识，如果有人对她图谋不轨，她完全没有反抗能力。从她进入深宅的那一刻起，她的命运似乎已经被掌握在了这座房子主人的手中。

第二天早上六点，苏就被佣人们叫醒了，她很快收拾好，去吃早餐，随后听从吩咐去见莫德小姐。苏像做了错事一般，非常紧张，毕竟她来这儿有着不可告人的目的。

苏走进门时，莫德小姐就像一只被惊吓的小鹿，原本白皙的脸涨得通红。她穿着很守旧的连衣裙，双手戴着白色手套，言语轻柔，看得出对苏非常满意，并且希望苏能够喜欢这个庄园，喜欢这份工作。紧接着，两人在房间里聊天，莫德小姐拉着苏的手一起坐在沙发上，她表示昨晚很担心苏，以为她走丢了。苏羡慕莫德小姐家财万贯，吃穿不愁。其实莫德小姐也羡慕苏见过伦敦的风景，生活来去自由，而自己只能在这深宅之中，无法外出。莫德小姐和苏就像久别重逢的姐妹一样，有无数的话题可以聊。

这时，苏记起来绅士给她写的一封品行推荐信，把它递给了莫德小姐。莫德小姐走到窗边，拆开信封，仔细阅读。苏很紧张地看着她，生怕她看出什么破绽。其间，莫德小姐还瞥了苏一眼，这让她更坐立不安了。所幸，莫德小姐最后笑了。其实，苏内心非常同情莫德小姐，觉得她和自己一样从小没父母，挺可怜的。

她们聊到了莫德小姐的舅舅，也就是这座宅子的主人——李先生。李先生有一座非常大的藏书室，是全英格兰同类藏书室中最大的。莫德小姐从小耳濡目染，阅书无数。但苏却不识字，更不要说看书了。莫德小姐对此非常好奇，竟然有不识字的人，觉得苏在开玩笑。但苏是真的不识字。

没过一会儿，外面传来缓慢沉重的钟声，一共敲了八下。莫德脸上洋溢的笑容突然消失了，像换了一个人，对苏说："现在我要去李先生那儿，一点的钟声敲响时，我就自由了。到时，你来我舅舅的书房接我。"莫德走时提到了里弗斯先生，也就是那位绅士。苏发觉原来莫德是非常在乎绅士的，苏在心里窃喜，这离自己的计划又近了一步。

Day 4 《指匠》

你以为的爱情，
可能只是别人的阴谋

在这深宅之中，如果不孤单，那才是不正常

　　苏留下来打扫房间。她把房间里所有东西都仔仔细细地看了一遍，最后发现莫德小姐床头柜上那个上着锁的小小木匣子非常奇怪。对她来说，开锁小菜一碟。很快苏就打开了木匣子，里面有一个女人的小肖像。苏猜想这女人是莫德小姐的母亲，奇怪的是，两人长得一点都不像。苏端详了一会儿，听到有开门的声响，立马将木匣子复归原位。

　　时间一点点流逝，十二点半，苏开始前往李先生的书房。在门口，苏听到书房内有莫德小姐的声音，好像是在给李先生念书。当一点的钟声响起，苏立马敲门，一个男人的声音传来，叫苏进去。苏看到莫德坐在一张桌子前，面前放着一本书。书房里满墙都是书架，苏都惊住了。而李先生坐在书房的另一侧，他的手被墨水染黑了。李先生不认识苏，当苏说了几句话后，他突然捂住耳朵说："我不喜欢她的声音，她能不能闭嘴，能不能说话轻点？"而苏向前帮莫德小姐戴手套时，李先生突然大声尖叫，并指着地上说："手指，丫头，手指，手指。"苏被吓坏了，又往前一步，李先生尖叫声更大了，莫德连忙拽着她往后退。原来李先生不喜欢用人们看到他的书，觉得哪怕他们远远看一眼，都会破坏书。所以，李先生规定，用人们进入这个书房绝不能越过地上的手指标记。

苏发现莫德小姐并不像绅士说的那样蠢和无知，顶多算是孤单。而在这深宅之中，如果不孤单，那才是不正常吧。

她觉得自己是属于伦敦的，她需要伦敦，需要自由

莫德带着苏逛了庄园，还偷偷带她通过庄园的一个小门去了不远处的一条河，那就是泰晤士河，通往伦敦的。也就是说，这条河能通往她的家。苏像是发现新大陆一般，满心欢喜，内心却在盘算着自己的计划。

晚上，用完餐后，莫德小姐还会给李先生朗读。十年如一日，李先生把这当成一种消遣，因为在这深宅之中，很少有客人来访。这些都是苏与用人们吃饭时，从他们嘴里得知的。其实，深宅中的规矩不像古代那般严苛，用人们也有自己的时间小酌、谈笑，只要做好本职工作就好。到了就寝时间，苏伺候着莫德，给她换衣服，梳头，帮她点蜡烛。莫德小姐害怕黑夜，她总是要求女佣把连接她们俩房间的门开着，以便她呼唤女佣。苏也回到了自己的房间，躺在床上，回想起这一整天，觉得是她这辈子过得最长的一天。

半夜，苏突然惊醒，听到莫德小姐房间里有细小的尖叫声，一遍又一遍地在唤"阿格尼丝"。阿格尼丝是莫德以前的女佣。苏赶紧跑过去，脑袋里幻想了无数可怕的场景。莫德说她听到有声响，好像有个男人。苏点着蜡烛去看，发现是虚惊一场，是莫德小姐的裙子挂在钩子上摇摇晃晃。莫德还是害怕，抱住苏不肯撒手。苏只好钻进被窝，躺在莫德小姐身边。苏感受到莫德香甜的气息，顿时心软了：莫德小姐进了疯人院后，是否还会有人呵护她，陪着她？苏突然有一丝不忍。苏伸手抱住她，希望能给予她最温暖的关怀，也希望能减轻自己的负罪感。

两个礼拜过去了，苏已经习惯了深宅的生活，莫德小姐特别喜欢她，两人经常牵着手同行。莫德有一颗牙齿有点尖，划伤到牙龈，苏又细心地给她磨牙。苏还给她讲伦敦的生活，教她玩牌，教她跳舞。看着莫德期待在伦敦跳舞的样子，苏突然很心疼。她知道莫德的命运，而且自己正在促成这一命运的发展。

她看着莫德单纯的眼神，不忍心去想象那残忍的一幕。但她也从未忘记自己来时的目的，她只是想在有限的日子里，尽量对莫德好些。这时，绅士来信了。苏看着莫德小姐满心欢喜地读信，心里感到非常愉悦，并旁敲侧击地问是个好消息吧。原来，绅士第二天就要来了。

第二天起床，莫德小姐的裙子换了一件又一件。她突然看到苏的裙子太朴素了，送了一条给苏。苏穿着莫德小姐的裙子，一个用人进来拿托盘时，坦言自己简直分不出苏和莫德小姐了。苏心里窃喜。

下午莫德小姐坐在窗边做针线活，不时往窗外探望。窗边是最冷的地方，而且天都快黑了。苏觉得莫德小姐一定是爱上了绅士，不然怎会如此在意。绅士来后，莫德期待着与他见面，没多久，绅士就来到了莫德小姐的客厅。两人寒暄了一番，都涨红了脸，明显互生爱意。苏不知为什么，绅士来了明明是一件值得高兴的事情，但此刻她却有些失落。绅士的确有一副好皮囊，和莫德看起来就是天生一对。苏心想，如果自己跳出来说绅士是一个骗子，他要卷走莫德小姐的所有财产，还要把她关起来，肯定没人会相信吧。大家只会觉得苏疯了。

绅士的到来也给了莫德小姐自由，她暂时不用给舅舅去整理笔记、朗读书了。绅士除了帮先生工作，还会教莫德小姐绘画。绅士看了莫德小姐的画，先是夸赞她比以前有进步，但是又提出了一些问题。他故意说，要是能够带莫德小姐去伦敦，去他的画室就好了。莫德满脸通红，目光中满是期待。她觉得自己是属于伦敦的，她需要伦敦，需要自由。绅士还借着画自然景物的理由，带莫德小姐到园子里去，去无人的地方，两人并肩前行。这一幕，深深刺痛了苏的双眼，以前都是她和莫德小姐手牵手走的，如今她却被冷落。

Day 5 《指匠》

世事无常，
人生充满了爱欲与挣扎

莫德小姐就像一个瓷娃娃，纯洁、白净、易碎

一个早晨，绅士在院子里抽烟，但是烟熄灭了，他在口袋里摸索了好久，也没找出火柴。莫德从窗户里面看见了，她赶紧叫苏给绅士送火去，不管是蜡烛，还是壁炉里的炭火都可以。苏没想到自己真的用火钳夹着一块燃着的炭跑到院子里去给绅士点烟。这倒是给这两人接头创造了机会。两人交流一番，得出结论，莫德爱上了绅士，并且很信任苏。有一次，外出画画时，绅士吻了莫德的手心。要知道，莫德小姐时刻都戴着手套，把那双手呵护得像宝贝一样，甚至比自己的脸更重要。明明是一件高兴的事情，但是苏看着却很不高兴，她害怕绅士碰她，伤害她。

那个雷雨交加的晚上，莫德小姐终于对苏透露心声。她说："里弗斯先生向我求婚了。"苏满心欢喜，莫德小姐后面的一句话像炸雷一样劈下来。"很遗憾，我没有答应。我舅舅肯定不会放我走，我还有四年才满二十一岁，我怎么能让里弗斯先生等那么久？"无论苏怎么开导，莫德小姐都觉得自己被舅舅控制，无法与里弗斯先生光明正大地成婚。

莫德小姐偷偷告诉苏，里弗斯先生说可以夜晚偷偷溜走，两人秘密成婚，舅舅就不会再追究了。说出这话后，莫德脸色苍白，努力擦拭手心的那个吻。苏看出莫德小姐并不是真正爱绅士，或许是怕他。"您也可以拒绝。"苏都不敢相信这是从她自己嘴里说出来的话。可是莫德小姐想到如果这次拒绝了里弗斯先生，那她这一生还有机会离开这深宅的禁锢吗？她做出了决定，逃离深宅，与里弗斯先生秘密成婚，同时也希望苏能一同前往。苏闭上眼睛，看到了绅士的脸，想到萨克斯比大娘，想到三千镑，她深吸一口气，答应了莫德小姐。

她内心的这种爱，是禁忌之爱，是最孤独的，也是最绝望的

得到莫德小姐的爱后，绅士露出了丑陋的嘴脸，越来越放肆。有一次，他想在房间里与莫德亲热，莫德惊恐万分。

绅士要求苏给他们看门，但苏拒绝了，她不希望莫德小姐受到任何伤害。苏趁莫德被叫去给舅舅找书时，提醒绅士："别再惹莫德了行吗？她不喜欢你死缠烂打。"绅士得意地笑了："不喜欢？我看她是求之不得呢？"两人相持不下，差点撕破脸。绅士告诉苏，如今走到了这一步，苏的存在已经可有可无了。

从那时起，苏开始恨绅士，但又没有任何办法，只能与他维持友好。接下来的日子，苏过得异常痛苦。看着莫德小姐一天天消瘦，眉头紧锁，变得苍白无力，苏多么希望莫德不是莫德，李先生不是莫德的舅舅，莫德也不必嫁给绅士。苏努力控制自己不去想，但是越想把莫德从心里抹去，莫德就越占据苏的心。

逃离的日期越来越近，不管是莫德还是苏，都内心惶恐，惴惴不安。莫德有时在房间里游荡，有时默默流泪，有时会问些古怪的问题。而苏想起曾经给莫德磨牙，想起莫德白皙的双手，想起曾握住过莫德的下巴，当时觉得一切平淡无奇，而如今却染上了一丝情欲。

有一晚，莫德小姐问苏，新婚之夜，妻子应该做什么？苏瞬间脸红，为什么她的莫德如此纯洁？苏告诉她，或许他会吻她的嘴。莫德对一切充满了未知，甚至对接吻非常木讷，她希望苏能事无巨细地教她……

第二天，两人默契地恢复了原样。苏内心盘算过，如果她将爱说出口，两人可以逃离，可以摆脱既定的命运。但是，之后又何去何从呢？

　　一切都在按照计划进行着，绅士先离开了，半夜三人顺利会合。一起坐船，而后骑马，逃离了无数里路，终于来到一座教堂。在漆黑的半夜，在陌生的教堂，绅士连一束花都没给莫德准备，两人就要结婚了。苏想着这太残酷、太可怕了。莫德坚定地说想要一束花，而绅士非常不耐烦，这大半夜的去哪儿找花？草丛里也漆黑一片看不见，最后一个女人在屋子里找到几片干叶子，拿给了莫德。牧师念完《圣经》，两人说完誓词，相互交换戒指，仪式完成。他们就这样匆忙结婚了。按照之前的计划，现在苏和绅士要营造出莫德精神失常、有些神经质的感觉，这样好把莫德送进疯人院。苏心一狠，偷偷与农舍的克林姆太太交谈，说莫德脑子有问题，绅士带着她来乡下透透气。克林姆太太似乎相信了，非常同情莫德这个姑娘，但又害怕莫德会发疯。

　　绅士每次说留一晚就走，但是到了第二天又说莫德的精神不太好，应该住一阵，等她恢复了再走。绅士开始在精神上控制她，让她失望、痛苦、崩溃。而莫德也正是如此，她由期望变成了失望，慢慢地不再过问什么时候离开，脸上和精神上都黯淡无光，甚至头发也不想梳，也不想洗了。她把自己最漂亮的裙子送给了苏，苏打扮得越来越精致，像个小姐。而莫德却日渐朴素，像个女佣。就这样，拖了很多天，绅士终于找了医生，为莫德鉴定病情。苏预想的是，有克林姆太太做证，莫德想法古怪，结婚后她就疯了。任哪个医生见了莫德现在的模样，也不会怀疑了吧。不过，这次他们只是来问诊，下次才带她走。

Day 6 《指匠》

人的一生，
总是在与命运搏斗

千万不要去考验人性，人性是经不起考验的

原来这一切都是绅士和莫德的计谋，他们从一开始就让苏钻入了圈套。在莫德的记忆中，她是在疯人院长大的孤儿，但在她十一岁时，来了一个男人——李先生。李先生考察她的写字和朗读情况，并要带莫德回深宅。莫德非常倔强，不肯前往，甚至破口大骂。但一个小姑娘怎么犟得过一群成年人？很快，莫德从高墙的疯人院被送往幽深死寂的大宅。

李先生脾气很差，他要把莫德培养成大家闺秀，同时也教她成为自己的秘书，给他整理和朗读书籍。刚开始，莫德桀骜不驯，但换来一顿又一顿的毒打后，她学会了迎合。等莫德心智成熟后，李先生才让她正式开始工作。原来李先生的藏书全是情欲之书，里面有令人羞耻的文字与绘画。这让莫德感到恶心，但她不敢违抗李先生的命令，只好去摘抄，去朗读，甚至有时候有客人来了，还要读给客人听。一个花季少女，在深宅中忍受着巨大的精神折磨。莫德非常向往伦敦自由的生活，她多么希望有一个人能取代她，她也能取代别人，过别人的生活。

李先生经常邀请一些学者前来做客，莫德认识了年轻的理查德·里弗斯先生，也就是绅士。绅士背地里去见莫德，并向莫德挑明，他本想勾引她私奔，拿到她的财产，但看到莫德太精明，不如直接合作。莫德给绅士钱，绅士帮莫德获得人身自由。绅士已经物色好一个人选，先安排她做莫德的贴身女佣。当他们私奔结婚后，让女佣成为莫德被关进疯人院，而莫德便可以永远获得自由，不会有人再来寻她。

原来，莫德那些与绅士欲拒还迎的模样，都是装出来的。

但是，莫德与苏一样，因感情而犹豫过，但如果不执行计划，绅士会将苏带离深宅，莫德依旧会过着黑暗无比的生活。在农舍的时候，他们提前打好招呼，让别人误以为苏是绅士疯掉的妻子，莫德自称贴身女仆。在前往疯人院的路上，苏一边为计谋即将成功而欢喜，一边为莫德小姐的未来而担忧。但让她没想到的是，是自己被关进了高墙封闭的疯人院。而莫德本以为到了伦敦就能享受自由的生活，可绅士带她拐进了"小偷家族"。

绅士将她软禁在这儿，并对"小偷家族"的成员解释说苏竟然背叛了所有人，拿着钱独自离开了。莫德这时才恍然大悟：莫非这一切都是这群人的圈套？他们要将她的财产全部侵吞，然后杀了她。她吵着要去街上，但没人会带她走。屋子里只有萨克斯比大娘满心欢喜。

原来，多年以前，有一个快要生产的千金小姐从深宅中逃出来，她是被一个有妇之夫欺骗怀孕的，她的父亲和哥哥在四处寻找她，要把她关进疯人院。那个千金小姐逃到这里，萨克斯比大娘救了她。但是她的家人还是找来了，千金小姐宁愿孩子过上平淡简单的生活，也不希望自己的孩子被他们带走。于是，千金小姐给了萨克斯比大娘50英镑，想要萨克斯比大娘帮她调换一个孩子。并且作为交换，她还留下遗嘱，等两个孩子长大到十八岁并且未婚，一人继承她的一半财产。而千金小姐的孩子，是苏。也就是说，莫德和苏一开始就调换了身份。如今只要莫德继续扮演苏。当宣布富家千金的遗嘱后，绅士可以拿到太太"莫德"的全部财产，因为他太太在疯人院。而苏的那份，萨克斯比大娘作为监护人，也有一份。

其实这一切的计谋，都是萨克斯比大娘筹划的，从十七年前就已经开始了。莫德听着他们卑鄙的阴谋，只想赶紧远离这群人。只有一次，莫德假装上厕所，逃出了小巷子。她千辛万苦找到一个昔日拜访过李先生的学者，对方却不肯帮忙。莫德绝望了，回到了"小偷家族"。

疯人院的生活让苏备受折磨，但她始终相信如果萨克斯比大娘知道她身陷险境，一定会来救她的。殊不知，这一切正是萨克斯比大娘的计谋。而苏把所有的仇恨，都放在了莫德身上，发誓一定要杀了莫德。

所有人都是精致的利己主义者，都有自己的阴谋

还好，苏最后逃了出来，深宅的一个男用人救了她，二人一起前往伦敦。苏学会了警惕，他俩偷偷地在"小偷家族"对面的一户人家中住了下来。苏在楼上房间的窗户前，日夜观察，没多久，她就发现了那个魔鬼——绅士。后来她居然发现了一个熟悉的身影，她不敢相信那是莫德！萨克斯比大娘正在为她解开衣服，这让她更加气愤了。莫德抢走财产和自由还不够，还要来抢走她的家，抢走萨克斯比大娘。

第二天，苏趁着绅士不在，拿着刀与男用人冲进了萨克斯比大娘的家。苏诉说着疯人院的痛苦经历，萨克斯比大娘表面上很是心疼，还说自己偷偷派人去找过她。可是莫德却告诉苏快走，这里有危险。这时，绅士回来了。

在争执中，绅士倒在了血泊之中，死了。没有人看清究

竟是萨克斯比大娘还是莫德动的手。很快，外人知晓了此事，报了警。萨克斯比大娘承认是自己动的手，大家都被带走关了起来，被询问了无数遍。从那时起，苏再也没见过莫德，在萨克斯比大娘被行刑后，苏在她的遗物中发现了一封信，终于知道了真相。原来，自己是千金小姐的女儿，而莫德却是萨克斯比大娘的女儿。苏才醒悟过来，莫德也是受害者，这一切的始作俑者是她最爱的萨克斯比大娘。苏痛哭起来，怪自己恨错了人。

最后，苏前往深宅找到了莫德，那时李先生已经去世，用人几乎都被遣散，深宅里没几个人了。她们重逢了，化解了一切误会，她们只想守护在彼此身旁。

Day 7 《指匠》

成年人不敢直面的爱与欲，
在这本书中被描绘得淋漓尽致

人是在动物与超人之间一根绷紧的绳子，一根越过深渊的绳子

　　萨拉不愧是文学评论界口中"当今活着的英语作家中最会讲故事的作家"。

　　在小说中，萨拉用第一人称来描写，在苏和莫德的视角之间来回切换。这种写法让我们更加切身体会到主人公遭遇折磨时的锥心之痛。故事中的莫德，虽然贵为千金小姐，但身陷深宅，没有自由，没有话语权，曾经连用人都可以随意欺负她。而苏从小在贼窝长大，幸运的是在萨克斯比大娘的庇护下成长。但幸福总是短暂的，苏本来期待能赚一笔财富，没想到，正是这一场深宅之行，将自己送进了疯人院，而这一切的始作俑者正是萨克斯比大娘。

正如尼采所说："人是在动物与超人之间一根绷紧的绳子，一根越过深渊的绳子。"一旦越界，要么成英雄，要么成恶魔。人性、命运这些都是人类讨论的永恒话题，变化莫测，捉摸不透。而小说主人公苏和莫德视角的来回切换，不仅让故事变得更加细腻、生动，更是让我们清晰地看出，面对同一件事情时，两个人不同的心境和态度。苏以为莫德每夜将母亲的肖像拿出来看一眼是为了怀念她，其实莫德是在咒骂她的母亲。苏一边在为计划顺利进行感到喜悦，一边又担心莫德受到伤害。而此刻的莫德，却在苏面前演戏，让她上钩。所以说，永远不要只相信自己眼睛看到的东西。你能看见的，或许只是别人想让你看到的而已；也永远不要只站在一个角度考虑问题，换一个方向，或许答案截然不同。

人生就是大闹一场，然后匆匆离去

小说最初版的中文译名叫《荆棘之城》，有一种浩荡、战争、深宫的粗犷感，而《指匠》，显得更加平和、细腻，符合故事的情节发展——文中多次对手指有特殊描写。

在波镇，指匠是小偷的意思。而"小偷家族"正是擅长指尖上的活。苏虽然几乎不参与，也可以非常熟练地用发簪开锁。而莫德整日戴着手套，对那双手保护得比脸还重要。

这也是李先生的要求，他认为只有干净纯洁的双手，才有资格碰他的书。李先生甚至在地上做了一个手指标记，禁止任何用人越过它。在他眼里，用人们的目光是肮脏的，一旦瞧见他的书的内容，就污染了整本书。而指匠的另一层含义，是关于苏与莫德的情爱，苏曾将手指伸进莫德嘴里，给她磨牙齿。

书名与内容的巧妙设计，不仅让故事染上了一层神秘的色彩，也更加凸显了作者萨拉的故事构思能力。

故事的最后，当一切都尘埃落定，不管是财富、自由，还是其他的种种，好像都没那么重要了。这也是一个比较耐人寻味的结局：有的人死去，有的人为自己所做的恶事付出了代价，有的人逃离，有的人回到了自己最害怕却生活了多年的深宅。不再有算计，也不再为了不可告人的目的而不择手段。人生就是大闹一场，然后匆匆离去。正如杨绛先生说："我们曾如此渴望命运的波澜，到最后才发现，人生最曼妙的风景，竟是内心的淡定与从容。我们曾如此期盼外界的认可，到最后才发现，世界是自己的，与他人毫无关系。"

《奥吉·马奇历险记》
当代人的异化与精神危机

[美] 索尔·贝娄

孩子，要成长，伤痛不免多一些。伤口深大些也不必怕，挺过去了，所有伤疤都是你身体最敏感的一块肉，感风识雨，冷暖早知。

诺贝尔文学奖得主经典代表作

1954年获美国"国家图书奖"

兰登书屋百部最佳英文小说之一

Day 1 《奥吉·马奇历险记》

他既要生活于现实之中，
又要独立于时弊之外

人只能希望别人分享自己的快乐，却不能强迫别人依自己的想法而生活

　　索尔·贝娄，一个难有定论的传奇。他被美国的文艺评论界誉为"我们时代所拥有的最优秀的作家"。他运用日记体、流浪汉叙事等手法，塑造的人物群像反映了当代社会人与人、人与社会之间的矛盾，对反映社会生活做出了非凡的贡献。正如美国著名批评家西格尔所说的："贝娄是在捕捉当代生活的真实性和千奇百怪的世态方面，最为成功的作家。"他能与每个文字和谐相处，在文字的世界里游刃有余，却很难处理好婚姻关系，尽管他总是需要一份感情。于是，离四次婚，结五次婚，屡战屡败，屡败屡战。最小的女

儿出生时，贝娄已经八十四岁的高龄。

　　一个人的性格就是他的命运。贝娄是一个极为理性的人，但在感情上却多少带着点"赌"的成分。四次不欢而散，在彼此心上留下难以愈合的伤口。说不清是贝娄的性格造就他波折的婚姻，还是他的婚姻让他的性格更加不羁。

　　他是一位性情中人，也堪称"斜杠青年"。他既是经验丰富的教师、知识渊博的学者，在芝加哥大学里任教，也在社会里摸爬滚打过，尝过人情冷暖。编辑、记者曾是他的职业，人间悲欢闪在眼里，成为书写的源泉。索尔·贝娄还曾经在第二次世界大战期间服兵役，到海上漂荡。此外，索尔·贝娄生于加拿大，父亲是从俄国移居的犹太人。贝娄九岁时举家迁至美国芝加哥。这样的经历以及他所拥有的敏锐的社会洞察力，似乎能使他看到常人所看不到的另一面。抓住人性深处的困惑，直面它，哪怕并没有答案。

　　作为"二战后美国最出色的小说家"，贝娄的经历颇有些传奇色彩，就如同他笔下的人物那样，困境与辉煌同在。也因为这春潮一般的热情、旺盛的生命力、丰富的阅历，才逐渐积淀了索尔·贝娄文字中的幽默、哲思和巧妙："人只能希望别人分享自己的快乐，却不能强迫别人依自己的想法而生活。""爱是'心灵中不能勉强的东西之一'。"

　　《美国文学传统》称他的小说是在二战后的美国小说中"最深刻地、最令人信服地展现了现代都市人寻求自我本质的问题"的。他的作品中几乎都带有一种类似的倾向，即主人公对自身命运的主动探求和思考。当世界逐渐动荡不安时，冷战，核武器，异化的社会，新的事物带来恐惧、焦虑，社会阴郁不安，在其中生活的人们又该如何立足呢？现实的社会并不是温柔乡，它有时是可怖的、恶劣的。人们如果无法适应这样的环境，就难免受到折磨，又因为无法逃离，故而只能压制自己，附和时代的疯狂，甚至让自己变形。

"他既要生活于现实之中，又要独立于时弊之外；既要接受现实的制约，又要追求高于现实的某种希望。"

贝娄在授奖仪式上说："让我花点时间比较仔细地看一下这种痛苦：这在个人生活中是不安或近乎恐慌的，在家庭中——对丈夫、妻子、父母、孩子来说——则是混乱的，在公民品行、个人忠诚方面……是更加混乱的。而且，随着个人不安而来的是全社会的困惑。"小说的主人公奥吉·马奇就在不断探寻，试图摆脱桎梏，试图获得自由与宁静。但答案显然是不可能的。

慢慢来，比较快

索尔·贝娄是个幽默且认真的人。他曾被称为"怪诞的伟人"，这或许源于他在获得诺贝尔文学奖之后拒绝了在某档电视节目上作秀。对此，主持人颇有微词，认为如果不想在电视上露脸，那为什么要接受奖金呢？索尔·贝娄回答道："我要用奖金在赤道上的某个小岛买幢漂亮房子。那样，我就可以远离那些要采访的人了。"这个回答让人不禁拍案叫绝，巧妙化解了主持人的诘问，同时又坚持了自己的态度。

他的幽默也体现在作品中。索尔·贝娄的小说里有许多充满调侃意味的描写。比如在《赫索格》中，贝娄倾心于揶揄美国文人。比如在《奥吉·马奇历险记》中，他描写奥吉的表亲安娜常常忧郁焦虑，她身穿套装，鞋帽俱全，来找劳希奶奶拿主意。安娜一边愤愤地诉说，一边认认真真地朝镜子里的自己看，说到伤心处，哭得最凶、嘴巴拉得最阔时，也继续照着。当奥吉偶然吹响她儿子的乐器时，"甚至在抢夺萨克斯管的那一刻，她还朝衣柜上的小镜子里搜寻自己的倩影"。

写一部作品，索尔·贝娄总是需要反复琢磨、仔细斟酌。在采访中他透露，为了写《赫索格》，他前后易稿十余次，花了三年左右的时间才完成。

《巴黎评论》记录了记者采访索尔·贝娄时的情况。索尔·贝娄仔细聆听，缓慢地回答同时琢磨头脑里的想法，竭力用最精确的语言进行回答。访谈期间，由于注意力高度集中，他时常疲惫不堪，坦言几乎筋疲力尽。几次采访，索尔·贝娄都会打出一份谈话文字稿，上面处处留下用铅笔、水笔多次修改的痕迹。完成一次修改，相当于做三次采访，最后再打印出一份修改稿。哪怕做得如此细致，过后索尔·贝娄还会再频频修改。贝娄的写作经验就是在告诉我们：慢慢来，比较快。由此索尔·贝娄创作出来的小说有着很强的画面感，就好像有个导演在控制着台词、氛围、画面，他让你时而感到愉悦，时而紧张万分，沉浸在文字所构建的世界里。

Day 2 《奥吉·马奇历险记》

学会接受离别，
是成长的第一课

一个人的性格，就是他的命运

我叫奥吉·马奇，一个美国人，出生于灰暗的城市芝加哥。我们家是住在波兰聚居区中的犹太人，常常被骂作杀害耶稣的凶手，被石头和暴力追逐。家里没个大男人，只能依靠救济和一点房租养活一群孩子。母亲性格温顺、头脑简单，整天辛苦地操劳，教会我们的道理都是用实际教训换来的。她的视力很差，在父亲抛弃我们，强撑一段时间后便将这个家的权力拱手相让于劳希奶奶——我家的房客，也是实际上的主人。她牙尖嘴利，把讲解做人处事之道作为己任，要使我们踏上绅士之途，不顾我们生来就没有这种造化的可能。这种人人皆能成为贵族的观念，使我的哥哥西蒙也有了重荣誉的精神特质。

西蒙乐于学习，总是离群索居。他站在学校警卫队的最前面，是毕业典礼上致辞的毕业生代表，成绩优异。而我拙于学习，容易分心，常常和劳希奶奶看不上的朋友吉米在一起——吉米善于交友，会撒谎，逃课捡破烂，爬桥架，偷过东西，和大亨、投机商等人混。我也曾想发愤图强，认真读书，为此跳了一级，但那仅是昙花一现。我们的弟弟乔治，生来就有智力缺陷，常常哼着歌曲，拖着呆板的脚步来回晃荡。赫拉克利特说过，一个人的性格，就是他的命运。

十二岁时，我和西蒙就被打发出去干活了。暑假时，西蒙去了风景区饭店当侍者，我则到考布林家帮忙送报。考布林的妻子安娜是我母亲的表姐妹，她许诺会像对待儿子一样待我。当时，她的儿子偷偷报名进了海军陆战队。她的女儿弗丽德才八九岁，安娜就为其谋划结婚的一切事情：物色结婚对象，上音乐课、舞蹈课，改善口吃，试图跻身上流社会。安娜曾发誓说等我长大了一定让弗丽德嫁给我。但是有一天，当我试吹了一下她儿子的乐器时，我才知道她能多快地从床上跳起直跑过来，冲进房间，一把夺走属于她儿子的东西。那时，我从未想过自己会成为考布林家的女婿，我只想着：我会干得更好，我会有一个属于自己的更好的命运。总之，我赚到了钱，每逢休假回家时，家里整整齐齐，餐桌上有蛋糕和装得满满的果酱碟子。

但西蒙从本顿港当侍者回来后，人就变了——变得更结实，毛发更金黄，门牙折断了一颗；更重要的是，有些钱的去向他没能说清。后来他在火车站售卖东西，挣钱多了，也开始大胆放肆起来，深更半夜才回家，早上往往很迟起床，然后派头十足地坐下来吃早餐，俨然准备把这个家的控制权抓到自己手里。

西蒙被调到火车站的中心货摊之后，每天都能接触到一些名流。他的心里燃起了一线希望，说不定，有一天他会被某位大人物看中，进入名流的圈子。在他的帮助下，我也进入了闹市区卖报，但第一天就被扣了工资；而后，几乎每天都会少收钱。我为自己辩解，许多人拿了报纸扔下钱就走，我无法离开摊位去追。西蒙冷冷地说："你不会从给别人的找零里扣回那笔钱吗？"

丢掉工作之后，我开始和吉米一起找工作，即使劳希奶奶警告过我不要和他来往。我们在百货商店做圣诞节临时工。吉米认真观察、测试了好几天，发现收款员没空记下钱的来处和数量。于是我们商议，每卖出十袋，就扣下两袋的钱。

钱财来得太容易，我不知道怎么花掉它，心里很是紧张，就给家人买礼物：送妈妈浴袍，送老奶奶雕花别针……但是圣诞节结束时，我们被逮住了。部门经理来到我家长谈，我们才知道一切都是有清单记录的。我没有否认侵吞货款的事，尽管我们拿走的钱远远没有经理所说的那么多。因此，老奶奶痛骂我，西蒙对我不理不睬，连妈妈也对我说了几句刺耳的话。礼物退赔，之前打工积攒的钱也用来赔偿了。

献身绝望的生活，或者是循规守旧的生活，都意味着用默默的容忍来排除意外的发生

那个冬天，人人都不好过。妈妈感到不安，怀着极度的警觉，好似额头上悬有一把利剑。劳希奶奶提到，世道艰难，乔治已渐渐长大，把他送到福利院去才是最好的选择。我不停地反对，但西蒙并没有站出来帮忙说话，为此我们大吵了一架。妈妈只是以极端痛苦、骇人的神态，直勾勾地盯着窗外，躺在床上对谁都不理不睬。劳希奶奶亲自去给社会福利调查员打电话——这是她在第一次世界大战停战纪念日扭伤脚踝之后，头一回冒雪上街，打扮得极为正式，每下一级台阶都得双脚并立，站上一会儿。

半小时后，我发现她单膝跪在积雪的通道上——她摔倒了。我马上朝她跑去，将她扶起。但她坚持独自上楼，一瘸一拐地走进房间后，将房门锁上了。不知不觉中，劳希奶奶统治的时代落幕了。妈妈终究还是在委托书上签了字，同意把乔治送到福利院。正如西蒙所说，这件事现在不做，将来我们自己也得做。

　　我和妈妈把乔治送到福利院，他呜咽起来，我们也哭出声来。从那天起，我们的家庭生活松散淡漠了，就好像照顾乔治才是一家人团结一致的基础。那些曾经闪闪发亮、令人起敬的东西，已经失去了昔日的诱惑力、华贵和重要性。

Day 3 《奥吉·马奇历险记》

面对苦难的态度，
决定了你人生的高度

有的人，身在金光灿灿的天地中，却悲观厌世

地产经纪人艾洪是我认识的第一个了不起的人。他是双腿丧失功能的残疾人，但是气度不凡，一副贵族气派。中学三年级时，我就到他那里做事了，当时已临近胡佛当政时期的经济大崩溃。他很忙，生意不嫌大，金额不嫌小，建立了蚁冢一般庞大、四通八达的信息库。同时艾洪也绝不放过利用自己下肢瘫痪的机会，布下许多小骗局。艾洪很关心自己的身体，他常常说，人是一件多么精美的作品。可有的人，身在金光灿灿的天地中，却悲观厌世。虽然他是一个伪君子，可我仍敬重他，或许就因为他不得不时刻和病魔斗争而获取生机的坚韧品质。

我知道自己有强烈的渴望，但不知道到底渴望什么。艾洪家发生了一次离奇的失火后，我得到了一套封面被毁的《哈佛古典名著丛书》。我开始了阅读。妈妈的眼睛迅速变坏，每当我带她去看乔治时，为了让她暂时摆脱积压心头的沉重忧虑，只要口袋里有钱，我们都会去高级希腊餐厅吃冰激凌和蛋糕。如今的乔治比我高大，学会了扎扫把和编织，再过一两年将被调到更远的福利院去了。

劳希奶奶的家人决定把她送进老人院，甚至，连送她去的任务也是我们完成的。劳希奶奶强撑体面，说老人院是个古老优美、像王宫一样的地方，邻近大学，退休养老的大部分人从事着体面的工作。她花了两个星期带去的昂贵物品并没有展示的机会，在那座普通的老人院，劳希奶奶要和另外三人合住一间房。离开时，她递给我一枚刺眼的两角五分硬币，一笔我不能拒绝又无法放进口袋，几乎握不住的赏钱。我想，人世间有不少人，总是让岁月默默地蹉跎在这些地方。

每个人的人生经历似乎大同小异。开始是伊甸园，然后经历尘世的种种束缚、痛苦和扭曲，最后死亡

艾洪家也有了变故：他的父亲去世了。没有庇护，他停止了那些欺世盗名的小把戏，经营起颇难驾驭的一切，为此

也得罪了不少人，显得疲惫不堪。我帮助他整理父亲的遗物，清查文件时，艾洪发现父亲仗着富裕，到处借钱给别人，而大量欠款难以追回。送完父亲最后一程，他在讣告中写道：灵车离开新坟归来，留下长眠其中的人去经历大自然最后的变化。

经济全面大萧条来了，股票市场大崩溃，银行倒闭，艾洪不幸成为最先垮台的人之一。成千上万的钱财，亏得一干二净。以前花钱都是几块几十，现在连一角一分都要精打细算。在那段痛苦的日子里，照顾他的是太太和弟弟，他深受打击，成天躲在书房里，心情忧郁，好多天不剃胡子，不刮脸。

而我自然而然，被辞退了。每个人的人生经历似乎大同小异。开始是伊甸园，然后经历尘世的种种束缚、痛苦和扭曲，最后死亡，进入冥冥之中，盼望从那里进入新生。可眼前有的只是对周围一切的恐惧。

我们家也一样。全完了。银行在第一次抢兑时便关了门。在那时光流动迟缓的冬日，太多人受到了失业的打击。彼时西蒙已经毕业，在校期间西蒙成绩优异，甚至还负责采购纪念戒和校徽，净赚了一大笔钱。我和各种各样的人来往，甚至无意中参与了盗窃，我决定再也不参与这种事了。艾洪通过他的信息网络得知这件事之后，把我叫去，大发雷霆。他不愿意看着我成为罪犯。他告诉我，年轻人就是这样开始腐化堕落的，生活才布下第一个陷阱，我就失足掉了下去。

我们这些人，生来就被剥夺了好的命运。"这世界就是最低的安慰奖"，"要是你也让自己被这种命运所注定，那你就是个大傻瓜了"。艾洪说，我的身上有一种反抗性，我并非真的对一切无所谓，只是表面上装作这样。这番话触动了我。第一次有人说出了令我深思的话。

中学毕业后，我和西蒙找不到工作，在市政当局的资助下，和无数情况相似的学生挤进市立学院继续深造。但我们仍在闹市区一家服装店兼职。有了经济收入，我们替妈妈雇了个护工，当时她的眼睛差不多全盲了。后来，我辍学，辞掉工作，换了一份以高贵家庭为对象、专卖奢侈品鞍具的售货员工作。新老板伦林先生给我预支了薪水，让我穿上体面的工作服。这份工作让我惊讶于自己的社交才能：我能对目标客户讲得头头是道、语气坚定。后来伦林夫妇还让我学骑马，甚至要我成为一个好骑手，说要把我打造得完美无瑕。

伦林太太认为我应该进大学的新闻学院修广告学，并替我缴了学费，选了课程。她强调：一个有学识修养的人，在美国，只要你需要，可以获得一切。当时，我荒唐地对此引以为傲。虚荣、浮夸、自大，交了女朋友。伦林太太知道后，把我教训了一顿，甚至为了让我离开那个女孩，非要我陪她去度假。这一次出行让我真正地沉入爱河，以一种和往昔不同的狂热精力。我没命地卖力，花时间将自己打扮成一份活生生的求婚书，以求在有限的范围内获得最大的成功。

而那个名为埃丝特的姑娘是家财的继承人，注定要嫁给有财势的人，而不是我——一个旅行推销员一夜风流的副产品，一个周薪二十五块的小伙子。每天晚上，在一天的白费力气后，我躺在房间的地板上，满怀注定无望的耐心徒劳地冥思苦想，渴望能想出什么高招。脑子里乱得很，很浪漫，很色情，还有一大半是痛苦。最后，我终于鼓起勇气邀请埃丝特和我一起参加舞会，但被断然拒绝。那一刻，血仿佛涌出了我的脑袋、脖子和肩膀，我晕了过去。而她眼见我晕倒，却片刻也没有停留。

Day 4 《奥吉·马奇历险记》

可怕的不是失败，
而是被失败打败

人的劳动必定是老天爷想出来的交易，为了拯救
人，保全人的生命

埃丝特拒绝了我。那一刻，有一股力量使我昏晕，全身
散架。那东西的重量，与我母亲、与乔治有关。这东西总是
与他们形影不离，而我原以为已经安然避开它了。晚些时
候，埃丝特的姐姐西亚向我走来。她告诉我，大家认为我是
伦林太太的情人，被拒绝是情理之中的事。西亚俊俏美丽，
坚毅果断，不顾一切。她热烈地向我表白，倾诉爱意，可我
心里只有埃丝特，于是我拒绝了西亚。第二天，姐妹俩离开
了。西亚留下一张便条重申爱意，她说："你会再见到我
的。"此后，我度过了一阵闷闷不乐的阴暗日子。

伦林太太提议要收我为养子：把名字改成奥吉·伦林，和他们一起生活，继承他们的财产。

但我有足以匹配我的家庭，也有足以信赖的历史，绝不像一个因家庭子女过多而被丢掉的弃儿。我拒绝了，而后再无理由待在他们家里，便找借口离开了。我租了一间房，离劳希奶奶所在的老人院不远，在安顿好之后，我便去探望她。劳希奶奶已和院里其他老人没有区别了，气势衰弱，脸色深灰。

我的新工作很不顺利。不被信任、被降薪水，我无可奈何，随身带着商品奔走销售，千方百计弄到订单，但收效甚微。我不想闲荡度日，停着不动是不被允许的。人的劳动必定是老天爷想出来的交易，为了拯救人，保全人的生命，否则会挨饿受冻，他那脆弱的生命就会消逝。

残冬将尽，我受到过去同伴的蛊惑，企图参与偷运移民入境。但突然的险境让我们分道扬镳，他认为我是胆小鬼，我觉得他无法无天——几小时后，他被捕了。于是，我踏上回芝加哥的路。

我和流浪汉一起，在荒地里等列车，然后一跃而起，迅速钻进运煤的车厢，躲避警察的清人行动，直到被赶走。夜里，雨下个不停，我躺在旧棚车的垃圾中，身边挤挤挨挨的，都是人。我的心像被球堵满胸膛，膨胀得无法容纳别的东西。我一点也没有感到厌恶，感到的是人们普遍的痛苦和

悲惨。我已做好面对家人指责的准备，但翻天覆地的变化席
卷而来：西蒙急于与热恋的女友结婚，陷入赌球的泥沼，以
救济我的名义向艾洪骗钱、借钱，最后把房子卖掉了，让母
亲住到了邻居家地窖似的小房间里。而他的女友却在媒人的
介绍下，被许给我们一个富裕的表亲。西蒙大闹一场，砸坏
家具，在牢里度过了一夜，想要自杀，后来消失不见。

陷身绝望的生活，或者是循规守旧的生活，都意
味着用默默的容忍来排除意外的发生

　　我不得不以每个月十五块的价格，把妈妈安排进盲人之
家，并典当掉大部分衣服。我的新工作是为上等人家的宠物
服务。这些狗过得奢侈豪华，让我感到痛心，又不得不忍
受：狗俱乐部的会员费一个月二十五块，竟比我为妈妈支付
的盲人之家费用还要高。我感到气馁，想去读夜校，梦想重
返大学校园。

　　艾洪送我的《哈佛古典名著丛书》还在，于是，一有空
闲我就埋头阅读。也是在这时候，我接触到了偷书这一行
当。如果偷书容易，就离开狗俱乐部，积攒上大学的费用，
但不以偷书为业。起初，偷书让我紧张，得手后恶心、冒
汗。但我进步很快，从《柏拉图》开始，愈发冷静，也因此
染上了读书瘾。

消失许久的西蒙出现了，他胖了，计划结婚，对象是一个有钱的、年长于他的女人夏洛特。西蒙如愿以偿，被选中的夏洛特爱上，很快在郊外举行了婚礼。只是为了避免新闻界发表消息，他们是秘密结婚的。我配合他演一出家庭和睦、兄弟情深的戏，也看到他为了讨好夏洛特一家，从以前的矜持寡言变得吵吵嚷嚷，逞强任性，欢呼怪叫做鬼脸，不顾颜面。西蒙变得气派了许多，但内心并不好受，始终被自杀念头折磨。

我从他身上看到了劳希奶奶的影子。他把强装的坚强、模仿别人的粗俗这些方面都学到了，还把夏洛特一家捧得那么高，把自己家贬得这么低。后来，西蒙借助夏洛特家族的力量，显露了自己的聪明头脑，得到宠爱和纵容。甚至连我也获得了候补者的资格——这户富人家有的是待嫁的女儿。夏洛特的堂妹露西毫不掩饰对我的爱意，我不规避对她的思慕，但没有成为她丈夫的念头。

不管怎么说，我还没有专门从事哪一行，只不过是各行各业都试一试罢了。继续着偷书的行当，有了自己知心的朋友——女孩咪咪。我千方百计地积攒上大学的费用。精明的西蒙只给我很少的钱，大多时候给东西，他想要我沾染上奢侈的习惯，那么我对金钱的欲望也会越来越强烈。

西蒙买的衣物鞋袜塞满了抽屉衣柜，去理发、逛街、买东西，他想以此让自己振作起精神。他租了一个煤场，结存的金额日益减少，他对钱过于急切，太过焦虑。他口袋里装满的钱都是他许下诺言保证能发财后，别人垫借给他的。拉客户，找关系，和警察搞好关系，西蒙很快认识到这种密切交往对生意的重要性。他没有一味颓丧和绝望，而是做出了极为精彩的表演。他和夏洛特的感情几近破裂，有时他克制着情绪重复回答妻子的诘问，简直到了屈膝投降的地步。但他们不打算分开，因为彼此都明白，首要目的是通过婚姻关系致富。

Day 5 《奥吉·马奇历险记》

他一生都在追逐更好的自我，
唯独在爱情面前停下脚步

他们的生活是摆给周围人看的，而且他们要你也像这样生活

寒季一来，西蒙的煤场开始赚钱，西蒙和夏洛特也在豪华饭店举行了婚礼，婚宴设在接待州长的套房里。西蒙想让婚礼看起来完美无瑕，甚至要求妈妈戴上墨镜，拿掉手杖。西蒙还规划好，要我娶夏洛特的堂妹露西，她更有钱。他认为：这个世界还没有封闭得太紧，里面还有空间，只要能下功夫研究，总能找到进去的通道。

我配合，参与，全力以赴，但总觉得失去太多的自我。露西已经叫我丈夫了，但她的家庭并不信任我。西蒙给我的钱总不够，对我越来越凶，他觉得我太懦弱胆怯，我们几次

闹得不愉快。在我最艰难的时刻，好友咪咪也遇到困境。她怀孕了，可原本咪咪就不打算和男友结婚，不打算生下这个孩子。

无数尝试都落了空，只能花钱到黑诊所做手术。为了帮她凑钱，我又一次偷书，只是由于紧张，不慎被门夹住了。千钧一发之际，发现书店里的暗探正好是儿时的朋友吉米，我幸运地得到他的帮助，也躲过了牢狱之灾，筹到了钱。其实他自己的境遇也不好，日子紧巴巴的。但正如他所说的，几块钱怎么能跟伤心的生活相比？

咪咪做完了手术之后，大出血，发烧，吃了药也不见好转，只能送她去医院。医护们指责她不要自己的孩子，不愿意接收她，诅咒她死亡。好在佩迪拉有个在医院化验室工作的朋友，在他的帮助下，咪咪得到了救治。我帮咪咪做的事被告发到露西的家族里，西蒙为了自己的前途，立马和我断绝了关系；而我在受到露西一家的蔑视之后，最终与他们决裂。在小圣诞树和彩色灯泡的围绕下，我坐在咪咪的床边，在婴儿的啼哭声和吮奶声中，由焦虑、愤怒、厌恶，逐渐变得平静起来。

后来，我的心思又回到书本上。读书，不再偷书。咪咪还给我的钱，以及她身体复原重新工作后借给我的钱，让我支撑了一段时间。后来，我在公共事业振兴署工作，挨家挨户串门，见到了挤住十个人的房间，见到了街道挖出的厕所，还有被老鼠咬伤的孩子……

在咪咪的介绍下，我成了工会的登记代理人，与各行各业的工人打交道，为他们签发入会证件；或是外出调查，与职工们畅所欲言，受到了快餐店老年员工的信赖和尊重。

眼下这种情况——子女带孩子回来住在父母家，只是经济大萧条的一个侧影。我有了一个希腊女朋友索菲，她在一家豪华饭店收拾客房，每小时只挣两角钱。她已有未婚夫，但认为这样做合情合理：先寻欢作乐，储备够了欢乐，结婚之后就不会再有非分之念了。就仿佛婚姻是一座坟墓，毫无乐趣可言。西亚，她果然如当年的纸条所写的，回来了。阔别已久，她站在门口，微微颤抖，留下一张纸条，写着自己的地址和电话号码。"我实在不能自已。"她说。繁忙的工作和到南芝加哥组织了胜利罢工时，我心里始终想着西亚。多次拨打电话后，终于接通了，我们约定好明天相见。见面前，我根据上层领导人的要求，到索菲所在的饭店阻止工人们罢工。场面陷入混乱，敌对工会的人带着打手将我打倒，女工们手里拿着剪刀、刀子围在四周护卫着我。

索菲拉着我悄悄离开，和我说"最好忘掉罢工的事"，因为西亚的出现，我们互相道别。一个打手追上来了，我心急地躲进电影院。呕吐，洗净血迹，用吹风机吹干自己。电影结束后，我才往西亚那里去。而一旦我们俩碰在一起，我就没有力量再到别的任何地方去了。见面，拥吻，如痴如醉。爱情如此浓烈，让我们变成了以前从未存在的人。

那几天，也是为了避开打手，我们没有离开公寓。西亚的床边摆着大小皮箱——她已结婚，丈夫很有钱，不仅拥有飞机，还将一个湖纳为己有。西亚正要到墨西哥去办理离婚手续，她还计划在墨西哥打猎、驯鹰。沉浸在激情里，加上罢工风波导致我被敌方盯上，我决定顺从西亚，辞职，去墨西哥。

没有人祝我一路平安，人人都以某种方式警告我要小心。我竭力想告诉西亚，我一生都在找适当的事情做，想有个更好的命运，我反对过那些想要按照他们心意塑造我的人。可是现在，我爱上了她，我已经明白多了，知道自己要的是什么。

攻击、非难，发生在两个曾经相爱的人之间。原先最熟悉，如今最疼痛

西亚说离婚后，她就没有多少钱了，因为过去的一段风流史，家里已停止经济供给。去墨西哥，是为了赚钱：捕蜥蜴，把打猎拍成电影，写成文章卖给《国家地理杂志》。

但前往墨西哥的旅程让我永生难忘，只是美妙欢乐的情调部分很快就告终了。到头来，爱情毕竟还是奥林匹斯山上和特洛伊城中那些神话人员的专属之物。我们开始驯鹰了。

最初，笼子里的凶禽让我两眼发黑，神经迷乱。西亚却非常激动，即使被抓了，被啄了，也依然激动如初。它成为西亚全神贯注、专心致志的对象。

经过一些坎坷，驯鹰有了成效，它愿意戴上头罩了，也在学习飞逐诱饵。西亚要用鹰来捕捉那些大蜥蜴。正是这种愿望推动我们奋勇向前。到达墨西哥城后，西亚去见她丈夫的律师代表，我们耽搁了一段时间，便参观了王宫、夜总会、动物园。我突然意识到：这世界比我原先所想象的要大得多。鹰已经开始学习啄食蜥蜴。可鹰没有捉住大蜥蜴，反而被咬住脖子，受了伤，这让西亚愤怒得失去理智。

屋子死气沉沉，我又开始埋头读书。突然之间，西亚和我都显得无所适从。原以为，她一离婚，我们就会结婚。可我们虽然相爱，但各自的目的却有所不同。

捕蛇的成就使西亚大为振作，家里的门廊很快放满了蛇。在我的反复劝说下，我们再次带鹰出发捕猎。可我过于激动，无意中驱马从峭壁上冲下，受了伤。

西亚大失所望。她满腔热情，敢作敢为，制定周密计划，辛苦训练猎鹰，到头来竟被我的无能连累，一切化为泡影。在西亚面前，我表现得规规矩矩，可心里明白，我们的关系越来越差了。

处在生活道路的分岔口，我结识了一些侨民，学会了赌博，瘦得皮包骨头，病容满面，酒不离口，牌不离手，但也成为发牌高手，名气远扬。西亚的离婚书到来时，我照先前的打算向她求婚，但她摇了摇头。我突然想起她曾不慎说起过害怕怀孕，担心向家人解释孩子的父亲是我。是啊，在谈情说爱的美好岁月里，有个年轻小伙子做愉快的朋友是一回事，而在实际生活中面对一个有缺点的人则是另一回事。

原本，为了缓和关系，我们决定一起出行。但在出发前夜，我又犯了一个错误。我帮助了一名叫斯泰拉的女士，带着她驱车逃离困境，我也因此和西亚发生争执。

西亚伤心地抛下我离开，我打碎家具发泄怒火，也提着旅行包出走了。我想，我一定是个魔鬼，才会把事情搞得乱成这样。可我自己也深受其害。

Day 6 《奥吉·马奇历险记》

怀着追求更好命运的信念
活下去会怎么样

生命的终结并不可怕，可怕的是生命终结时带着
那么多的失望

我真正的毛病是总不能保持纯真的感情。当我决定去找
西亚，向她道歉，恳求她的原谅时，才知道她在山里捕蛇
时，以及在离开时，都早已背叛了我。愤怒、忌妒涌上心
头，但是我找到西亚时，希望能重新开始，而西亚的脸上再
无爱意。

我变卖东西，开始游荡。那段时间的我，面黄肌瘦，衣
衫破烂，像流浪汉中的一员，也悟出个道理：人要是没有壮
志和宏愿，是很难活下去的。在从墨西哥回家的途中，我去
看了乔治。已经有三四年没人来看他了，他被训练成为一个

鞋匠，过着被他人规范的生活。回到芝加哥，我见了妈妈。我总觉得乔治和妈妈是"囚犯"。

西蒙比以前更胖了。他在经济大萧条时期起家，如今有花不完的钱和发不完的烂脾气。西蒙还有一个情人，两人常常招摇过市，肆意购物。当两人与夏洛特、律师遇到一起时，闹剧上演了。情人骂了夏洛特，夏洛特和西蒙分别打了她耳光，三人大喊大叫。最后情人答应离开，但又回来了，说自己怀孕了。西蒙在电话里推卸责任，赶到时她已吞下安眠药企图自杀。

尽管他的生活如此不堪，西蒙却认为我是在浪费时间，因为连乔治都有事干了。

西蒙给了我一点钱让我去大学上暑假班，但我不能一直依靠他，就争取到了一份工作：为一个百万富翁写书。但实际上，我只不过是他的听客，忍受他神经质肆意发泄的听客。我和索菲重归于好了，她想和丈夫离婚，嫁给我，但我不想结婚。

陷入难以忍受的热恋中，仿佛某种矿物质渗进我的静脉和动脉

我认识的人几乎都想用某种方式表明，是他们让世界不至于分崩离析的。而这，只是他们在遭遇到某种困境时的自

我安慰罢了——由于自己做出了艰苦的劳动，所以要把它夸大到整个世界。后来，我终于明白了自己想做的事，弄一份地产，成家，接回妈妈和乔治，去福利院领孩子回来，照顾他们。

战争打破了一切幻想。我厌恶战争，便到处演说，也参加了志愿军，后来还生病动了手术。那段时间里，我很虚弱，精神也不好，却收到了西亚的来信，她已和一个空军上尉结婚。这使我大受打击，迫切地想要离开，到具有前途的地方去。我进入了商船队，接受训练，在闪烁不定的热浪中航行，时间愈久，愈像坐牢一般。单调的生活在我与斯泰拉重逢的那天结束。

当初，因为帮她逃离困境，我和西亚的关系彻底完了。第一次获得登岸假的那天，我就去拜访她，自然而然地再一次在爱情面前俯首称臣。我忘掉了出行前朋友的告诫：要订婚六个月后再结婚。我们决定，并很快真正地结婚了，在我拿到海军士兵证之后。蜜月只有两天，然后我不得不出航。

此次一别，我们很久才再相见。我坐的船被鱼雷击沉了。我跳下救生艇，而后船体下沉。拼尽全力爬上救生艇后，我和船上的木匠任船漂流，在奄奄一息时，终于得到一艘英国油轮的救助。六个月后，我才再次回到纽约，与斯泰拉重逢。

大战期间，我出航三次，之后便和斯泰拉到了欧洲。斯泰拉忙于事业，而我做着一些非法买卖：试图把一批在德国廉价购买的军用物资运进意大利。斯泰拉有超越一般人的撒谎能力，她对我说的许多事都是假的，还有人不断地向她讨债，甚至缠上了官司。斯泰拉在电影公司工作，或许是为了向曾经控制她的人证明，她能出人头地。

西蒙和妻子来访时，我带他们逛遍高级餐厅、夜总会、娱乐场，并自觉付账。这让西蒙很高兴，觉得他的弟弟已经成为精通世故、靠得住的人了。他的情人呢？后来我得知，她控告了西蒙，她和西蒙在一起的每一分钟都在收集证据，每到一个地方，拿一盒火柴，把日期写在火柴盒里；留下西蒙的雪茄烟蒂做证据。这一切都是在所谓相爱的时候干的。

故事终结于一趟旅程。我前往比利时的布鲁日，我和斯泰拉的女佣雅克琳搭车去诺曼底和家人过圣诞节。雅克琳的长相有些古怪，成天忙忙碌碌，脾气很温和。她的遭遇坎坷，时常遭到莫名其妙的攻击，如打劫、强奸等。出发的那天，冷得像下雪天。接近目的地时，车抛锚了。我们便动身步行，越过田野，朝农庄走去。路远天寒，雅克琳说可以用唱歌的办法来抵御寒冷。她开始唱起一支夜总会的歌；在她的坚持下，我也唱了唯一能想起的歌。得知我唱的是一首墨西哥歌曲，她立刻欢呼起来，说自己一辈子的梦想就是去墨西哥。她的躯体冷得发抖，眼睛里却泪光闪闪。我开始纵声大笑起来。抵达农庄后，我在雅克琳朋友的帮助下修好车，便启程了。

路上，一想到雅克琳和墨西哥，我禁不住又笑了起来。有什么值得笑的呢？是笑雅克琳那样一个受暴力迫害、命运坎坷的人，仍然拒绝过一种失望的生活吗？还是嘲笑大自然和永恒，自以为能战胜我们和希望的力量吗？不，我认为它永远不可能。也许我的努力会付诸东流，继而成为这条道路上的失败者。就像人们把哥伦布戴上镣铐押解回国时，他大概也认为自己是个失败者，但这并不证明没有美洲。

Day 7 《奥吉·马奇历险记》

人，
究竟为什么而活着？

他不愿意失去自由，他想要有一个"更好的
命运"

这部二十世纪的"流浪汉"小说是索尔·贝娄的成名
作、代表作。来自贫民窟的犹太少年奥吉，用他的"历
险"，带我们翻阅五十余万字的人生。横跨二十载岁月，足
迹遍布美国的芝加哥市、墨西哥、中大西洋东海岸地区，当
时美国的社会状况和时代风貌也如画卷般在我们面前徐徐
展开。

奥吉，一个贫苦小子，连父亲是谁都不知道，从小身边
的人就都想支配他的命运。最初是劳希奶奶，她代替母亲掌
控整个家庭，试图用严厉的章法规训出高贵谦恭的少年；然

后是艾洪，一位坐在轮椅上的残疾人给了他许多人生的忠告，也企图攫取他的思想；还有哥哥西蒙、表亲安娜、伦林太太、女友西亚等人，都曾想替他做决定。但无论是在相应的职业生涯中，还是在感情里，一旦嗅到控制的气息，奥吉马上抽身离开。他始终在反抗其从事过很多工作，饱览人世间的沧桑。奥吉做过太多工作，成为过太多种人。他不曾放弃过自己的自由，但却始终没能找到自己愿意为之奉献一生的事，没有一片安宁的精神家园寄托灵魂。后来，他曾想过办一所学校式的孤儿院，希望能和孩子们待在一起。只是他并没有真正向理想迈步，软弱的个性让他一再屈服。令人感到讽刺的是，他最后成为倒卖战争剩余物资并以此牟利的商人，迁居巴黎，过着富裕优渥的生活，身居繁华都市，却向往乡村生活。

于西蒙来说，人生的转变是突然来到的。曾经，他是家中最有成为贵族潜质的人，成绩优秀，擅长学习。一次经济崩溃，大规模失业，一场渴求而未得、被背叛的爱情，使他被冲进人生的窄道里。他周围生活的噪音太多了，使他不能做出正确抉择。尝到了钱的好处与坏处，他内心对金钱的欲望燃起来了，几乎要将他烧成灰烬。他选择了富有人家的姑娘夏洛特作为结婚对象，忍辱负重，直至达到目的。但他所赚取的那些金钱，却捆绑了他，使他成了钱的奴仆，看似阔绰，内心却一片荒芜。

那奥吉渴望的人生是怎样的？自由，抑或爱情？他不想要那些早已被注定的命运，因此反复地抗争着，渐渐地活成了一个"晃来晃去的人"。有那么多人，按部就班地活着，忧虑着尚未发生的事情，如安娜；也有那么多人，懵懵懂懂时就被推入现实之河，经历一切，而后逃避，如佩迪拉。他是数学和物理天才、偷窃的能手，才十五岁时就结了婚，还没成年便有了孩子……更多的人，汲汲于生，汲汲于死。

我们每天都在积极奋斗，这就是赋予生命意义

贝娄"以一个不断探索的主人公的言谈举止，向读者展示世界的无情"。生活中有很多形式的恐惧，每天都在以各种方式向我们袭来。作家尽管可以书写那些困境，却可能无法给出解决的方案。"人类的寻求，并不意味着人生真谛的存在，也不意味着先验地存在着某种完美的人生方式，更不存在一种理想的故国旧土；人生就是一种在世，一种操劳，它拥有难以超越的厌烦和死亡。"

艾洪和劳希奶奶一样，都认为自己能够告诉我们怎样来对付这个世界。这个世界可以对之顺从，也可以对之反抗。在这个世界上你可以满怀信心地向前跑，或者只是摸索前进，被迫跌跌撞撞地走着。如何活着，怎样探寻生命的意义，又如何对待生活的一切波澜，这些问题可能永远也没有

正确答案，但或许我们可以这么做：我们每天都在积极奋斗，这就是赋予生命意义。美国著名作家菲利普·罗在贝娄去世前一天说："20世纪的美国文学是由两位小说家支撑的——威廉·福克纳和索尔·贝娄。"

正确答案，但或许我们可以这么做：我们每天都在积极奋斗，这就是赋予生命意义。美国著名作家菲利普·罗在贝娄去世前一天说："20世纪的美国文学是由两位小说家支撑的——威廉·福克纳和索尔·贝娄。"

《天才的编辑》

改变了 20 世纪美国文学的整个图景

[美] A. 司各特·伯格

什么是天才？就是那些把我们送进天堂，自己却下了地狱的人。人类总是容得下所有懒汉、赖子，却容不下一个天才，所以人类失去了翅膀。

普利策传记奖得主，美国"国家图书奖"
获奖作品

追迹20世纪美国文学传奇"伯乐"珀金
斯的非凡生涯

深入讲述知名作家与编辑人交往合作的
内幕细节

为20世纪美国文学的黄金年代立传

《天才的编辑》

改变了20世纪美国文学的整个图景

[美] A.司各特·伯格

什么是天才？就是那些把我们送进天堂，自己却下了地狱的人。人类总是容得下所有懒汉、赖子，却容不下一个天才，所以人类失去了翅膀。

普利策传记奖得主，美国"国家图书奖"
获奖作品

追迹20世纪美国文学传奇"伯乐"珀金
斯的非凡生涯

深入讲述知名作家与编辑人交往合作的
内幕细节

为20世纪美国文学的黄金年代立传

Day 1 《天才的编辑》

他一心站在幕后，
却不小心成了传奇

珀金斯一手奠定了菲茨杰拉德非凡的职业生涯

《天才的编辑》中，A.司各特·伯格忠实讲述了王牌编辑麦克斯·珀金斯的传奇人生。但一开始吸引伯格的，并不是珀金斯，而是珀金斯发掘并成就的一位文学大师——《了不起的盖茨比》的作者司各特·菲茨杰拉德。

原来，伯格的母亲是菲茨杰拉德的忠实粉丝。在伯格母亲怀孕期间，菲茨杰拉德的作品就是胎教读物。生下孩子后，母亲干脆给儿子取了和菲茨杰拉德一样的名字——"司各特"。在母亲的熏陶感染下，伯格小小年纪就迷上了菲茨杰拉德，高中时代就将偶像的处女作《人间天堂》作为论文选题。而这部作品中关于普林斯顿大学生活的描写，也在

伯格心中埋下了向往的种子。几年后，他如愿和偶像成为
校友。

　　大学时代，他一头扎进普林斯顿大学燧石图书馆，查找
所有关于菲茨杰拉德的信息，并下定决心为偶像亲笔立传。
然而，在浩如烟海的档案资料中，另一个不断出现的名字引
起了他的注意——麦克斯·珀金斯。伯格发现，菲茨杰拉德
的创作并非一帆风顺，而是经历了难以计数的修改、停滞、
重写的过程，甚至还曾遭遇夭折和退稿的风险。在这个坎坷
煎熬的过程中，是珀金斯支持他一路走下来。可以说，是珀
金斯一手奠定了菲茨杰拉德非凡的职业生涯。伯格本能地意
识到，这个站在菲茨杰拉德身后的男人绝不简单！

　　顺着这条线索，他一路探索，果然发现了更多惊喜——
原来这位编辑不仅成就了菲茨杰拉德，还是海明威、托马
斯·沃尔夫等众多文学大师的"伯乐"。他凭借一双慧眼，
在他们名不见经传的时候就发现了他们的惊世才华，并顶住
行业保守势力反对的压力，一手将他们推到文坛最耀眼的
中心。

　　然而在20世纪，关于海明威、菲茨杰拉德、沃尔夫的研
究和讨论虽然热火朝天，可他们身后的这位伯乐却鲜有人问
津，一如既往地保持着低调和神秘。面对这样一位隐身在幕
后运筹帷幄的冷门人物，要为他立传并不容易。在老师的建
议下，伯格决定先把珀金斯设定为自己的毕业论文选题，一

面搜集资料，凝聚实力；一面考验自己的兴趣，磨砺自己的意志。而当他凭借一篇250页的毕业论文，一举夺得英语系优秀论文奖时，伯格知道，他终于可以下定决心了。

"有许多进入出版业的人告诉我，他们入行的一个原因就是看了这本书。"

毕业后第二天，伯格就立刻开始行动。一开始，他只打算给自己九个月——三个月调研，三个月写作，三个月出版。他怎么也没想到，自己竟然足足少算了六年！在研究过程中，母校丰富的馆藏给了伯格强有力的支持。或许是冥冥之中的天意，恰巧在伯格进校那年，珀金斯效力终身的斯克里布纳出版社，将自己一百二十一年的档案资料全部捐赠给了普林斯顿大学。在那些马尼拉纸夹中，包含了二十五万份从未公开过的史料，讲述了那个时代最重要的文学作品的萌芽、成稿、出版和传播的历程。伯格还去了很多别的图书馆查找资料，仅仅在哈佛大学霍顿图书馆，他就待了三个月。

除此之外，伯格采访了珀金斯的亲戚、朋友和邻居，有一百多人。就这样，从成千上万的信件、手稿和访谈记录中，一个真实、立体、有血有肉的传奇人物终于渐渐浮现出来。伯格始终坚持从第一手资料中获取信息，确保真实完整、原汁原味。

所有资料到位后，伯格才终于正式开始写作。他搬回父母家中，不做任何其他工作，每天都写十五个钟头，常常一周七天都在写。保持着这种高强度写作状态，他又花了四年才终于完成了这部作品。

而这部作品的出版也颇有传奇色彩。伯格的父亲是电影制片人，在买下一部小说的电影改编权后，他约那部小说的编辑吃饭，并在饭桌上随口提起儿子正在写一部珀金斯的传记。没想到，那位编辑立刻提出要见伯格，并在稿子尚未完成时就敲定了出版事宜。他告诉伯格，正是珀金斯的传奇故事，激励他成为一名图书编辑。能够如此幸运，伯格自己也说："那是因为珀金斯在文学界的传奇力量。"

用了整整七年，伯格终于磨出了一把利剑。《天才的编辑》一面世就好评如潮，迅速登上美国畅销书排行榜，荣获美国"国家图书奖"传记写作奖，也使伯格成功跨入美国一流传记作家的行列。

在这部作品中，伯格讲述了珀金斯从新人一步一步成长为行业传奇的历程——从单调的校对工作，到发掘种子作家和种子作品，和作者携手并肩打磨作品，他身体力行地推动了编辑行业的转型升级。他发现了一位又一位文学大师，创造了一次又一次出版奇迹，为人类留下了《了不起的盖茨比》《太阳照常升起》《天使，望故乡》等宝贵的精神财富。

　　而在成就新人新作的过程中，巨大的压力总是与成就感并存。珀金斯勇敢迎战行业的保守势力，对抗僵化顽固的行业规则，对抗腐朽落伍的文学品位，打拼出了一个全新的文学时代。

　　在访谈中，伯格骄傲地谈道："有许多进入出版业的人告诉我，他们入行的一个原因就是看了这本书。"——这，或许正是对一位传记作家最大的褒奖。

　　而珀金斯传奇人生的价值和影响，绝不仅仅局限于出版行业。在这部作品中，我们会看到杰出人物聚在一起，掀起一场又一场头脑风暴，交汇撞击出璀璨绚烂的精神火花，但也常常会出现分歧，甚至陷入僵局，走向决裂。

Day 2 《天才的编辑》

这些伟大的作品，
离不开他的不懈坚持

兴趣是人生最忠实的明灯，朝向它总是会事半功倍，背离它却往往会让人多走弯路

珀金斯出身于名门望族。父亲是美国第一位艺术评论家，来自热爱艺术和冒险的珀金斯家族；爷爷在艺术界也颇有影响力。母亲则来自崇尚努力和纪律的埃瓦茨家族；外祖父曾两度担任纽约州联邦参议员，还曾被美国第十九任总统海斯任命为国务卿。两大家族截然不同的个性在珀金斯身上交汇碰撞，让他既富有艺术家的才华和眼光，也有着顽强的意志、自律的性格。

青年时代，珀金斯前往哈佛求学。他选择了自己最厌恶的专业——经济学，只为践行外祖父那句人生格言——"我

骄傲的不是做好了我喜欢做的事，而是做好了我不喜欢做的事"。然而，这一选择固然磨砺了珀金斯的意志，却也让他错失了最适合自己的教育。终其一生，他都为自己对莎士比亚作品的粗浅理解而感到尴尬。然而，珀金斯仍然从哈佛学到了很多，尤其是从科普兰教授身上。这位教授混过演艺圈，读过法学院，还曾为《波士顿邮报》工作七年。他不是满身学究气的知识分子，而是一个坏脾气的传统反叛者。他会通过自己夸张的表演，为枯燥沉闷的古典名著注入活力。他会要求学生们摒弃世俗的累赘，直面真正的自己，然后再开始真正的写作。

在科普兰教授的启蒙下，珀金斯很快对文学如痴如醉。他加入校园文学杂志《哈佛之声》编辑部，开始为杂志写文章，并在这里结识了一大帮志同道合的好朋友。尤其是珀金斯与后来成为重要文学评论家的范·怀克·布鲁克斯的交往，他们真挚的友谊温暖了彼此的一生。

顺应时代的潮流，投身时代的洪流，才能在时代中成就更好的自己

毕业后，珀金斯如愿进入《纽约时报》。但很快，无法固定的工作时间、无法推迟的截稿日期就让珀金斯身心倦怠。恰好此时，他和女友路易斯·桑德斯携手走进婚姻。婚

姻和家庭对稳定的要求，进一步催促珀金斯离开报社，走进了这家他将为之奉献毕生精力和热情的公司——斯克里布纳出版社。

一开始，珀金斯先在广告部干了足足四年半。广告部经理的岗位培养了珀金斯敏锐的市场嗅觉，让他在后来的职业生涯中，一次次精准地预判出哪些书将会畅销，哪些作家将会大火。

四年后，珀金斯成为一个编辑新人。在严厉古板的大老板以及德高望重的总编辑的统治下，出版社的书目丝毫不肯逾越"正派体面"的雷池半步。年轻一代的作家连带着他们全新的价值观和文学品位都被出版社毫不犹豫地拒之门外。

就在这时，一部短篇小说、诗歌、小品文的大杂烩文集送到了珀金斯手中，作者就是后来震动文坛的司各特·菲茨杰拉德。书稿虽然问题很多，但其中展现出的灵巧和活力打动了珀金斯。可那时的珀金斯人微言轻，无法改变这部手稿被退稿的命运。但在寄去退稿信的同时，他还在信中提出了一系列修改意见，鼓励菲茨杰拉德不要放弃，继续写作。这让菲茨杰拉德获得了莫大的安慰和力量。他以这部手稿为蓝本，大幅度修改，最终完成了自己的处女作——长篇小说《人间天堂》。与此同时，珀金斯在出版社的抗争也取得了突破性进展。他指出，要是连菲茨杰拉德这样才华横溢的作家都被拒之门外，"我们倒不如关门好了"。反复权衡后，出版社终于接纳了《人间天堂》。

事实证明这个决定至关重要，不仅成就了一位文坛巨星，也将出版社从竞争危机中拯救出来，迎来了全新的发展高潮。

他的理想，是要在出版行业，乃至美国文坛推动一场声势浩大的改革运动

《人间天堂》不仅在文学评论界引起广泛关注，销量也势如破竹，几乎每过一个星期就要加印一次。而这一年，菲茨杰拉德才二十四岁。一夜之间，他身价猛涨，可在置办豪宅、大办宴会、疯狂购物、周游世界之后，菲茨杰拉德很快负债累累，不得不一次次向出版社预支款项，然后继续寻欢作乐。

没完没了的狂欢和酗酒透支了菲茨杰拉德的时间、健康和灵感，他常常陷入郁闷和颓废之中无法自拔，一连几个月写不出一个字。幸好，珀金斯给了他最大的宽容和支持。而菲茨杰拉德也总算没有辜负珀金斯的期望。在《了不起的盖茨比》的创作过程中，他达到了自己创作生涯的巅峰水平。

然而，这部作品的创作过程却异常坎坷。他不断卡壳，甚至一次次彻底推翻重来。初稿完成后，珀金斯从人物形象的塑造、背景信息的披露，到高潮情节的安排，提出了一系

列修改意见。又经历了无数次激烈的争论、无数次不倦的修改，这部作品才终于定稿付梓。虽然它在当时并没有立刻收获漂亮的评论和销量，但其中超越时空的力量，惊艳了后世一代又一代读者。

而成全了菲茨杰拉德的同时，珀金斯也在自己的职业道路上迈出了一大步，成了出版社举足轻重的核心人物。但对珀金斯来说，这还远远不够。他的理想，是要在出版行业，乃至美国文坛推动一场声势浩大的改革运动。

Day 3 《天才的编辑》

他是如何成就
数位文学大师的？

只要心中亮着信念的光芒，就不会被争议的雾霭蒙住双眼

菲茨杰拉德推荐了一位文坛新秀，他已经在法国出版了一部短篇小说集《在我们的时代》。刚读完这本薄薄的小册子，珀金斯就意识到这个年轻人前途无量，立刻写信给他，在表示出版诚意的同时，也对他的新作表达了热切期待。而这个年轻人，就是即将震惊文坛的海明威。

可是不巧，另一家出版社已经捷足先登。虽然海明威无法打破行业规则，但珀金斯的热忱恳切却给他留下了深刻印象。此时，海明威手上有两部作品《春潮》和《太阳照常升起》。出版界普遍看好后者，对前者却举棋不定。因为在

《春潮》中，海明威对另一位当红畅销书作家犀利地嘲讽了一番。权衡再三，潜在的风险还是劝退了那家出版社。于是，海明威立刻动身前往纽约和珀金斯面谈，并当场拍板合作。

珀金斯何尝不明白这种风险？但为了留住这个棱角分明的年轻人，他甘愿冒险。很快，厚厚的书稿就寄到了珀金斯的办公室。然而，海明威作品中惊世骇俗的主题、粗鲁污秽的字眼让出版社保守派惊掉了下巴。但珀金斯带领年轻一派据理力争，终于推动这两部作品通过了审核。同时，珀金斯又说服海明威改稿，尽可能减少《太阳照常升起》中可能引发争议的粗口。毕竟在一部作品中，语言只是皮相，内容才是筋骨。

刚一面世，这部作品立刻引起巨大轰动。然而在销量节节攀升的同时，巨大的争议和批评也接踵而来。面对愤怒和质疑，珀金斯始终坚定不移地告诉读者，编辑的职责和使命就是要出版文学价值高超、富有时代和文化批判精神的作品。

在一次次合作中，珀金斯和海明威之间的友谊也越来越深。尤其是在海明威的父亲去世时，珀金斯更是给了他毫无保留的支持和安慰。在海明威心中，珀金斯已经不只是一位编辑，他更是一位睿智的长者，一个能够随时求助的依靠。因此，当业内盛传海明威即将抛弃珀金斯另攀高枝时，他立刻亲自写信澄清，坚定不移地表明自己对珀金斯的忠诚。毕竟，人与人之间最可贵的关系不是利益交换，而是相互依靠的安心。

在前进的路上，停下来歇歇脚很重要，但更重要的是重新站起来向前走

海明威前景一片大好，他的推荐人——菲茨杰拉德的处境却并不乐观。《了不起的盖茨比》后，他又回到没完没了的长途旅行和社交活动中，消耗着光阴和精神，透支着健康和灵感。珀金斯尊重他作为作家的锋芒，给了他最大限度的宽容，只是委婉地催促他开始自己的新作品。

而当菲茨杰拉德终于收拾好心情，开始动笔创作新小说《夜色温柔》时，完美主义的创作态度又让这部作品进度缓慢。仅仅是一个开头，他就重写了五次，修改了十七次。情节推动过程中，他又发展出更多枝节。以编辑的专业眼光来看，珀金斯甚至觉得这些内容足可拆分成三部长篇小说。

关于写法，菲茨杰拉德也举棋不定。他尝试不同的人称和角度，一次次推翻重来，却始终无法达到理想效果，好几次想要彻底放弃。其间，菲茨杰拉德有时给商业杂志写点故事，赚点快钱；有时又重新跌进了酗酒和狂欢之中。

写写停停足足四年，《夜色温柔》的初稿终于完成，而

后续面临的修改工作还将更加艰巨。雪上加霜的是，菲茨杰拉德的妻子泽尔达此时又被诊断为精神分裂。为了照顾妻子，他常常好几十天写不出一个字。而在这个煎熬的过程中，珀金斯一直是他的坚强后盾。容许他一次又一次延迟交稿，一次又一次预支版税。而这种宽容，很大程度建立在他对菲茨杰拉德的理解之上。

彼岸虽然美好，可要想抵达，却必须先经历锲而不舍的艰苦跋涉

1928年秋天，经朋友推荐，沃尔夫的手稿被搬进了珀金斯的办公室。从一开始，他那必须要动用货车装载的篇幅巨大的手稿，还有他在慕尼黑啤酒节上被人打得半死的传闻，就让珀金斯强烈预感到：他的书麻烦，人更麻烦。

然而，麻烦中却也蕴含着惊喜。作为一个编辑，珀金斯无法忽视这些手稿的价值。他很快写信邀请沃尔夫来办公室面谈。见面后，珀金斯拿出他的读书笔记，逐一谈起作品的每一部分，并提出了一系列修改意见。而其中最重要的一条，就是要缩减篇幅。沃尔夫一时难以接受如此大幅度的删节，但还是热泪盈眶——终于有人肯用心对待、认可他的作品了。正式接到出版通知后好几天，沃尔夫走路都轻飘飘的。走在街头繁忙的人群中时，他甚至会忽然掏出出版合同，忍不住热烈地亲吻它。

　　眼下，大量的修改和删节工作摆在沃尔夫面前。在这个煎熬的大工程中，珀金斯始终与他并肩作战。他向沃尔夫提出删节的总体标准——一切以表达小说中心为终极目标。不论是情节还是人物，只要干扰了中心表达，就算再精彩也必须舍弃。

　　每一次删节，都是由珀金斯提出意见，经过两人激烈的讨论和争执，最终由沃尔夫拍板决定。每改完一个章节，两人就碰一次头，周而复始。渐渐这部作品褪去了不必要的累赘，只剩强有力的筋骨和肌肉。最后，沃尔夫和珀金斯共同敲定了书名——《天使，望故乡》。

Day 4 《天才的编辑》

一个人的成熟，
从学会放手开始

人生中，很多困境只能自己面对，很多难题只能
自己解决

《天使，望故乡》迅速在文坛掀起巨浪，获得了一边倒的热情赞扬，珀金斯和沃尔夫的关系也突飞猛进。

事业虽然取得了突破性进展，沃尔夫却轻松不起来。与知名舞美设计师艾琳·伯恩斯坦的复杂关系就像一块巨石压在心头，让他不堪重负。和艾琳初识那年，沃尔夫二十四岁，只是一个一文不名的单身汉；艾琳却足足大了他十八岁，不仅事业有成，还有自己的丈夫和孩子。然而当爱情的巨浪迎面扑来，任何世俗的距离都不值一提，两人不顾一切地坠入情网。艾琳欣赏沃尔夫的才华，一直鼓励他投身创作。《天使，望故乡》就是在她的支持下开始创作的。手稿也是她托人推荐，才能摆上珀金斯的办公桌。

可惜仅仅四年，他已经迫不及待想要斩断这段关系。然而艾琳却无法接受说断就断的现实。沃尔夫被她纠缠得苦不堪言，一次又一次向珀金斯倾诉和求助。大多数时候，珀金斯能够给予的帮助，也不过是倾听他诉诉苦，劝说他专心写作。

迫不得已，沃尔夫决定对这段关系"冷处理"。他申请到一项基金会资助，远远躲开艾琳，只身前往欧洲工作一年。在异国他乡，他也开始构思自己的下一部作品《十月集市》。他写信告诉珀金斯，这部作品同样会非常厚。珀金斯也立刻回信，提醒他注意控制篇幅。就在这时，几篇对《天使，望故乡》的负面评论文章却搅黄了所有计划。这些文章中的嘲讽和曲解锋利如刀。初出茅庐的沃尔夫立刻被打击得怀疑人生。就算珀金斯苦苦劝慰，沃尔夫还是倔强而草率地宣布封笔。

真正的智慧不仅是要在应该开始的时候开始，更是要懂得在应该结束的时候结束

不论作为编辑，还是作为朋友和长者，珀金斯都不可能让沃尔夫就这样断送了前程，枉费了才华。在他坚持不懈的

劝导下，沃尔夫终于回心转意，一头扎进书稿中，常常一连几个月与世隔绝。只有在"自我怀疑"的时候，他才会跑去找珀金斯发一通牢骚。而珀金斯也总能让他重拾信心，让他相信自己真的写得很好。日复一日，公寓里的书稿越来越厚，堆积如山，可距离最终完成却似乎越来越遥遥无期，因为沃尔夫总是近乎疯狂地把所有素材塞进这部小说。

三年多后，当珀金斯发现这份手稿已经是《天使，望故乡》原稿的四倍时，他果断敲开沃尔夫的门，平静地告诉他作品已经完成了。沃尔夫的埋头苦干就这样猛然刹车，所有手稿被按顺序整理好，用了三个巨大的木箱才勉强装下。读完手稿后，珀金斯发现，沃尔夫写的其实是两个相互独立的完整故事。他提议先将第一个故事剥离出来，单独整理出版。这个故事，就是沃尔夫的第二部作品《时间与河流》。

夜以继日的修改工作接踵而来。沃尔夫和珀金斯每天下午都要一起工作两个小时，后来甚至连晚上都要继续加班。珀金斯总是将修改意见列出详细提纲，然后再由沃尔夫逐项落实。修改意见从人物的塑造到伏笔的设置，从对话的设计到场景的安排，面面俱到，无一遗漏。删节仍是最让沃尔夫痛苦的工作，毕竟很多片段那样精彩。但珀金斯让他明白了一点——再好的东西，处在不合适的位置也只是一个美丽的错误。

生活是事业的根基，不理清生活的一团乱麻，事业就必定会跟着摔跟头

在沃尔夫一路高歌勇往直前的时候，菲茨杰拉德却仍然陷在泥淖中停滞不前。《了不起的盖茨比》出版已经六年了，他却仍然无法向读者交出下一部作品。一想到时光悄然流逝，文坛新人辈出，而自己却被渐渐淡忘，他就辗转反侧，难以入眠。这些年来，他终于明白了一个道理——生活是事业的根基，不理清生活的一团乱麻，事业就必定会跟着摔跟头。

于是，他重整旗鼓好好生活，努力戒酒，学会节俭，坚持写完《夜色温柔》。与此同时，珀金斯也从来没有放弃过他。尽管《夜色温柔》的初稿仍旧杂乱无章，而且并不完整，珀金斯还是立刻断定，这部作品一定会成功。

为了督促菲茨杰拉德克服惰性，加快脚步，尽快完成修改和定稿工作，他提议在《斯克里伯纳杂志》上连载这部作品。连载期间，杂志销量不断上升。正式出版后，也立刻在纽约掀起浪潮。然而在经济大萧条的背景下，全国销量却并不乐观，《夜色温柔》带来的收入仍然无法填补菲茨杰拉德的债务窟窿。

相比于菲茨杰拉德，海明威的创作就高产得多，状态也稳定得多。《永别了，武器》后，海明威专注于一部斗牛题材的新作《死在午后》，并进展顺利，按时交稿。然而在这部新作中，珀金斯却敏锐地意识到，海明威似乎深为自己"文坛硬汉"的姿态而得意，写作风格也因此而失去了应有的分寸和节制。当然，风格是要有的，但应该是由内而外的自然流露，而不该是扬扬自得的自我陶醉。果然，这部作品虽然销量可观，但一些书评却发出了刺耳的声音，对海明威的"硬汉"人设和"男子汉"气概冷嘲热讽。一篇犀利的书评甚至断言海明威"牛皮吹得太过"，嘲笑他的文字风格"堪比在胸口上贴假胸毛"。海明威的下一部短篇小说集《赢家无所得》出版后，这种声音愈演愈烈，甚至渐渐演变成了一场公开讨伐。

Day 5 《天才的编辑》

打动人心的
永远是真诚

当人们陷在当下的泥潭当中，果断走向远方或许
能获得新的力量

面对愈演愈烈的围攻，海明威选择将一切抛诸脑后，走
为上策。他一直向往非洲，珀金斯却担心安全问题，总是劝
他放弃冒险。但此时，再也没有什么能够阻挡海明威的脚
步。非洲的壮阔奇观让海明威又震撼，又敬畏，并给了他全
新的创作素材和灵感。他立刻动笔，几个月后，就将一部
七万字的书稿寄给了珀金斯。通过《非洲的青山》，海明威
不仅要展现一个真实的非洲，也要一雪前耻，重新赢回流失
的忠实读者。

但事与愿违，这部作品反响平平，销量惨淡。好在旺盛

的精力、强悍的性格不允许海明威在挫折中长久沉溺。不久，他又开始构思一部以湾流生活为背景的新小说。在创作期间，他还以北美报业联盟特派员的身份奔赴西班牙前线报道内战。即便如此，手稿仍如约被送上了珀金斯的办公桌。珀金斯也立刻精心筹划，顺利出版了这部《有钱人和没钱人》。刚一面世，这部作品就立刻风靡全国，一度登上畅销书排行榜第四位。至此，海明威终于扬眉吐气，很快，又开始梳理他在西班牙内战中的经历、见闻和感悟，开始了剧本《第五纵队》的创作。

比起海明威的脚步不停，菲茨杰拉德可谓每况愈下。他的新小说《黑暗伯爵腓力》在杂志上连载了三期，杂志主编就对作品失去了兴趣，中断了连载。这些年来，为了让他专心写作，珀金斯找各种理由以出版社名义向他预支款项，最后实在找不到理由，又以个人名义借钱给他。仅仅在斯克里伯纳出版社，菲茨杰拉德的欠债已经累积到了6000多美元。越来越重的债务负担、一天天黯淡的文学声誉，加上妻子时好时坏的病况，让菲茨杰拉德不堪重负。最后，他不得不向现实妥协，开始花费越来越多的时间去给报纸杂志写一些哗众取宠的短篇故事。他明明知道，从长远来看，这只会导致他的作品文学价值的倒退。但他必须赚些快钱，维持生计。在一次访谈报道中，菲茨杰拉德几乎自暴自弃，自毁形象，任由自己被写成一个酗酒、惨败、丧失了希望，并且默认自己已经堕落的过气作家。

用激情点燃理性，用理性约束激情，才能实现最完美的成功

　　而在那几年，珀金斯花费心思最多的作家，还是事业刚刚起飞的沃尔夫。《时间与河流》还未出版，就已经引得万众期待，即使在经济大萧条的背景下，这部作品的销量仍然节节攀升，在每一个畅销书排行榜上都名列前三。没有人质疑这是一部真正的巨作，人们甚至把沃尔夫和陀思妥耶夫斯基、辛克莱·刘易斯这样的文学大师相提并论。正是沃尔夫的激情、珀金斯的理性精诚合作，才成就了这部作品的巨大成功，也成就了他们职业生涯中最辉煌的巅峰。

　　在《时间与河流》中，沃尔夫以艾琳为原型塑造了一个人物——艾斯特。在艾琳的强烈反对下，沃尔夫最终同意删减，在艾斯特刚刚出场时就结束故事。但艾琳明白，下一部作品中，沃尔夫势必会继续艾斯特的故事。这不仅会损害艾琳的名誉，更会深深伤害她的家人和孩子。艾琳一次次通过珀金斯与沃尔夫交涉，并声称将不惜一切阻止这场灾难。可珀金斯到底是局外人，尽管竭力从中调停，却始终收效甚微。艾琳不得不以死相逼，沃尔夫才终于勉强让步。

　　度过这场感情危机后，珀金斯立刻着手为沃尔夫的事业规划更远大的蓝图。他趁热打铁，很快推出沃尔夫的短篇小说集《从死亡到黎明》。沃尔夫也摩拳擦掌，开始同时构思

好几部长篇小说。创作事业的合作无间、感情问题的共同面对，让沃尔夫越来越依赖珀金斯。他搬到离珀金斯家只有两个街区的公寓，像家庭成员一样整天泡在珀金斯家。此刻，一种微弱却锐利的变化已经在悄然酝酿。珀金斯渐渐发现，沃尔夫越来越刻薄乖张，越来越容易被激怒。有时，珀金斯甚至觉得沃尔夫根本就是在故意找碴儿，以此来考验自己的友谊和耐心。而沃尔夫的新作《一部小说的故事》发表后，他们之间的冲突再次升级。

面对外界狂风骤雨般的非议，更需要拥有强大的内心

在《一部小说的故事》中，沃尔夫详细讲述了自己和珀金斯在修改《时间与河流》时所经历的种种努力和困难。虽然并没有明确提到珀金斯的名字，但编辑的重大贡献还是立刻曝光，珀金斯被迫从幕后走到台前。然而，沃尔夫对珀金斯的感激，却成了评论家攻击他的有力把柄。没过多久，沃尔夫的死对头发表了一篇评论文章，宣称《时间与河流》之所以能够成功，完全是珀金斯的功劳。他认为，在创作过程中沃尔夫只是"火山喷发"般生产了一堆"零件"，然后在珀金斯的指导下像流水线作业一样将它们"组装"起来。

一时之间，几乎所有人都笃定，没有珀金斯，沃尔夫的作品根本无法出版，他充其量也就是一个平平无奇的写手。这些言之凿凿的否定一把将沃尔夫推进了自我怀疑的深渊。

面对外界狂风骤雨般的非议，更需要拥有强大的内心。但沃尔夫并没有这么强大，他陷在愤懑和怀疑的旋涡中。而在需要面对与珀金斯的分歧时，他变得愈发暴躁和武断。他打算将斯克里伯纳出版社的工作人员写进自己的新小说。珀金斯不得不竭力反对，因为这势必会泄露同事们的个人隐私，甚至可能毁了他们。紧接着，在美国大选中，两人又投出了不同的选票。沃尔夫怒不可遏，愤怒地指责珀金斯已经退化成了代表管理阶级的"保守派"。

Day 6 《天才的编辑》

站在幕后，
却成了传奇

生死有着巨大的力量，总能让人们放下很多放不下的

矛盾日积月累，沃尔夫想与珀金斯决裂的冲动已经渐渐压过了对他的忠诚和感激。

沃尔夫曾以多曼小姐为原型，塑造过一个患有间歇性精神疾病的角色。许多描写深深伤害了多曼小姐，她最终决定起诉沃尔夫。而默克多曾经代理出售沃尔夫的手稿，但却私自藏着一部分不肯归还。为了将不良影响降到最低，珀金斯力主和解，并代表出版社主动承担了一部分律师费和手续费。

然而偏见就像哈哈镜一样，将人心扭曲得面目全非。在沃尔夫看来，珀金斯的理智是冷漠，慷慨是心虚，他根本就是拒绝为自己辩护，甚至是成心想要削弱自己。

最终，沃尔夫寄出了一封二十八页的长信，声称自己已经忠实履行了对出版社的全部义务，并详列了自己选择离开珀金斯的种种理由。珀金斯很有风度地接受了"独立宣言"，并回信告诉沃尔夫，只要他需要，自己随时准备助他一臂之力。

珀金斯的这份风度背后，其实埋藏着深深的辛酸和遗憾。他把沃尔夫的信放在办公桌抽屉里，时不时就拿出来看看，有时甚至会忍不住默默垂泪。然而，当沃尔夫正准备振翅高飞证明自己时，病魔却匆匆折断了他的翅膀。最终他被确诊为"脑结核"。珀金斯心急如焚。他担心沃尔夫，却无法去看他。他给沃尔夫写了信，又唯恐惹得沃尔夫误会发火，影响病情。

然而，生死有着巨大的力量，总能让人们放下很多放不下的，看开很多看不开的。

此时，沃尔夫已经隐约听到了死神的脚步。他终究还是读了珀金斯的那封信，并用颤抖的手握住笔回信说："无论过去发生过什么，我永远都会想你，怀念你。"

至此，误会和矛盾才得以消解，但一切却已经太晚了。在沃尔夫的葬礼上，珀金斯是荣誉抬棺人，但他一言不发，甚至避开众人，独自躲进树林，沉浸在刻骨的伤痛中。

永远"活着"，就是要在时代的滚滚洪流中留下自己永恒的印痕

沃尔夫英年早逝，珀金斯毅然挑起遗产执行人的担子，尽管明知道这份责任将会带来无穷无尽的麻烦和非议。珀金斯还亲自为沃尔夫撰写纪念文章，并像从前一样再次来到沃尔夫用木箱装着的海量手稿面前，从中整理出版了他的遗作《蛛网与磐石》。他还竭尽全力帮忙搜集作品和素材，甚至说服艾琳公布了她与沃尔夫之间炽烈的情书，并促成了哈佛大学沃尔夫纪念馆的建成。珀金斯明白，只要还被读者们深深铭记着，只要还影响着一代代文学新人，沃尔夫就还"活着"。

除了沃尔夫，菲茨杰拉德也先珀金斯一步走到了生命的尽头。《夜色温柔》后，菲茨杰拉德的文学创作长久地陷入停滞状态。为了维持日常开支，供女儿完成学业，他不得不闯荡好莱坞，并小有成就。他将雷马克的《三个战友》改编成剧本，获得了广泛赞誉，一点一点还清了所有欠债。但他明白自己已经被文学界抛弃，却始终放不下心中的执念，并坚持不懈动笔创作。然而作品还没有完成，他在四十四岁那年，就因心脏病突发而溘然长逝。

送走好友后，珀金斯整理出版了他那部尚未完成的遗作

《末代大亨》，并积极推动出版了菲茨杰拉德的第一部传记《天堂那边》。他要让人们知道，在那个传统保守的大背景下，菲茨杰拉德曾令人瞩目地站在这个新时代的最前端，即使星辰陨落，但它照耀指引的那条道路已经永远被开辟了出来。

好友们一个个先他而去，这让珀金斯伤痛不已，心力交瘁。好在海明威还以自己丰富的生活、高产的创作鼓舞着他的心。在《丧钟为谁而鸣》中，他进一步揭示战争的真相，在文学界引起前所未有的巨大轰动，并成就了与珀金斯合作以来的巅峰。而此时，他脑中还酝酿着一个更伟大的故事——一个老渔夫驾着小船与巨大的马林鱼搏斗了几天几夜的故事。

作品属于作者，编辑要做的，不是改变作者，而是帮助作者

创造了一次又一次出版奇迹后，珀金斯渐渐成了行业里的传奇人物。越来越多的报纸杂志找上门来，想进一步扩大珀金斯的影响力。但珀金斯却坚持站在幕后，从来不愿过度曝光。然而凭借一腔热忱，评论家马尔科姆·考利终于冲破了珀金斯的低调防线，促成了一次人物专访。

访谈中，珀金斯告诉考利，一个成功的编辑应该像将军

的参谋。他要做的不是抛头露面，而是坚定不移地站在将军身后，帮助将军保持冷静，恢复自信。这篇访谈给珀金斯带来了如日中天的声誉，也带来了前所未有的困扰。每一个写作的人都渴望成为他的"千里马"，出不了书的人都视他为奇迹创造者，而被退稿的人则总是缠着他要讨个说法。即便如此，当纽约大学老师肯尼思向他保证，会给他一班很有前途的年轻人时，珀金斯还是再次被说动，走进了出版进修课程的讲堂。他坚定地告诉这些踌躇满志的年轻人，作品属于作者，编辑要做的，不是改变作者，而是帮助作者。

离别比想象中来得更快。在最后的时间里，珀金斯咳嗽、抽搐、高烧不退，却还是放不下手中的工作。医护人员已经抬着担架上楼，他还在嘱咐女儿一定要将床头的两部手稿亲手交给自己的秘书。葬礼上，小小的教堂挤不下二百五十多名吊唁者，更盛不下人们的悲伤、缅怀和崇敬。而在珀金斯走后五年，海明威也终于完成了那部《老人与海》。他把这部惊世之作题献给珀金斯，以表达自己深深的敬意。

Day 7 《天才的编辑》

天才的成功，
源于珍惜自己的"羽毛"

才华就像一座宝贵的矿藏，是支持人们赢取成功重要的筹码之一

　　在珀金斯的职业生涯中，菲茨杰拉德和海明威可以说是他的王牌作家。两位作家交情匪浅，文学创作的面貌和态度却南辕北辙。菲茨杰拉德曾告诉海明威，当他急于赚钱时，就会先写出一部自己满意的作品，然后按照套路将它改头换面，"化装"成报刊编辑喜欢的样子。海明威却无法接受这种捞金手法。在他看来，耍这样的文字花招根本就是对才华不负责任的滥用和侵蚀。

　　这种分歧，也为他们后来截然不同的创作历程埋下了伏笔。55岁那年，海明威还能以一部《老人与海》再次惊艳文

坛，并一举夺得诺贝尔文学奖。而菲茨杰拉德却在三十出头的黄金年龄，就迅速由盛转衰，再也没能重回巅峰状态。的确，才华就像一座宝贵的矿藏，是支持人们赢取成功重要的筹码之一。但才华往往又那么脆弱，珍惜自己的才华，必须要像珍惜自己的眼睛一样，不能有恃无恐，不能透支滥用。

怎样才能最大限度激发才华的力量？海明威给我们做出了很好的榜样。他积极投身于生活的滚滚洪流，生活也慷慨回馈，给了他源源不断的素材和灵感，让他始终保持着旺盛的创作力。泛舟海钓、非洲打猎、观看斗牛、亲赴战场，每一个生活横截面都被他写进作品，成就了一次又一次创作高峰。生活的真实会让才华更接地气，生活的美好会让才华更有温度，生活的残酷会让才华更有韧劲。

好作品需要删减，人生也同样需要"做减法"

珀金斯为菲茨杰拉德和海明威付出了很多，但他为之投入心血和感情最多的作家，还是沃尔夫。正是因为采纳了珀金斯那些一语中的、直击要害的修改意见，沃尔夫的作品才能走进大众的视野，经历时间的考验，在文坛留下永恒的印记。而珀金斯向沃尔夫提出的最重要的修改意见，就是一个字——"删"。

毫无疑问，沃尔夫是一位天才。他的创作如火山喷发，激情洋溢，奔腾不息。但随之而来的，不仅是浓郁的风格、强烈的感染力，还有堆积成山的手稿，以及素材和情感的肆意泛滥。而这，对于需要被出版、被阅读的文学作品来说是致命的。如果没有经历过那段艰苦卓绝的"瘦身"过程，巨大的篇幅只会吓退出版行业和广大读者，作品根本无法走到世人面前，更别说被人欣赏和追捧。

那么，文章要怎样删减，才既能消减篇幅的冗余，又能锁住内容的精华？关于这一点，珀金斯教给沃尔夫的原则只有一条——凡是有助于塑造人物、推动情节、表达中心的内容必须保留；反之就必须删除，哪怕那些片段非常精彩。事实证明，正是因为合理删减，沃尔夫的作品才得以脱胎换骨，臻于完美。而在为人生"做减法"时，也同样需要这种眼光和洞见。与经济学原理"二八定律"类似，人生中至关重要的内容往往只占20%，而剩下的内容虽然足足占了80%，却根本起不到决定性作用。有了这种宏观眼光和整体洞见，时刻记住自己的目的地在哪里，知道自己此刻走到了什么位置，就自然知道哪些是80%，哪些是20%。

把握时代，顺应时代，就如同顺流而下，必然会得到时代的助力

珀金斯的职业生涯无疑是成功的。然而这份成功却并非

水到渠成，尤其是在他职业生涯的初期阶段。在以保守顽固著称的斯克里伯纳出版社中，他的每一步都走得异常艰难。在手握重权的老一辈顽固派看来，菲茨杰拉德的作品轻率浮华，海明威的作品满篇脏字，沃尔夫的手稿更是"肥胖"得超标，根本不符合过稿标准。好在珀金斯顶住压力，据理力争。

所有的成功和失败都不是偶然的，而珀金斯成功的最根本原因就在于他把握住了时代的脉搏。他发掘新人新作，看重的不是销量和口碑的"保险"，而是对时代的"敏感"和"精准"。他携手文坛巨星，只为表现新时代的面貌，反映新时代的变化，并代表一代新人发出自己的声音。

当然，真正的大智慧有着超越时空的永恒价值。但大智慧也需要传承，需要和新时代、新人类建立链接，才能血脉畅通，始终"活着"。因此晚年的珀金斯也会走进讲堂，接受访谈，将自己的经验心得传授给年轻一代接班人。

这部作品讲述的是天才的成功，但不论是天才还是凡人，都要好好珍惜、充分利用自己的才华，努力成就人生中20%的关键部分，然后义无反顾地投身于时代的滚滚洪流。

《通天之路：李白传》

真真正正的李白

[美]哈金

人生是一个不断追逐的旅程，在不同的时间点，会遇到不同的人。你与他们结伴而行，一路有欢乐，有美好，有痛苦，有成长，有别离，有遗憾，这就是人生。

英语世界的首部李白传记

呈现诗人的生命与思想轨迹

独特的跨文化视角

是其有别于其他李白传的重要所在

$\mathcal{D}ay\ 1$ 《通天之路：李白传》

生活不会让天才
免于世俗的烦恼

我是最拼命的一个，全得靠自己，不能靠别人

在我国，李白可谓家喻户晓，甚至已经成了烙印在中华民族骨子里的精神偶像和文化符号。然而，美籍华裔作家哈金却另辟蹊径，将这位绝世天才当作一个普普通通的平凡人来写，带我们认识了一个熟悉又陌生的李白。

作者哈金的人生，和李白的人生一样有着强烈的冲突和戏剧性。他用英文写诗歌和小说，几乎拿遍了美国大大小小的文学奖项，更是迄今唯一一位获得美国"国家图书奖"的华裔作家。2014年，他成为美国艺术文学院终身院士。这是美国能给予艺术家的最高荣誉。

在如此辉煌的盛名之下，人们恐怕很难想象他早年的经

历。他本名金雪飞，出生于辽宁省一个偏僻的小镇。14岁参军，退役后做了足足三年的话务员。1977年高考制度恢复，他抓住时机考上黑龙江大学英语系，人生轨迹才终于开始扭转。

在此之前，他只读到小学四年级，英语对他而言，谈不上有任何吸引力，只是他随手填报的最后一个志愿。但没想到读到大三，当教授们讲起海明威、福克纳，哈金忽然觉得，英语似乎有点意思。本科毕业后，他报考了山东大学英美文学专业的研究生，完成学业后留校任教期间，又一鼓作气申请到奖学金，前往美国布兰迪斯大学继续攻读英美文学博士。美国的学习生活带给了哈金更加丰富充裕的空间，但与此同时，现实的重压也前所未有，扑面而来——奖学金不够，他只好四处兼职。博士毕业后，他找工作又处处碰壁。

可现实的艰辛并没能吓退他。当大多数留学生为了丰厚的收入纷纷改行时，哈金却坚持进入波士顿大学写作班学习，并在学习期间被亚特兰大的埃默里大学聘用，成为助理教授。

胜任这个职位并非易事。他要教授的科目是诗歌写作，可问题是，他根本没有学过，更别提教好。而更大的压力还来自爱默里大学的规定——四年后根据发表作品的成果来决定是否继续聘用。也就是说，出了书，他才能继续留任，才有机会获得终身教职，否则就只能卷铺盖走人。可在前三年，哈金却屡遭退稿，没有出版一本书。终于在第四年，他出版了短篇小说集《词海》。而那一年，他已经年近四十。第二年，他获得"海明威奖"，1999年又获得美国"国家图书奖"。至此，他终于完成了从卑微学子到文学大师的华丽蜕变。

回想当年，哈金总忍不住感慨"太难了"，他说："我是最拼命的一个，全得靠自己，不能靠别人。当你决定用英语写作时，（你就）已经走上了一条另类的路。"他有多另类呢？21岁之前，他从没见过说英语的人；来到美国后，置身于以英语为母语的人群中，居然想要靠英语写作养家糊口。

他用英语写作，目标读者是英语世界的人群，但却专注于写中国土地上中国人的故事，甚至带着浓郁的乡土气息，可却又能蜚声美国，拿奖拿到手软。他写的是中国的人、中国的事，可事实上，自从青年时代赴美读书后，他从未在中国长久地生活过。他身为华裔美国作家，明明置身于中西文化冲突的旋涡中心，却坦言自己并不关心"文化冲突"，也觉得"国际视野"并不重要。更重要的，也是最可贵的"另类"之处是，哈金身上没有一丝一毫"媚俗"的气息。

原来诗仙也有不"仙"的一面

这或许是天性使然，或许是身为教授稳定的收入免除了他对市场价值的后顾之忧，让他能够即使身处边缘地带，依然安之若素。他曾经说过："如果谈论同样的问题，你说得与众不同，而且有道理，大家就会认真听。" 在为李白立传时，他同样坚持这个思路，选择了一个"与众不同"却"有道理"的维度，而中外读者也确实都"认真听"了。

李白是哈金喜欢的诗人，其生平作品也都熟悉。然而他翻遍美国图书馆中的各种资料，却发现李白的诗歌虽然蜚声海外，李白的粉丝也遍布全球，但英语世界中居然还没有一部完整的李白传记。

哈金开始琢磨，这个让人遗憾的空白，他或许可以填补。

他明白，李白生前按照自己的理想抱负，不断丰满着、构建着自己的人生。而在李白死后，一代又一代追随者不断追忆他，想象他，这就又实现了另一种意义上的丰满和构建。

但在哈金看来，除了"李白心中"和"后人心中"这两个维度，还有另一个同样重要的维度，那就是历史上那个"真真正正的李白"。而这本《通天之路：李白传》，就是试图从这个维度入手。哈金从不打算把这部传记写成学术著作，他只想以"真实"为原则，淋漓尽致地讲好一个故事。他没有囿于李白年表的平铺直叙，也没有过多分析李白的诗歌，而是更关注他的生活，特别是那些新鲜有趣的细节。

在他笔下，李白是天才，但并非完人。他和我们这些普通人之间，并没有什么距离感。我们在事业前途、爱情婚姻、个人价值等方面经历的苦闷和挫折，他全都深刻地经历过，有些方面甚至并不比我们处理得巧妙。他的诗歌才华无与伦比，他的艺术造诣登峰造极，但在职场上、家庭中，他不仅说不上成功，有时甚至是不称职的、不聪明的、不合时宜的。

生活是公平的，并没有因为他是天才就放过他，让他免于世俗的欲望，让他免于波折、烦恼、挣扎和挫败。

也正因为这样，他的人生能让我们每个人感同身受，让我们每个人有所感悟，有所警醒，有所收获。

Day 2 《通天之路：李白传》

困境不是"千军万马挤独木桥"，而是连挤独木桥的资格都没有

原生家庭是一个人的根，总是在不动声色中影响人一生的走向

李白成长于殷实富足的商人之家，父亲李客相当有商业头脑，牢牢抓住丝绸之路带来的商机，坐享西域碎叶城的交通优势。

李白四岁那年，李客决定举家搬迁至今天的四川江油。来到中原，他做生意同样风生水起。除了常规商贸，李客还揽下了当地著名佛教圣地——大明寺的放贷生意，很快成了一方富户。但在中国古代社会，人们被按照"士、农、工、商"的标准划分为不同阶层。商人地位最低下，再多物质财富也无法带来足够的安全感。因此，在为儿子们规划人生

时，李客遵从了一条朴素的民间智慧——让儿子从事和自己不一样的行业，规避风险，也是一种分散投资。如此一来，就可四面开花，退亦可保全根基。他安排其他儿子学做生意，而唯独坚持送李白读私塾，希望这个初露不凡的孩子走上仕途，掌握权力，改变命运。

李白从小记忆力惊人，十岁时已经读完了大部分诸子百家典籍。相比于儒家典籍中那些人伦礼仪、条条框框，李白对飘逸出尘、自由自在的道家精神更感兴趣。尤其是《庄子》中那些超现实的奇异想象，简直让他着迷。

他对写诗作赋也兴趣浓厚。在各种诗歌形式中，他最喜欢古风、乐府和楚辞。古风是古代民间诗歌，格律宽松，可长可短，自由随心。乐府也是民歌，植根于老百姓最直接的人生体验。而楚辞是屈原创造的诗歌形式，想象瑰丽，独具风骨。

这些喜好，无一不在彰显着李白与生俱来的桀骜不驯。那时，他还并不知道，这种天性不仅会将他捧上云端，也会把他摔进尘土。他只是怀揣着少年最诚挚的信心，坚定耐心地磨炼自己的学识和文笔。

"行万里路"和"读万卷书"同样重要

李客敏锐地看到，儿子的潜力绝不止于这种小打小闹，要想真正成功，"行万里路"和"读万卷书"同样重要。

于是，在父亲的支持和资助下，十几岁的李白开始在家乡四周的郡县云游。他首先赶往梓州北部的长平山，拜访了博学的隐士赵蕤。赵蕤隐居山林，读书写作，炼丹服药，追求长生不老。但在思想方面，他受战国时代法家和纵横家的影响更深，高度强调朝廷的绝对权力和军事力量。

客观来讲，赵蕤的理论其实已经过时。这些理论与平和稳健、蒸蒸日上的大唐盛世格格不入。隐居山林给赵蕤带来了隐士的盛名，却也局限了他的眼界。

但年轻的李白没能看清这一点。他读了赵蕤的著作《长短论》，被其中强势的思想和滔滔的雄辩深深折服，用自己十八岁到二十岁这段黄金人生，潜心学习并全盘接受了师父的理论。

在此基础上，李白开始建立起自己的人生理想——辅助明主，匡扶社稷，最后功成身退，成为一段传奇。二十岁那年，意气风发的李白辞别老师，正式开始了他的干谒之旅。

所谓干谒，就是寻访朝廷高级官员，献上自己的诗歌或文章，以此获得赏识和举荐。一旦获得举荐，就可以绕过科举考试，由皇帝直接面试，赐予官职，委以重任。

不用考试就能当官，这看似是一条出人头地的捷径，但事实上却蕴含着无数寒门子弟的无奈和辛酸。因为在当时，只有出身贵族、官员或农民家庭的年轻人才能参加科举考试，商贾家庭出身的李白根本没有参加考试的资格。人生最大的困境从来不是"千军万马挤独木桥"，而是连挤独木桥的资格都没有，连成为千军万马的机会都没有。

他首先赶去成都，拜见了新任长史苏颋。苏颋欣赏李白的文学才华，却无法欣赏他的治国才能和为人处世方式。在他看来，这个年轻人总和三教九流混迹一处，只怕难当大任。

离开成都，李白马不停蹄赶往渝州，也就是今天的重庆，拜见了刺史李邕。这位刺史甚至连他的文学才华也无法欣赏。

向朝廷举荐贤能固然是他们的职责和权力，可一旦被举荐者犯错获罪，举荐人也难逃牵连，当然要慎之又慎。更何况，苏颋的眼光其实相当老辣。

达观睿智的旁观者，往往比我们自己更能看清我们是哪块料

作为诗人，李白当然举世无双，可要想做官员，他却真的不是那块料。他的治国理论中，浪漫主义的狂想有余，现实主义的规划却不足。况且他的天性中，坦诚太多，城府太少。

这两次冷遇沉重打击了李白的自尊，他写下"宣父犹能畏后生，丈夫未可轻年少"，愤然回到家乡。他在家乡县衙短暂地当了几天差，但顶头上司对百姓疾苦的漠视和对虚名政绩的钻营让他鄙视。他毅然离去，又一头扎进佛教圣地大明寺，在那个幽静的世界中潜心研读诗歌典籍、治国理论和战略战术。

三年之后，李白再次出山云游，终于遇到了赏识自己的人——道家大师司马承祯。司马承祯虽然不在朝堂，但却是玄宗皇帝的妹妹玉真公主的道教师父。李白自信潇洒的姿态、超凡脱俗的气质立刻让他眼前一亮。

当他问起李白的人生目标时，李白坚定地答道："功成、名遂、身退。"最后这句"身退"，尤其让司马承祯频频颔首。然而，要向公主或皇帝举荐李白，不仅需要真诚的欣赏，也需要恰当的时机。这种时机，往往可遇而不可求。李白也明白急不得，他辞别司马承祯，一路向南继续漫游。

Day 3 《通天之路：李白传》

要照亮前路，
唯有让自己光芒万丈

暂且认输从来不是件坏事，挫挫锐气往往能飞得更高

　　拜别了司马承祯，李白沿江而下，足迹遍及今天的武昌、南京、扬州等地。没有明确的目的地，他走走停停，遍游美景名胜，遍访高士大师，"诗人剑客"的美名也随之流传开来。

　　他登上黄鹤楼，看到了崔颢新题不久的诗："昔人已乘黄鹤去，此地空余黄鹤楼。黄鹤一去不复返，白云千载空悠悠……"他吟咏着，自问无法超越，便干脆罢笔。

　　一路上，李白豪气万丈，一掷千金，身边从来不缺少美酒和佳人。然而走到金陵，也就是今天的南京时，李白家中

生意陷入困境，家庭无法再源源不断地供给他。走到扬州时，疾病又找上了门，他甚至没有钱去请大夫为自己诊治。

贫病交加，举目无亲，前途渺茫，一重又一重打击劈头盖脸而来。在一个辗转难眠的深夜，李白久久凝望着窗外的明月，诗句如岩浆般从心中奔涌而出。"床前明月光，疑是地上霜。举头望明月，低头思故乡。"仅仅二十个字，便写透了一代又一代游子灵魂深处的乡愁，成了五湖四海中华儿女思乡怀乡的文化符号。

绝世才华就像一颗光芒璀璨的宝石，可能会引来艳美和赏识，也可能会招致忌妒和防范

绝境之中，李白的一个粉丝——扬州官员孟荣赶到客栈雪中送炭。他还清欠款，又请来大夫。一个月后，李白才终于康复。

孟荣建议，与其四处干谒，倒不如先成家，再立业。他还当起了媒人，给李白介绍了安陆许家前宰相的独苗孙女许氏。这桩婚事怎么看都是李白高攀，可在李白看来，自己一事无成，并不适合成家。而入赘，似乎也与他的性格相左。

在前去安陆相亲的路上，他顺道登门拜访了大诗人孟浩然，还偶遇了好友元丹丘。两人都觉得成家的主意不错。毕竟，家就是一个人的根，有了许家的支持和帮衬，何愁未来没有机会？

　　就这样，李白心动了。他很快和许氏成婚，入赘许家。老丈人许员外对这个女婿非常欣赏。他坚信凭着李白的横溢才华，一定能在仕途上平步青云，帮助许家重振声威。更让李白惊喜的是，妻子许氏不仅贤淑体贴，更知书达理。

　　但很快，李白就意识到，一个满心忌恨的大舅子一直在他身旁虎视眈眈。这个大舅子虽然是过继到许家的，却一直把自己当作理所当然的继承人。李白的到来无疑在他心中激起巨大的危机感。为了巩固地位，他不放过任何一个诋毁李白的机会。很快，当地便谣言四起。狂妄倨傲、脾气暴躁、来历不明，这些贬义词一起构成了当地官员对李白牢不可破的成见，让人们再也看不到他横溢的才华，再也不在乎他远大的抱负。

　　李白越来越深刻地认识到，自己在安陆已经寸步难行。他不能再依靠家族，依靠婚姻，自己的理想要靠自己打拼，要想照亮前路，唯有让自己光芒万丈。

　　说走就走，李白毅然辞别妻子，独自动身前往京城长安。巍峨的城垣、森严的防守、热闹的集市、密集的人口……这座当时全世界最繁荣、最发达、最开放的大都市，如同一幅恢宏壮阔的画卷，徐徐在李白眼前铺展开来。在这里，李白干谒的第一个目标，就是当朝宰相张说。

　　据说李白专门制作了一张名帖，自称"海上钓鳌客"登门拜访。这个名号成功勾起了张说的好奇心，他问李白，既要钓鳌，那么以何为线、以何为钩、以何为饵？李白对答如流：将把霓虹当作线，把明月当作钩，把天底下的不义之徒当作饵！张说阅人无数，在这狂妄的回答中，他敏锐地看到了李白超凡脱俗的天赋和才华。可张说已经年老羸弱，不问政事，便引荐李白见自己的儿子、官至三品的当朝红人加驸马爷——张洎。

张洎有着父亲的好眼光，却没有继承父亲宽广坦荡的胸襟。他一眼看出这个年纪轻轻的外乡人不可小觑，毫不犹豫下定决心，李白必须远离朝堂，否则将来会成为自己的劲敌。

燕雀安知鸿鹄之志？但讽刺的是，鸿鹄的命运却掌握在燕雀手中

作为一个八面玲珑的政客，张洎没有直接拒绝李白，而是向他推荐了另一条门路。他告诉李白，皇帝的妹妹玉真公主是一位虔诚的道教徒，她经常在终南山中的玉真别馆修行。

张洎派人将李白带去终南山中一间所谓的"玉真别馆"，让他在那里静待机会。可住了几天后，李白却从别馆的家丁那里得知，玉真公主已经一年多没有来过这里。她甚至可能永远不会再来，毕竟在终南山一带这样的别馆实在太多了。

当寒冬和贫穷双双驾临，李白终于不得不逼着自己认清了这一点。但这次恶劣的耍弄并没能磨灭李白的希望。他久久徘徊在长安周边的郡县，继续寻找干谒的目标。

此时，李白的诗名越来越响亮，周边的官员倒是都很乐意好酒好菜地款待他。但对于这些官员来说，李白只是一个适合在宴席上吟吟诗、舞舞剑、增添点乐子的诗人。

李白渐渐意识到，长安和安陆的唯一不同，只是这里聚集的寒门子弟更多，也更绝望。他们空有一腔热血，空有满腹经纶，却被森严的社会等级和狭窄的选官制度压抑在社会最底层。

怀着巨大的愤怒，他大声吟咏："行路难！行路难！多歧路，今安在？"李白终于决定放弃长安，返回安陆。

Day 4 《通天之路：李白传》

人生从来没有
无缘无故的转折

天生我材必有用，千金散尽还复来

游历三年后，李白两手空空回到家中。此时，老丈人已经过世，家业几乎完全被大舅子霸占。李白夫妇仅靠几亩薄田赖以为生，就算省吃俭用也常常入不敷出。

现实已经容不得李白继续远游，四处干谒。李白只能收心，守在家园，静待时机。

"酒隐安陆，蹉跎十年"，他只用了八个字来概括那段落魄人生。显然，安逸的生活不是他的追求，也无法带给他内心的宁静。他就像一条困在浅滩的蛟龙，被迫蛰伏，煎熬万分。

三十五岁那年，他终于再次走出家门，和好朋友元演结伴前往北疆重镇太原游历。辽阔壮美的草原，昼热夜冷的气候，直率粗犷的民风，让李白耳目一新。元演的父亲是镇守太原的将军。他很喜欢李白，赠送给他"五花马""千金裘"，邀请他参加各种宴饮，并准许他观看习武练兵。

军官的勇武豪迈和奉献精神让李白钦佩不已，但与此同时，他更看到了他们英勇之下的困境和绝望。边境征战长年不断，但朝廷奖惩不公，部队补给不力，很多将士杀敌无数，却既没有任何封赏，也无法卸任回乡，最后只能在前线等死。

"醉卧沙场君莫笑，古来征战几人回？""羌笛何须怨《杨柳》，春风不度玉门关。"李白在飒飒烈风中吟咏着这些唐人的悲壮的诗句，对诗歌创作有了更深的理解。他开始尝试自然写实、直白悲壮的风格，希望在诗句中创造更广阔的空间，注入更强劲的能量，展现更宏大的气势。

带着这份震撼，在返程回家的路上，李白写出了流传千古的《将进酒》。

"人生得意须尽欢，莫使金樽空对月。天生我材必有用，千金散尽还复来……"

浓郁的感情、巨大的能量、完美的技巧混融一体，不仅惊艳了后人，也让当时的人们神魂颠倒。人们都说，这些诗句只可能来自天上，写出这些诗句的人一定是一位谪仙。

人生就是一场半命题作文，虽然起点已定，但终点却可以任由自己闯荡

随着盛名的飞速传扬，李白收到了各级官府的不少馈赠。他没有犹豫，充分利用这些钱财，转而南下继续漫游，将自己投入更广阔的远方。

一路上，李白受到了热情的欢迎和豪华的宴请。附庸风雅的官员们都以接待李白为荣。但李白渐渐意识到，他只是繁华盛世中的锦上添花，而不是江山社稷中的国之肱股，根本不可能赢得真正意义上的尊重。

如果李白就此打住，满足于诗人的身份，他完全可以安然享受生前的逍遥和身后的尊荣，但他就是没法忘记那份热忱的初心。当好朋友王昌龄告诉他，朝廷正把选拔人才的重心从文人转移到将才上来时，李白再一次心动了。

既然商人的出身无法改变，"文"的路子举步维艰，那倒不如在"武"的路子上闯一闯。李白从小练剑，又熟读兵书，如果进一步精通剑术，他朝从军，同样可以建功立业、匡扶社稷。得知以剑术闻名天下的裴旻将军住在鲁郡后，李白很快便决定带着妻子许氏和长女移居东鲁（今天的山东省）。

一到鲁郡，他连房子都顾不上找，就立刻登门拜访。此时，李白已近不惑之年。人生最好的光阴不多了，他已经不能继续蹉跎下去了。

裴旻欣赏李白的风骨和胆魄，但对教他剑术却兴致缺缺，避而不谈。这让李白困惑不已。他并不知道，自己寄予厚望的这条道路，裴旻已经走过，且以失败告终。原来，裴旻不仅是一位剑客，也是一位军事家。他曾镇守边境，功绩彪炳，但却也因此遭到上级的忌妒和打压，不到五十岁就被迫退休。剑法出神入化又如何？还不是一样仕途艰难，壮志难酬？

走过的每一步路，见过的每一个人，经历的每一件事，都可能成为未来的伏笔

李白的人生看似任性潇洒，一直以来，离不开他的妻子许氏一直在背后的默默支持和包容。可生下长女后，她一直没能恢复元气，生下小儿子后不久就去世了。

对于妻子，李白是愧疚的。他爱自己的家，可他无法忍受困守家园，因为他所渴求的理想和自由只有在路上、在远方才能找到。

许氏去世后，孩子们还小，李白不得不尽快物色合适的妾室，帮他照顾子女，料理家事。很快，年轻的平民女子刘氏，走进了李白的生活。刘氏是个势利的人，她看中的是李白的盛名，但没想到，李白拥有的不是权力和财富，而是累

累债务和饮酒无度。眼看"投资"失败，刘氏很快跟一个商人私奔了。

不久，李白又接纳了另一位妾室"鲁妇"。她为人忠厚，尽职尽责地照顾这个家，很快就赢得了李白的信任。就在这时，几乎是一夜之间，李白却忽然成了全国性话题——玄宗皇帝居然亲自下诏，宣他入朝——这可是极为罕见的荣誉。

李白一路高歌着"仰天大笑出门去，我辈岂是蓬蒿人"，快马加鞭奔赴京城，奔赴他日思夜想的权力巅峰。但这世上所谓的"一步登天"，其实都是在一步又一步的跋涉、一日复一日的坚持之后才能达到的。在长达十余年的漫游中，李白的诗名终于一路飘过了皇宫的高墙，飘进了玄宗皇帝耳中。而他在漫游中结识的朋友和崇拜者也越来越多，几乎遍布朝野内外。一有机会，他们就会不遗余力地帮助他，举荐他。

Day 5 《通天之路：李白传》

青天里
太阳和月亮碰了头

人尽其才，事半功倍

唐玄宗亲自设宴接待他，让他坐在自己身边，甚至亲自为他盛汤。然而春风得意之后，失望很快接踵而至。进入翰林院后，李白踌躇满志，开始起草《宣唐鸿猷》，畅谈自己的治国主张。在陪伴唐玄宗去骊山度假时，他也试图把握机会，向玄宗展现自己的治国才干。然而这一腔热血都以失望告终，玄宗赏识的从来都只是李白的艺术才华。他传召李白，并不是要和李白畅谈国事，而是想请他为自己主持排练的《霓裳羽衣曲》谱写几支新鲜的歌词。

据说圣旨传达下来那天，李白正喝得烂醉如泥。带着三分酒意、三分自负、三分愤懑，还有一分骨子里的桀骜不驯，李白居然当着玄宗的面使唤权臣高力士为自己脱靴。

"云想衣裳花想容，春风拂槛露华浓。""解释春风无限恨，沉香亭北倚阑干。"虽然李白不负盛名，轻而易举就写下了那组惊艳了帝王贵妃的《清平调》，但"脱靴事件"也让玄宗充分认识到，李白是诗人，也只是诗人。

当李白的满腔热情几乎被消磨殆尽时，一封国书却带来了新的转机。这封国书来自西域，朝堂之上却没有一个人认识国书上的文字。而李白早年的西域的生活经历成了得天独厚的优势。老朋友贺知章立马抓住时机，向玄宗举荐了李白。李白一眼就看出，那种文字是月氏国的文字，且竟然是一封火药味十足的威胁信。月氏国要求唐朝割让土地，并狂妄扬言，如果唐朝不从，他们就会大军压境，血洗宫殿。

李白让宰相李林甫为自己磨墨，当即流利翻译出了国书的内容，并当场撰写宣读了答复文书。他直言大唐不会答应这种无理要求，强大的国力、自信的风度，以及有容乃大的胸襟气度，使月氏国使者肃然起敬，当即仓皇返程。这次外交大捷让玄宗对李白另眼相看。他赐予李白五品冠带，让其继续协助处理对外事务。

真正的友谊，是心灵碰撞出的火花

最炙手可热的两大权臣——李林甫和高力士——一个

曾被他支使磨墨，一个曾被他使唤脱靴，早就对李白又忌又恨。

在势单力孤、壮志难酬中，李白终于彻底失去信心，正式向玄宗辞职。而此时，玄宗也已经听过太多的谗言。他甚至连挽留话都没有说，就直接赐金放还。

败走京城，李白颜面无光。他没有回家，直接开始了新一轮漫游，也遇到了自己的"头号"粉丝——杜甫。一个诗仙，一个诗圣；一个是理想主义的顶点，一个是现实主义的巅峰。

他们绝对无法想象，这场相遇在后世追随者心中，乃至在整个中国文学史中，具有多么辉煌的里程碑意义。正如闻一多所说，这场相遇就如同"青天里太阳和月亮碰了头"。

杜甫比李白小十一岁，当时在诗坛还无人知晓，而李白却已经盛名在外。李白推崇道教思想，天性热爱自由，无拘无束；杜甫却深受儒家思想熏陶，为人严谨自律，一丝不苟。然而真正的友谊，是心灵碰撞出的火花。两人在洛阳初见，就一见如故，惺惺相惜；又相约开封再见，四处漫游，痛饮美酒。在济南，两人再次重逢。去农庄做客游玩时，他们甚至脚挨着脚睡在一张炕上，同盖一床薄薄的被子。在那里，杜甫还见证了李白最重要的人生大事——皈依道教。

友谊就像太阳，照亮了杜甫郁郁不得志的坎坷人生。辞别了好友，李白终于回到家中。从长安带回的钱财足够让他翻修房子，添置田地，还任性地建了一座酒肆。

精神上相互欣赏，灵魂上相互指引，这不就是爱情最深刻的吸引力吗

　　然而，人生不仅需要物质的富足，更需要精神的支点。此时，"入世"的理想几乎破碎，李白只好转向"出世"之路，在道教信仰中寻求心灵的慰藉。他开始炼制仙丹，满心期待能够羽化登仙，从此不朽。可事实上，那些药丸不仅没让他成仙，反而让他一连好几个月卧床不起。

　　大病初愈后，李白决定再次出发，去远方寻找成仙之路。当他一路向东，一鼓作气登上天台山，亲临传说中的蓬莱仙境时，却根本找不到出尘的神灵，更找不到成仙的道路。

　　李白的寻仙之旅虽然以失望和幻灭告终，但他却在路上结识了他的第二位夫人宗氏。宗氏和许氏一样出身高门，是另一位前宰相的孙女。李白也和当年一样，再次成为赘婿。

　　宗氏深深崇拜李白的诗歌才华。为了不让人涂掉李白的题诗，她甚至买下了整面墙壁。他们更有志同道合的道教信仰，而宗氏的道教修行比李白更加深厚。她面对金钱、名誉、权力的通透和超然，达到了李白毕生孜孜以求的境界。

　　除了爱情和婚姻，这场旅途也淬炼了李白的诗歌成就。

他仍然一路创作诗歌。但经历了起起落落，看尽了人世沧桑后，此时的李白早已不是当年的李白。他不再满足于创作流行的诗歌，而是开始关注底层人民的艰辛，开始思索家国和时代。"一唱《都护歌》，心摧泪如雨。万人凿磐石，无由达江浒。"他的诗歌不再是象牙塔中的花朵，而是深深扎根于土地和人民中的大树，洗尽浮华，庄严凝练，深沉浑厚，直达人心。

就在李白苦苦寻觅出路时，安史之乱的祸端已经在悄然酝酿。

Day 6 《通天之路：李白传》

璀璨流星
悄然陨落

人生就像一叶轻舟，只要向前漂流，就永远拥有无限可能

平静的日子没过几天，东北边境的一封来信却再次在他心中掀起波澜。信是李白的老友何昌浩寄来的，那时他在幽州节度使旗下效力，混得如鱼得水。他劝说李白，要想功成名就，这里有的是机会。即便无意进入幕僚，前来一游也不错。

李白再次心动了。多年来，他苦练剑法，研习战略，一直渴望投笔从戎，建功立业。

抵达幽州后，边境的壮阔风景、纪律严明的军队、训练有素的士兵，如此种种景象点燃了李白心中的火焰。他一面

勤练剑术，满心期盼有朝一日能够上阵杀敌；一面拿起笔来，热情赞美边境的壮阔和士兵的勇猛。然而很快，李白就注意到一些不同寻常的东西。

幽州是安禄山的管辖范围，可这里的裁缝店居然正在大量赶制官服官帽。老朋友崔度告诉他，这件事在当地早已经是公开的秘密。崔度还告诉他，多年来安禄山一直招兵买马，勤加操练，现在已经手握全国近一半兵权，随时可能进军中原，夺取王位。与此同时，李林甫去世后，杨国忠继任宰相。他和安禄山一个在边境权力独大，一个在朝廷只手遮天，两人却相互鄙视，相互打压，冲突随时可能升级，一发不可收拾。

李白当即辞别何昌浩，头也不回地返回家中。他已经意识到，眼前的开元盛世之中，其实暗流汹涌，云谲朵诡。

李白和宗氏分析局势，一致认为，一旦叛军起事，洛阳必定首当其冲。他们果断决定尽快搬家，将目标锁定在相对偏僻的宣城。宣城历史悠久，风景优美，文化蓬勃，李白的从弟还在那里担任太守。李白满怀憧憬而去，也确实在那里得到了盛情款待，感受到了另一种潇洒超脱的人生乐趣，还结识了一大帮真心相待的好朋友。他游览敬亭山时，留下了那句传唱千古的"相看两不厌，只有敬亭山"。做客泾县时，他结识了好朋友汪伦，写下了脍炙人口的"桃花潭水深千尺，不及汪伦送我情"。

可李白就是放不下心中建功立业的理想抱负。为了排遣心中的矛盾和苦闷，李白又开始沿长江四处漫游。这次，他遇到了自己一生中最重要的粉丝——魏颢。他一路追随偶像的脚步，从鲁东到河南，又追到杭州、温州、金陵，终于在扬州见到了李白。这趟追星之路足足一千六百公里。

但这一千六百公里没有白走，魏颢的诚意和对诗歌的热爱深深感动了李白。他邀请魏颢同游山水，简直把魏颢当作弟弟看待。更重要的是，在临别之际，李白把自己的诗文手稿全部托付给了这个年轻人。而魏颢也不负所托，后来将这些作品汇总出版。

可惜战火离乱之中，诗集只有一篇序言保存至今。而这篇序言也成了后世学者研究李白的宝贵资料。

或许在人们心中，也只有这样的结局才配得上一代诗仙

李白游历到南京时，安史之乱爆发了。叛军只花了一个月就占领了洛阳，然后打着"清君侧"的名号一路杀向长安。眼看长安大乱，昏聩的玄宗做出了一个危险的决定。他自己带着贵妃逃往四川，临走前任命四个儿子领兵出征，并赋予了他们极大的行政权力。

很快，三皇子李亨成为中流砥柱，被部下拥立为君。玄宗也在逃亡路上宣布退位,正式承认了李亨皇帝的名分。可唐玄宗的第十六个儿子——永王李璘,却不肯接受现实。他继续壮大军队,攻城略地,抢占资源,并竭力招揽各方人才,打起了在南方另立朝廷,和李亨南北分治的如意算盘。

这时,李白做出了一生中最糊涂的抉择——当永王向他递出橄榄枝时,他一腔热血地接住了它。他没有看到,此时叛军已成强弩之末,李亨政权才是民心所向。

然而,永王的实力配不上他的野心。当李亨的部队大军压境,永王阵营很快就一败涂地。李白也跟着成了罪犯,被投入监牢,最后又被流放夜郎。李白怎么也无法接受,他一心报国,居然被打上了叛军的烙印。委屈、悔恨、期盼、羞愧、绝望……各种情绪残忍地炙烤着他的心,让他痛不欲生,几乎癫狂。虽然还没有到达夜郎,李白就接到了特赦令,但这场重大挫折对他精神和肉体的重创,却终生都难以抹去。

而当李白终于认清理想幻灭的现实,想回到家中安享晚年时,却发现自己已经无家可回。妻子宗氏追随她的道教师父进了庐山潜心修道,救助灾民。儿子伯禽虽然孝顺,但要赡养自己,恐怕也有心无力。孤寂冷清、贫病交加之中,李白只得投奔族叔——安徽当涂的县令李阳冰。而当涂,也成了他漂泊漫游、四海为家的人生中的最后一站。

没有人说得清他去世的确切时间和原因。人们只知道,他被儿子伯禽草草掩埋，连个像样的坟墓都没有。有人说他是死于醉酒，有人说他是死于疾病。很多人甚至真心相信一个美丽的传说，认为他是在醉醺醺泛舟河上时，追逐水中明月，结果一头栽进水里，抱月而死。

他就像一颗璀璨的流星，燃烧完毕，无声无息悄然陨落。

Day 7 《通天之路：李白传》

并不完美，
却足够丰盈

天才尚且要勤学博学才有可能被成功眷顾，更何况普通人

李白是天才，这毋庸置疑。他的诗歌中，那种喷薄的才华、巨大的能量、旺盛的激情浑然天成，凝聚成一股极具辨识度的强大魅力，后世或许再也没有人能够望其项背。但即便如此，李白也并非无师自通。在青少年时代，他也经历过一段拜师学习、勤学苦练的人生阶段。

他从小被父亲送入私塾，十岁就已经熟读诸子百家，而道家思想的种子也是在这个时候就深深扎根在他幼嫩的心中。他开始初步尝试诗歌创作，不仅打牢了理论基础，还初步摸索出，古风、乐府和楚辞正是适合自己的诗歌形式。完

成基础教育后，十八岁的李白辞别家乡，师从隐士赵蕤深造。学习治国平天下的方略，也学习道家的思想精神和生活方式，对现实世界和道家世界都有了更深的理解。正是这些相对系统的教育，为李白打下了知识理论、为人处世、人生追求的大框架，奠定了他跌宕起伏人生的总体基调。

但有个大框架是远远不够的。挺身冲进更加复杂，也更加残酷的现实生活，才能不断为这个大框架添砖加瓦，拥有真正强大的内心。青年时代的他要找出路，当然要五湖四海到处跑，一面漫游，一面干谒。人到中年成了家，有了老婆有了孩子，他仍然坐不住。高兴了要出门走走，郁闷了更要出门走走；朋友来了要一起逛逛，朋友相邀更要立刻出发。到了晚年，他也想过回家，却发现自己的脚步已经无法停下。他的家早已不是在哪个县城，而是他心中的天地。

李白这一生，"宅"在家的时间很少，"在路上"才是他的常态。他的脚步几乎遍布盛唐国土，他的眼睛几乎看遍盛唐风光，正是这些经历开阔了他的胸襟和眼界，而"在路上"遇到的那些真挚无私的友情又丰盈了他的感情。

天才尚且会有志难酬，更何况普通人

勤学是成功的基石，可很多人生难题，却并不是仅靠勤学就能解决的。"通天之路"，是作者哈金对李白波澜起伏的一生的高度概括。而李白毕生追求的"通天"，其实是两条截然不同的道路。一条路通往世俗世界的权力巅峰——朝廷。在这条路上，李白渴望出将入相，建功立业，最后功成身退，隐逸山林。另一条路则通往道教世界的至高境界——仙境。在这条路上，李白渴望潜心修炼，羽化登仙，从而超尘脱俗，长生不老，成就真正的不朽。

然而事与愿违，这两条路，李白都没能走通。在《长歌行》中，他只能失落地哀叹："富贵与神仙，蹉跎成两失。"一代诗仙，名气蜚声四海，为什么却一直兜兜转转，始终求而不得？说到底，这与他对自己的人生定位有直接关系。

论才华，他的艺术造诣登峰造极，但他的治国才能却实在不敢恭维。比如，他潜心学习赵蕤的那一套治国理论，却没有考虑他的理论是否符合时代的潮流。

论个性，他就更不适合官场。在那个阶层分明的时代，他商人家庭的出身，意味着他需要依靠权贵的提携，可他偏偏又要高唱"安能摧眉折腰事权贵，使我不得开心颜"。

终其一生，李白总是在这两条"通天之路"之间摇摆不定。他既渴望建功立业，但一旦仕途失意，他便将希望的目光暂时转向道家；而一旦世俗世界向他递出橄榄枝，他又会毫不犹豫就抛下道家追求，立刻满腔热忱地投入世俗权力的角斗场。因此，他总是徘徊在失望、困惑和挫折之中。

李白用自己的人生告诉我们，选择最适合自己的那条路，最大限度运用自己的天赋，才能走得更稳，走得更远。

天才尚且会遗憾重重，更何况平凡人

虽然李白寻觅一生，奋斗一生，终究还是没能如愿"通天"。李白的人生中有太多遗憾，甚至还远远不止于世俗官场和道教修行中的"蹉跎成两失"。就算置身于家庭之中，作为儿子、丈夫和父亲，李白也实在算不上称职。

他的父亲李客身为商人，却以自己的灼灼慧眼，为儿子选择了读书这条路。他又用自己丰厚的家财，纵容李白"千金散尽"，为他走向广阔天地提供了强有力的经济支持。可李白自青少年时代离开家乡后，就基本没有再回归自己的原生家庭。他很少提及自己的亲生母亲，对父亲也几乎没有尽到赡养的义务。

李白一生中有两位妻子、两位姜室。她们欣赏李白的艺术才华，尊重李白的个人追求，心甘情愿为李白生儿育女，料理家事，并为此付出了很多，牺牲了很多。正因为有了她们的支持，李白才能在外面的世界潇潇洒洒，尽情闯荡。

最终，李白成就了中国浪漫主义，乃至古典诗歌的巅峰。可与此同时，他没能建功立业，没能羽化登仙，也没能做成好儿子、好丈夫、好父亲。即便在他逝去之后，他浪漫的情怀、豪放的气度、不羁的性格、横溢的才华、潇洒的姿态、独特的魅力，即使穿越千年时光仍然熠熠生辉。

在自己有限的生命中，李白经历了大起大落，领略了大喜大悲。他这一生，并不完美，却足够丰盈；充满遗憾，却分量十足；满是伤口，却璀璨绚烂。

《毛姆传》

读懂毛姆，才能读懂人生

[英] 赛琳娜·黑斯廷斯

要时刻警惕自己，和当下的热闹保持距离。

如果有人能将毛姆的一生写出来，
那内容将比他的小说更精彩，
毛姆传奇人生的史诗级权威大传，
人类群星闪耀时代的动人群像

Day 1 《毛姆传》

众多的"一个",
组成了独一无二的毛姆

🖋 这是最完整，也最具参考意义的呈现

有人说，一个人真正的死亡，不是肉体的消亡，而是被忘记；也有人说，名人要死两次，一次是肉身死亡，一次是传记出炉。照此，毛姆应该死过不止两次了。但赛琳娜·黑斯廷斯在《毛姆传》中试图呈现给我们一个相对真实而立体的毛姆，经此一番，毛姆似乎不是再度死去，而是活过来了。

赛琳娜·黑斯廷斯曾是《每日电讯报》的资深记者，此前她为特立独行的英国作家伊夫林·沃写过传记。因本就对纪实类文学颇为擅长，加之身份提供的便利，使得她能听到更多读者的声音。因此，她没有像其他作者一样，紧紧抓着毛姆的性取向极力渲染，而是在有理有据的前提下，理出了他的人情线、作品线，以及作品与社交网、社会活动间的关系，再按照时间顺序穿针引线，使读者对毛姆及其作品的理解更为深刻。比如，她不仅书写了毛姆与同性之间的爱，列举了其主要的交往对象，也写到了他与异性间的情感经历——他的初恋以及他仅有的一段婚姻。而且，她就像个洞穿世事的智者，擅长挖掘"天才的私生活"，却不仅是叙述故事，而是探究一件事的发生与人物性格、原生家庭、社会地位等因素之间千丝万缕的联系。

威廉·博依德曾在《观察家》上评价：黑斯廷斯的长处在于她不仅学术根基扎实，做了充分的研究功课，而且对书中人物和地点的描述生动而自信。菲利普·齐格勒则认为，黑斯廷斯为这位极其敏感、时而心怀怨念的作家描绘了一幅敏锐、犀利又富于同情心的肖像。这是一部难以超越的文学传记。

阅读是一座随身的避难所

假使毛姆还在，他本人对这本传记会是什么反应呢？这恐怕还要从那四分之三与四分之一的论断说起。在他看来，自己不仅是个二流作家，而且还有一些不能被人接受的古怪行为。他甚至坦言：我试图说服自己，我是四分之三的正常，加上四分之一的不正常，其实恰恰相反。虽说他自己认为仅有四分之一是正常的，但这正常的四分之一，也许恰恰是最考验笔力的地方。这部分内容的好坏成了这部传记能否经受住时间考验的关键，也直接关系到这部作品有多大程度上接近真实。

首先，必须承认，毛姆不完美。他敏感、口吃、"毒舌"，偶尔喜欢热闹，却不善交际。情感经历丰富，欲望强烈。他不会过分专情，却也不滥情，渴望稳定的情感创造出的静心工作的环境，这能带给他极大的安全感。某种意义上来说，这些缺陷对他的小说和戏剧创作而言，反而成为一种优点，毕竟，一眼洞穿人性的本领可不是人人都有的。至于在人际交往中的障碍，恰恰是毛姆那些同性伴侣帮了他，而他也给了对方优渥的生活、情感的慰藉，算是各取所需。

其次，作为一个作家，毛姆有着跟同行一样的期待。他渴望被看见，渴望得到认可，当然也有作为人所必需的物质追求。因此，他虽然在做不同的尝试和练习，但早期往往会投入大量时间撰写喜剧类剧本，毕竟，这样做确实带来不少收益。不幸的是，他那个阶段的创作，不可避免地出现了故事雷同、部分剧作情节经不起推敲的问题。与此同时，他也毫不讳言自己的创作存在短板，大方承认某些题材他就是不会写。

此外，毛姆有着难得的身份自觉。他在承认自己是二流作家的同时，却认为自己是一流的读者。他没有文人相轻的想法，而是真心地崇拜与批评。除了创作，阅读大概是他唯一坚持不辍的习惯了，就连旅行他也要带一大箱子书才肯上路，这也就解释了他为什么说"阅读是一座随身的避难所"。

以91岁高龄离世的毛姆，留给我们的不仅有作品，有隐秘，还有唏嘘

用几个词来形容毛姆，除了"毒舌"，勤奋、善良、多才、多思、多金、多情大概都在其中，除此之外，还应该加上怀疑、矛盾。毕竟，他的人生太复杂了。

传记作家特德·摩根这样评价毛姆：一个孤僻的孩子，一个医学院的学生，一个富有创造力的小说家，一个巴黎的放荡不羁的浪子，一个成功的伦敦西区戏剧家，一个英国社会名流，一个一战时在弗兰德斯前线的救护车驾驶员，一个潜入俄国工作的英国间谍，一个同性恋者，一个跟别人妻子私通的丈夫，一个当代名人沙龙的殷勤主人，一个二战时的宣传家，一个自狄更斯以来拥有最多读者的小说家，一个靠细胞组织疗法保持活力的传奇人物，和一个企图不让女儿继承财产而收养他的情人秘书的固执老头子。

众多的"一个"，组成了独一无二的毛姆。如果不是走

近他，恐怕常人很难想象，一个靠写作为生的作家竟能同时扮演如此多的角色，而且某些时刻还能在角色间切换自如。这简直比戏剧还要传奇。

　　他似乎对生死一事早已看淡，对总结一事却格外热衷。一遍一遍地将自己和周围人的经历融入作品，即使遭到很多人的怨怼，却依旧乐此不疲。他甚至还在64岁之际，写下《总结：毛姆写作生活回忆》（后文简称为《总结》），总结自己的创作心路、哲学思考，进而可以放下包袱，毫无后顾之忧地去安排自己的余生。不过，他并非不再写，而是更加随性。看过《毛姆传》后再读《总结》，似乎很多经历已不言自明。这恰好应了那句"没有谁能真正置身事外"。

Day 2 《毛姆传》

一位弃医从文的
"本能的作家"

人生总有许多意外，就像握在手里面的风筝突然断了线

毛姆曾在接受采访时说，他的经历和很多现代作家的生活一样是无趣的，更是乏味的。但实际情况并非如此，在他90多年的生命旅途中，大部分时间都是享誉全球的作家，那些出色的短篇和长篇小说在世界各地受人推崇。其中最有名的就是《人生的枷锁》，几乎被翻译成世界上已知的各种语言，销量也是数以亿计，他因此收获了不少财富。然而，事实并非如此。毛姆从童年开始，就没能体会到被爱包裹的感觉。

当然，毛姆整个童年不都是坎坷和不堪的——中产阶级

家庭，生活在浪漫的法国，祖上是农民和小商人，但家里已
有三代投身法律界。父亲罗伯特·奥尔蒙·毛姆就是一位律
师，而且在三十五岁之后颇有些威望。母亲伊迪斯出身于贵
族世家，富有异国情调，是个有教养的女性。在他们婚姻生
活的前七年，生活惬意而自在。出入乘坐的是私家马车，平
日里不是观看歌剧、话剧，就是大宴宾朋。而且，他们很多
社交活动是围绕英国大使馆进行的。因常年栖身于高雅社交
圈，并且魅力非凡，母亲伊迪斯死后被描述为巴黎上流社会
地位最高的人物之一。

在毛姆还未出生前，父母一共生育了三个孩子，都是男
孩。最小的孩子亨利·内维尔刚过两岁，就爆发了普法战
争，夫妻俩只得回到家乡英国，之后又辗转去了意大利。大
约一年后，局势日渐稳定，他们回到法国，大约两年后在英
国使馆生下了第四个孩子毛姆。而毛姆也伴随父母度过了幸
福的幼年。他上走读学校，观看母亲的业余演戏活动，去母
亲的朋友们家里做客。毛姆五岁时，母亲再次怀孕，可惜孩
子夭折，母亲的身体也每况愈下。她患上了可怕的结核病，
咳血痰、胸口剧痛、发高烧。小毛姆见到母亲的次数越来越
少，在八岁生日刚过六天时，母亲离世了。三个兄长在短暂
的出现后，又回到英国。父亲忙碌无暇，年幼的毛姆只得独
自咀嚼丧母之痛，一遍遍看着母亲的照片陷入思念。实际
上，他终其一生，都无法真正从母亲死亡的阴影中走出来。

小说《人生的枷锁》中小男孩打开衣柜寻找熟悉的香气，回味母亲在世时的美好，就是以自身丧母经历为灵感创作的。

母亲的死对父亲的打击同样沉重，相依为命的父子俩开始慢慢建立联系，从陌生到熟悉，渐渐有了感情。可好景不长，在他十岁那年，父亲也永远地离开了。四兄弟被分别安排给不同的人抚养。毛姆的监护人是他做牧师的叔叔。他跟随保姆来到英国，却在叔叔声称请不起保姆后，失去了与曾经生活关联的唯一纽带。

恐惧、孤独、失落，让他在暮年想起这段悲惨的经历时仍会"打寒战"。他在儿时得到的爱太少了，以至于后来得到爱时竟会觉得尴尬：人们赞美他时，他不知道该说什么；他表露情感时，又觉得自己像个傻瓜。

这样的感情后来被他写入自传体小说《人生的枷锁》，而直到该书出版，年近四十岁的毛姆，才终于"从那些折磨着他的痛苦感受和悲惨回忆中走出来"。当然，日子里也有亮色，女仆玛丽·安妮·蒂利对他照顾有加，还总代替婶婶给他讲故事。因此，在毛姆最贴近个人经历的两部小说《人生的枷锁》和《寻欢作乐》中，善良的厨娘玛丽·安都以此人为原型。

与家庭生活相比，学校生活似乎更加不顺利，口吃、不善交际让那时候的毛姆受尽了嘲笑和冷眼，而阅读则成了一座无形的避难所。不过，在日复一日的交往中，大家发觉毛姆不是个软柿子，有敏锐的观察力和讽刺的才智，总能在放大别人的弱点时引起一阵哄笑，毛姆也因此树敌不少。

曲折是人生的常态，但他从未丧失创作热情

毛姆后来因某位老师开始厌恶所在的学校，遂选择去了海德堡留学。他开始接触莎士比亚戏剧并研究歌德，也读了很多法国作家的书，且尝试写作。即使第一部作品遭遇了退稿，毛姆并未丧失创作热情。

与此同时，他也交到了一些朋友，布鲁克斯是那时候能跟他深入交流的伙伴，后来还成了他的第一位"爱人"，尽管懵懂，可这种感觉却被他写入了《人生的枷锁》中。和布鲁克斯在一起时，除了交流，他们也去慕尼黑看话剧。毛姆尤其喜欢看易卜生的话剧，并在《海尔格伦的海盗》话剧上见到了易卜生。后来，毛姆开始尝试把易卜生的作品译成英文，一面学习其中的技巧，一面尝试创作。即将成年的他，也不得不为今后做打算。做牧师显然不现实，有人建议他去学医，于是伦敦的圣托马斯医院医学院成了他的去处。

所以毛姆一面过着非融入的医学院生活，一面阅读英国的小说、戏剧、诗歌，以及法、俄、德、意等国家的作品自学创作。偶尔，毛姆也会研习绘画。后来，比起病症，反而是那些来医院看病的男男女女更能吸引他。那个时期的创作

灵感大多来源于此。戏剧创作并不顺利，几次遭遇退稿，但接受产科训练时，毛姆又萌生了撰写小说的想法。以贫民窟为背景的作品《兰贝斯的丽莎》得以着手创作，并在维多利亚女王加冕六十周年时出版，大获成功。很快，另一部作品《一个圣徒发迹的奥秘》面世。在这期间，毛姆勤奋工作，与此同时也频繁出入各种沙龙，出门旅行，广泛搜集素材，大量产出作品。在维多利亚女王在世的最后一年，毛姆又因作品《克雷杜克夫人》获得广泛赞扬，他的才华也进一步受到肯定。

Day 3 《毛姆传》

写作是一种
类似于呼吸的本能

人生本来就只有两部分：过去的梦、未来的希望

毛姆的第一部剧作《婚姻是在天堂缔结的》是独幕剧，但没能在伦敦上演，后来被改成了德语版，在柏林的一个小剧场演了八场。而《一个体面的男人》这部深受易卜生影响的长篇剧作，则是他首部得到关注的作品，获得了当时著名的《双周评论》的青睐。他自己后来还参与了排演，并借此学到了塑造对白、调整节奏、安排节奏和笑点等舞台艺术知识。

自此，毛姆开始展露他在戏剧方面的野心。哥哥哈利也对弟弟的作品表现出了兴趣，从事戏剧创作也是哈利的人生志向之一，但却始终未能如愿。后来，这位兄弟还莫名其妙地自杀了，坊间对于死因众说纷纭，有人说是为情所困，也有人说是恐惧失败。

但毛姆坚持认为，即使是因为失败，也不是某次的失败，而是因为他的整个人生。过去的梦、未来的希望，在哈利这儿都碎了一地。这件事毛姆后来很少再提起，但不得不说，哥哥的自我毁灭阴影萦绕在他心中很多年。

然而日子总要继续，也总有比停在回忆里更重要的事。好脾气的编辑克勒斯也在这时成了毛姆时常打扰的对象。毛姆会以把剧本推销给剧院经理，找杂志拉活，再版旧作，发掘新客，催促稿费等各种理由给他写信。不过，那个时候也有值得高兴的事，他被视为一位有前途的文坛新星。他本人说过："这是一份殊荣。多年后，我成了一名畅销轻喜剧写手，也失去了这份殊荣。"

既然选择了以赚钱为要义，努力工作必不可少。尽管异常忙碌，他还是接下了编辑《探险》杂志的任务，并认识了"新女性"小说家薇奥莱特。毛姆开始融入她的社交圈，两人曾有过短暂的情感交集，虽无果却建立了深厚的友谊，常常一起讨论作品。二十多年后，毛姆在《月亮与六便士》中以她为原型塑造了罗斯·沃特福德这个人物——她是个矛盾体，一端是身着灰绿色衣服、拈着水仙花参加派对的文艺女青年，一端是足蹬高跟鞋、身着巴黎连衣裙的成熟女人，同时拥有男人的智慧和女人的任性，说话刻薄而迷人，是个让人既爱又恨的角色。

在把自传性作品《旋转木马》交给出版社前，毛姆就曾转给薇奥莱特审读，并按照她的说法进行删改。此后的很多年，他们都保持着通信。《旋转木马》面世后虽然销量惨淡，但评价还不错。

到英国后，他和一个叫哈利的年轻人同居，并开始学习绘画。两人空闲时，时常出入白猫餐厅。后来，因性格不合，两人分道扬镳：毛姆继续创作，而哈利则去参军。毛姆本以为自己会陷入消沉，心灰意冷。实际上，生活却是另一番景象。

曾被十七名经理拒绝的《弗雷德里克夫人》为他铺平了迈向名声和财富的道路。这部最初写在作废的打字稿背面的剧作，首演后极其成功，让毛姆几乎一夜成名，并被媒体奉为"英伦剧匠"。该剧足足上演了一年多。次年，毛姆共有四部剧作登上舞台，创下了在世剧作家的纪录。这个纪录保持了整整一代人的时间，也让毛姆成为"一个时代最炙手可热的剧作家之一"，成为人气和吸金能力双料王。

他这样描述：我思考过剧院经理对话剧的各种要求。一定要是喜剧，因为观众喜欢开怀大笑；戏剧冲突一定要足，因为观众喜欢刺激；要有一点点感伤，因为那会让观众自我感觉良好；最后是大团圆结局。至于在女演员方面，他也下了一番功夫，人设是这样的：美丽容颜、贵族头衔、冒险精神，加上一颗金子般的心。基于这些，这部作品尽管没有永恒的价值，却依旧在轻松雅致中满足了成熟社交喜剧的要求。

他依旧参与排演，偶尔也会渴望婚姻

尝到了甜头的毛姆开始下大力气进行资本积累。只要能赚钱，他什么活都愿意试试。同时，他进一步扩大了自己的交际圈子，在一次沙龙中，毛姆有幸同时也是唯一一次遇到了伊迪丝·华顿和托马斯·哈代两位文学巨擘，他们一个冷漠，一个随和，且都与毛姆有过正面交流。

不过，这一时期最令他激动的，是认识了幽默而直率的苏。毛姆对她一见钟情，二人的感情持续了近八年。苏的一切都令毛姆着迷，尤其是令毛姆欲罢不能的母性温暖。虽然这段感情最终以苏拒绝毛姆的求婚告终，但《寻欢作乐》中温柔可人的女主角，事实上包括毛姆所有小说中最讨人喜欢的女性角色，都有她的影子。

感情归感情，在创作上，毛姆有自己一贯的自律。他知道如何安排作品的写作节奏以保证如期交稿，也知道怎样分配创作的精力。在那段时间，他通常五天写作，两天休息，之后再重复这个频率。随着财富积累的增多，毛姆的生活条件得到改善，他依旧参与排演，偶尔也会渴望婚姻。事实上，只要他愿意，很多女性会主动跟他交往，并且也把他视为理想伴侣。

打破宁静的人是西莉。他们之前就认识，毛姆很欣赏她，但当时毛姆的生活里还有苏，心里根本容不下别人。再次见面后，他们每日往来，毛姆逐渐了解西莉和她丈夫间的不愉快，也欣赏她的热情与活力。那个时候的他，怎么也不会想到自己将被卷入一场官司中，而后在极其痛苦的情况下步入婚姻。原本他是想要抽身的，可西莉的丈夫却肆意报复，再加上西莉打定主意要跟他在一起，为了维持彼此的名誉，也为了西莉腹中的孩子，毛姆不得不答应结婚的要求。

Day 4 《毛姆传》

满地都是六便士，
他却抬头看见了月光

毕竟未来总会到来，既然凡事皆有可能，我又何必挂怀？

1914年10月，毛姆跟随救护队去往德国战场，与美国红十字会志愿者会合，并结识了二十二岁的杰拉德·哈克斯顿。他说一口地道的法语，迷人而爱交际，喜欢找乐子，来这里纯属是为了冒险和刺激。毛姆被其深深吸引，并很快和他建立了友情。此后，他们的关系逐步深入，被认为是毛姆一生最重要的关系。毛姆已经将他慢慢介绍给自己身边的人，并带他出席各类场合，来自各方对杰拉德的评价间接证明了这一点。在他们相识的第二年，毛姆被西莉叫回英国，一起等待孩子的降生。

日子虽然煎熬，但他依旧坚持写作。偶尔的沮丧也有积极的一面。在给朋友的信中毛姆说："毕竟未来总会到来，既然凡事皆有可能，我又何必挂怀？"不久，西莉诞下了一名女婴，起名为伊丽莎白·玛丽，通称"丽莎"，得名自毛姆的第一部小说《兰贝斯的丽莎》。几天后，医生通知西莉，说她之后再也不能怀孕了。尽管她已经三十六岁，生活也不安定，但她依然渴望孩子，与前任所生之子的分离更加剧了她的痛苦。

出院后安顿好母女二人，毛姆又开始为新剧《比我们高贵的人们》奔走，他知道一向支持自己的经理弗罗曼正迫不及待地等着看这部剧。可弗罗曼在纽约的一艘船上遇难，临死前据说只留下了一句话："死亡就是一场大冒险。"毛姆为此震动，也为作品的前途担忧。尽管这部剧作被认为在情节方面与亨利·詹姆斯的短篇小说《伦敦生活》有着惊人的相似，但作为精良的喜剧，对于人们摆脱战争烦恼却极其有益。

那之后，毛姆断断续续经历了与西莉前夫的官司，而他对西莉也逐渐变得厌烦。某天，在观看讽刺短剧《恋爱》时，他似乎找到了强烈的共鸣。剧中的妻子太以自我为中心，整天纠缠着丈夫，并因自我敏感的情绪而导致丈夫无法安静工作或读书，简直要将丈夫逼疯。这种感觉简直和现实中的毛姆一模一样，激动之下，他创作了剧作《卡洛琳》。

这部浑然天成的喜剧照进了现实，西莉的影子若隐若现，却也巧妙地回避了婚姻逼近的威胁。

虽然人们都说，你唯一能逃避的就是逃避本身，但上天总是在适当的时候给毛姆恰当的理由离开。英国情报机构找到了毛姆，要求他以作家的身份隐居到中立国瑞士的日内瓦，代号"萨默维尔"，为德国境内的特工传递消息。只是，如果干得好，没人会感谢你；如果出了事，没人会救你。即便这样，毛姆还是答应了，并很快动身。于他而言，这是难得的机会：天生的洞察力和伪装技能，多听少说，没有人比他更能胜任。这段经历在善于搜集素材的毛姆那儿当然不能浪费，他的情报天赋通过短篇小说集《英国特工阿申登》为大众所知。

🖋 作者不能被动地等待经历掉下来，必须要主动地走出去追寻它

情报工作持续了八个月，其间他还去过希腊。然而，回到英国的毛姆，健康状况堪忧，似乎是"复发性肺炎"。他想花时间休养，于是心心念念的南太平洋之行被提上日程。

令人意外的是，同行的不是西莉，而是他一直迷恋并保持联系的杰拉德。旅途中他还结识了罗伯特·阿兰森，一位极具金融天赋的犹太人。毛姆对他十分信赖，也把投资都交

给阿兰森打理，并认为他是真挚、慷慨又体贴的朋友。二人建立了终生的友谊。此外，这趟旅行还让毛姆收获了高更离世前画的一扇玻璃门，它也成为毛姆最珍视的物品之一。

至于那部有关高更的小说，就是我们耳熟能详的《月亮与六便士》。事实上，毛姆几乎随处都能找到灵感，而他对旅行的终生挚爱也正是因为其对灵感的追寻。多年之后，他对一位年轻的追随者讲道："作者不能被动地等待经历掉下来，必须要主动地走出去追寻它。"

很快，沉闷的毛姆接受了去英国当报社记者的间谍任务，后来又陆续收到了很多新任务。但一直未愈的身体让毛姆不能成行，只好去苏格兰北部的一家疗养院静养，整整住了两年，才终于摆脱疾病的困扰。至于他的婚姻，越来越呈现出名存实亡的意味。而面对女儿，毛姆虽有深爱却显得无所适从，儿时父亲的缺位如今看来是极大的影响。

与之相反，事业上的毛姆愈发如鱼得水，接连有大戏上演，还有小说和游记的面世。这一时期最出名的作品要数小说《面纱》和戏剧《圆圈》。依旧是婚姻生活的主题，却越来越坦诚地表达其对于结婚对象的不满；作品的对话代入感强，每每让人如临其境。值得一提的是，《面纱》中还有一部分灵感取材于中国。与此同时，稿件的邀约越来越多，甚至还有电影剧本。毛姆后来回忆说，自己始终不善此道，反而是作品被翻拍成电影的更多。而且，投身电影的日子里，他认识了鼎鼎大名的卓别林，二人交往并不密集，却始终彼此支持。

有所成就的毛姆反而体现出无私的品质，他积极奔走，为出国旅行的青年作家设立了毛姆奖，一时成为业界竞相争取的一份荣耀，甚至连一些老作家也开始积极参与。

西莉也不甘示弱，在毛姆忙事业、忙恋爱、忙旅行的同时，她重新定义了自己，终于从怨妇蜕变为时尚红人，主打室内设计，以家里的别墅的陈设做展示，吸引了不少顾客慕名前来。只可惜，西莉后来对家中相关事务的干涉愈发明显，甚至还卖掉了毛姆的心爱之物，这让二人的关系走到了尽头。

Day 5 《毛姆传》

真正的自由，
是与真实的自己达成和解

人到中年自有其报偿……你会觉得自己用不着去
做不喜欢的事了

毛姆又一次与杰拉德结束了旅行，从远东回到英国。他
已然到了知天命的年纪，有钱有名，外表自信沉着，对很多
事又有了新的看法。在给《名利场》杂志的一篇稿子中他写
道："人到中年自有其报偿……你会觉得自己用不着去做不
喜欢的事了。你不再为自己感到羞耻。你与真实的自己达成
了和解，不会过于在意外界的看法。"这话虽直指创作生
涯，却也不乏对感情世界的影射。伦敦作为社交与职业生活
的中心，依然是他的家；却也因为这段婚姻，伦敦让他感到
压抑、拘束至极。反而是代表着自由与冒险的杰拉德更让他

向往，毛姆承认，无法忍受与他长久分离。

日子也不是全无希望。小说《雨》的大获成功，让他搬进了屋子多、空间大的新家，还为杰拉德在巴黎租了一套小公寓。他们的感情维持了十年，早已成为公开的秘密。

不过，两人不同寻常的相处方式也让局外人深感困惑。杰拉德的行为虽常让人恼火，他却也能成功激起毛姆心底的父爱情结和保护欲。而毛姆生病或郁闷时，杰拉德出乎意料的温柔总会触动他；就像父母卧病时在旁照料的独子。此外，杰拉德身上的危险气息也令毛姆看重，杰拉德的坏小子光环让他不能自拔，却又努力压制，以免不可收拾。

说到他们关系中最迷人的部分，便是两人在路上搜集素材的时刻，一个人去体验，一个人去记录，相得益彰。在墨西哥，毛姆见到了劳伦斯，二人发生了一些不愉快，甚至因此公开互批。劳伦斯说毛姆"酸腐"，而毛姆也以"暴躁到不正常"回敬之。即使不愉快，他每天雷打不动的写作习惯也没被打断，本子上搜集了不少材料，总要一一呈现。

可惜，旅行总有结束终点，归途令人失落，对毛姆来说更是如此。想起西莉的那些做法，毛姆真的越来越不能忍受——油乎乎的香肠夹在他的书里，自家房子被租出去做展示，而毛姆只能在客卧两用的房间里工作。

小型社交会后总有争执，杰拉德总是成为他们争吵中的一个关键话题。西莉依然渴望得到丈夫的爱，嫉妒得发狂，她恨杰拉德，因为事实让她感到痛苦不堪。

　　毛姆渐渐熟悉了妻子的行为模式，并为此感到疲惫。这感觉出现在了某篇小说中，大抵如此："反抗只会激怒她。要是不能马上得到想要的东西，她就会生气得要发疯。"幸好，愤怒来去匆匆，毛姆只需在恰当时机引开她的注意力。

　　如果仅仅是这样，毛姆或许还能忍让，但西莉开始不停地伤害毛姆，不惜公开他与杰拉德的种种，与此同时还妄想与毛姆和解。为了女儿和暂时的平静，毛姆继续妥协，可西莉丝毫不知收敛，甚至由此疏于对女儿的教育，这不能不让人焦心。

　　女儿丽莎后来回忆说，她的童年就是完美童年的反面。当然，导致他们婚姻最终走向尽头的，是西莉卖掉了毛姆心爱的书桌。那张书桌陪伴了毛姆二十多年，是毛姆的好搭档，是写作生活的一部分。这无以复加的暴行被毛姆看似平静地接受了，实际上他心中有一团怒火，即便后来因此决定结束婚姻也不能释怀。他的愤懑难平，直到1930年在小说《寻欢作乐》中以刻薄的方式发泄了出来。

　　　他已决定放慢脚步，离开嘈杂的剧院，告别戏剧创作生涯

　　暂时忘掉婚姻不幸的毛姆，带着杰拉德继续周游，并逐

渐形成了以《阿金》为代表的属于他自己的创作风格。他后来在《总结》中谈道："（这样的篇幅）既让我有足够的空间展开主题，又逼着我运用写剧本练出来的简洁文风。"毛姆的很多作品都以第一人称开场，那些人物简直就是他的翻版：性格和善，爱去俱乐部，喜欢读书和打桥牌，对别人的生活有着永远满足不了的好奇心。而故事的开场通常让你有种拉家常的错觉，不知不觉就进入了故事。

对于离婚，西莉一直是抗拒的。直到后来毛姆漫游累了，去普罗旺斯疗养，她才在信中表示出了同意分居的意思。毛姆其实早就委托阿兰森到处寻找房产，终于在法国南部靠海又隐于树木中的地方找到了一幢别墅。它就是著名的玛莱斯科别墅，伴随了毛姆近四十年。自他去世后，此地一直被探访，被拍照，被摄影，在无数文章中被描述，并受到毛姆粉丝的敬仰。

西莉终于同意了离婚，尽管要支付高额的扶养费，但毛姆仍然觉得松了一口气。不久，他完成了长篇小说《寻欢作乐》。童年的经历、初恋的失落、恼人的婚姻，甚至是他见过的人都成了这本书的有效素材，而很多人也看出了其中的自传色彩，甚至因此对其诟病。

尽管如此，毛姆还是成了名望一时无两的小说家，在该书出版后的几个月里，每个活跃的小说家都被认为远远不及毛姆。就在终于可以跟杰拉德安心度日之时，毛姆又结识了二十三岁的艾伦。此后，只要杰拉德外出玩乐，秘书的位置通常由他取代。但是杰拉德在他心里的位置，却不是轻易能够被人取代的。而且，很多人都看得出来，毛姆的付出显然更大，他甜言蜜语、百般讨好，而杰拉德则是他感情世界的主宰，无论做错了什么都能得到毛姆的原谅。毛姆那些温柔、耐心都尽付一人。不过，杰拉德确实也惹了不少麻烦，并且屡教不改。在一次次的因酗酒而产生的争吵后，两人关系出现恶化，甚至因此干扰到了毛姆的工作。因此，艾伦顶替他来别墅照顾毛姆。随着年龄的增长，毛姆更喜欢安静，而非杰拉德向往的活力。他已决定放慢脚步，离开嘈杂的剧院，告别戏剧创作生涯。

Day 6 《毛姆传》

一个伟大的
讲故事的人

只要身体允许，他总计划着出行，不是为了风
景，而是为了故事

　　20世纪30年代，毛姆有几部短篇小说集出版，出版商纳
尔逊·道布尔戴又邀请他出一套大部头英语散文诗歌选《行
者图书馆》，毛姆主要负责选定篇目并写简短的引言。选集
出版不到一年，七百所美国大学已经将《行者图书馆》列入
必读书目……毛姆惊喜地发现自己竟然成了教育家。

　　道布尔戴则乘势而上，建议毛姆再出一部类似的短篇小
说选集，这便有了1939年出版的《讲故事的人》。这本书的
出版恰逢其时——毛姆最为人熟知、最受人推崇的身份就是
一个讲故事的人、一个短篇小说家。他的一生，总共写了

122篇短篇小说，几乎全部首发于杂志期刊；即使平常不太去逛图书馆或书店的人，也能在街边报亭、火车站书摊接触到毛姆的作品。

毛姆曾说自己喜欢这种体裁，用功甚勤，总在寻找新人物和新情节。且其一贯坚持鼓动陌生人和熟人讲述经历，以组织素材，哪怕有时为此要付出高昂代价。鉴于此，只要身体允许，他总计划着出行，不是为了风景，而是为了故事。

不过，年迈的毛姆除了出远门，偶尔也去探望家人。大哥离世后，毛姆将父爱给了侄子罗宾。为了弥补父亲地位的常年缺失，他也偶尔与女儿丽莎见面，并见证了她的婚礼。而这，也是毛姆与西莉离婚后首次共同出席公开场合。此时的西莉再度为毛姆的风度所着迷，而毛姆则更热衷于将房子作为礼物交给新人。

放松之余，长篇小说《剧院风云》也在紧锣密鼓地创作中。这部作品以自己深入戏剧领域三十年的亲身经历为主线。此外，他终于下定决心去印度。成行前，涵盖毛姆一生创作生涯与思想变迁的《总结》也开始投入创作之中。

短暂的和睦，长长的不确定，这就是错误感情的命运

艾伦对他的意义逐渐大于杰拉德，尽管他时常会想起此前的点滴，但眼前的年轻人温和、顺从、有条理，还懂艺术。而杰拉德则终日以酒为伴，几近癫狂。对比之余，高下立判。后来给侄子罗宾写信时，毛姆直言不讳地表达不满："你最近酒喝得有点多……我对酗酒是见怪不怪了，早就不会为看到一个人要成为酒鬼而忧心忡忡了。"

不断提升的名望加上战争环境的催化，使毛姆进入政治领域，公开演讲几乎成为家常便饭，可他偏偏自幼就口吃。意识到问题严重性的他，开始进行刻意练习，终于在公开场合不口吃。可惜，私下里毛姆还是改不过来。战争间隙，他也总有作品面世。《月亮与六便士》被改编成了电影，而他自己除了继续演讲，也在持续阅读和创作，断断续续写下了作品《刀锋》。作为毛姆最有趣的长篇小说之一，该书探讨了毛姆最感兴趣的三个话题：性、社会习俗、善的本质。虽以自我为中心，但从故事构思、人物塑造、故事背景到叙事调性，都堪称毛姆的巅峰之作。

七十岁这一年，他和相伴三十年的杰拉德宣布分手。毛姆没有亏待他，找阿兰森做了本金三十五万美元的投资，每年的回报足够他生活。然而，没多久，杰拉德被诊断出严重的肺结核，咯血、吞咽困难、减重，毛姆只得守在他身边，回味曾经的爱恋，感受丧失的保护欲。

但所有努力都事无补，即便做了手术，毛姆的挚爱还是走了。而毛姆本人也一度陷入崩溃，不愿见人，不愿说话，常常失声痛哭，老态尽显。这些情绪唯一的逃避方式就是写作，他笔耕不辍，甚至还参与了《刀锋》改编剧本的创作。不过因为种种变故，他的这个剧本最终被放弃了。

除了工作，艾伦的陪伴多少让他欣慰，他让毛姆的生活逐渐变得有规律，而且他友善的举止和组织才能让家里的仆人都很喜欢，也让来访者受用。没多久，毛姆就开始依赖他了。但私下里的艾伦其实并不单纯，他不仅对毛姆的女儿丽莎一家感到厌恶，还担心某一天会被毛姆抛弃，自己陷入窘境。

人生这场旅行中，必然会遇到从各个方面袭来的劲风

高龄的毛姆不仅被视为英语文坛的耆宿，而且每年生日都有报纸纪念文章和访谈，学界颁发的各项荣誉也纷至沓来。1954年，应温斯顿·丘吉尔之请，英国女王授予毛姆"荣誉侍从"之位，并在白金汉宫的私人会客室接见了他。不过，他本人显然更希望获得英国最高荣誉之一的功绩勋章，高尔斯华绥和哈代都是其获得者，毛姆暗暗不服。越发老迈的毛姆，当然会想到身后事。首要一点就是不允许任何人写传记，还开始敦促亲近的人销毁信件，就连艾伦手里的信件也被付之一炬。

然而，一切远未结束。这一次是侄子罗宾，他写信前来敲诈，而且还是以《毛姆传》为依托，虽然用词客气，还是被毛姆一眼看穿，遂决定破财免灾。谁知，家贼难防。艾伦对他试图将大部分遗产留给女儿丽莎的做法极度不满，并开始谋划一场背叛大戏。毛姆决定变卖藏品把钱转给女儿，而这一切都要艾伦经手。他利用丽莎并非毛姆亲生的事实，把毛姆与丽莎隔绝开，不能通话，不能见面，只能通过文字交流，并且全部由他传递。他一面扮演糊涂而疯狂的父亲，一面塑造不知感恩的女儿。最终父女俩断绝关系，而他成了最大的受益人。

这场闹剧致使毛姆晚节不保，而艾伦也并没有想象中那么好过。可怜毛姆到死都没能知道真相，不过，不管他的私生活如何，他的作品都是值得推崇和称赞的。人们会记住萨默赛特·毛姆——一个伟大的讲故事的人。

Day 7 《毛姆传》

纪念一个人最好的方式，
就是成为他

世上的事就是这样，越努力挽回，越事与愿违

毛姆不同意别人作传，细究起来是一种自我保护，否则不会连信件都不允许亲近的人保留，责令烧掉。实际上，毛姆终其一生都在表现自己的正常特质，无论是掩盖口吃，还是藏起自己的性取向。他渴望获得肯定和青睐，却不会因此就放弃自己的敏感和直接。明明想要拉近距离，却因为某些描写戳痛了别人，反而得罪了人。看起来毛姆似乎没那么关注作品的反响，实际上他很在意别人的肯定，特别是当得到的嘉奖并不符合预期时，他也会有所抱怨。

不过，更多时候的毛姆还是清醒的：知道自己擅长写对话，就参照戏剧的表现方式增强短篇的深意和信息量；知道

自己不能没有素材，就四处旅行，搜集故事；知道自己笔力不够，就笔耕不辍，刻意练习。尽管久负盛名，在活着的时候就广受赞誉，他还是会摆正自己的位置，称自己为"二流作家"。

关于毛姆对自我的保护欲，一方面是出于本能，另一方面源于年轻时对王尔德案的见证。这让他明白作家隐私的暴露是多么不光彩的事。然而，世上的事就是这样，越努力挽回，越事与愿违。英国皇家学会文学基金会和各大收藏毛姆文学资产的受托机构，后来还是把毛姆的一些资料贡献出来了——尽管不是直接公之于众，而是允许查阅。但正因如此，作者黑斯廷斯才有机会接触到大量私家档案，在扎实研究的基础上，利用自身扎实的笔力展现毛姆丰富多面的"大写人生"。

回顾毛姆的一生，孤独和不善言辞是主旋律，若说疗愈和长久避世的途径，主要还是仰赖阅读和写作。

毛姆的素材本早已积累了足够用好多年的存货，那些没发表的，到后来也能为他所用，以某种巧妙的方式呈现在读者前。高度自律、雷打不动的固定时间写作，让毛姆成为一位高产作家。多部长篇小说、一百多个短篇小说，还有几十个剧本，《刀锋》《人生的枷锁》《月亮与六便士》等作品更是享誉世界。毛姆用亲身经历印证：别说什么自己没天分；天分不够，这不是不努力的理由。

平淡的生活与琐碎的细节容易导致两人之间隔阂与裂缝的产生

我们有七情六欲，有爱恨情仇。毛姆也是。他没有把自己神化，他只是害怕别人知道自己的"不正常"，但其实，又有谁是绝对正常的呢？

说到毛姆本人的经历，其最早交往的或许同性，短暂而少有人知。但令毛姆真正动心的，是那个叫苏的女子，毛姆甚至向她求婚，并且认为即使肉体背叛，心还在一起就能接受。毛姆这份爱是发自内心的，也是纯粹的。即使多年后再见，心里的"朱砂痣"已不是曾经的模样，他会失落，却仍然会记住那最美的样子。而毛姆与西莉的婚姻，尽管有美好的部分，但更多的则是显而易见的矛盾。毛姆并非完全不爱西莉，但平淡的生活与琐碎的细节导致两人之间出现隔阂与裂缝。

毛姆对创作的热情可以用"一头栽进去"形容。家族里大部分人都从事着与法律有关的工作，而他自己，最初进入的是医学领域。

医学院的工作对他而言不过是段可有可无的经历，或早或晚他都会离开。毛姆的创作起点与经济需求有关，毛姆自己从未否定这一点，而他也的确为这段时间所做的一切感到遗憾。但毛姆也不止一次表示，当他赚到够多的钱之后，就会为了本心写作，为了想写的内容而写。事实也的确是这样的，通过戏剧不断扩大自己知名度的毛姆最终还是回归了小说，并且探索出了适合自己撰写的方式：短篇，第一人称引入，对话中信息量要够大。在增强读者阅读快感的同时，也让自己的思想流畅地表达出来。

与此同时，毛姆也乐于分享自己的经验，针对自己作品创作历程的回顾《总结》、散文诗歌选《行者图书馆》、小说选集《讲故事的人》都是他对文学创作的持续思索。他甚至写了读书笔记为读者开列书单。而毛姆的个人经验，无论是情感经历还是间谍生涯，都渗透进作品中供我们慢慢咀嚼。至于他的交际圈，对他是加分项，却绝不是最重要的部分。

《万物既伟大又渺小》

一本与动物相处的小书，教会我们尊重与爱

〔英〕吉米·哈利

对于任何事情认真做决定，努力去做，成功的概率就会大很多；如果马马虎虎决定，浮皮潦草去做，那成功的概率几乎为零，即使成功也是运气。

春燕

能逗笑英国女王的少数几本书之一
荣获不列颠帝国勋章的幽默乡村兽医
全球畅销 1000 万册力作

Day 1 《万物既伟大又渺小》

在一点一滴中明白，
应当如何尊重一个生命

兽医工作的对象不是人，但也确实将生命从死亡线上拉了回来

1916年，吉米·怀特出生在英国桑德兰。在他出生后不久，他们一家人就搬到了格拉斯哥。在那里，怀特度过了愉快的童年时光。和当时大多数家庭一样，怀特家里也养了狗。那是一只名叫"丹"的爱尔兰蹲猎犬，有着红色的长毛，性情温顺却不失活泼。丹可以说是怀特童年时期最好的朋友之一。看着丹和其他的狗在草地上嬉戏、打闹，和丹一起奔跑在苏格兰乡间的道路上，这些经历成为怀特最早的生命教育。

在后来的自传里，怀特曾这么描述这段生活："我在那

时，就对动物的性格和行为很感兴趣，如果可能的话，我想一辈子都和它们一起工作。"十二三岁时，小怀特在杂志上读到一篇讲述兽医生活的文章。与医生不同，兽医工作的对象并不是人，但也确确实实地将一个个生命从死亡线上拉了回来。还有什么职业能像兽医一样，既能和自己喜欢的动物们在一起，又能帮助它们的呢？年轻的怀特决定要成为一名兽医。

1940年7月，刚刚从格拉斯哥大学兽医专业毕业后，怀特先是回到了自己的老家桑德兰。在那里的一家兽医诊所待了几个月后，他认定自己更加适合乡村生活，需要一份更有实践性的工作。因此，当一个新的工作机会寄到邮箱里时，他欣然接受了这份邀请。这份邀请来自约克郡的一位兽医唐纳德·辛克莱。由于被选入了英国皇家空军，不久就要前往部队服役，辛克莱请怀特来替他料理诊所。而这段时间内的所有收入，都归怀特所有。对一个刚刚毕业的年轻兽医来说，这听起来是一个收入可观的选择。年轻的怀特就这样提着自己的行李箱，坐着摇摇晃晃的火车来到了约克郡。这时，他才发现，新的工作地点果然十分"乡村"，而工作内容也非常"实践"。

这家诊所在北约克郡一座叫瑟斯克的小镇上。这个小镇位于约克郡河谷与北约克郡荒原之间，即使到了2011年，该镇镇上总人口也才不到5000人，更毋论在20世纪40年代了。

而且，怀特的主要客户也不是住在镇上的市民，而是那些散落在河谷与荒原上的农户。这意味着，出诊成为常态。在辛克莱离开以后，怀特常常自己一个人开着汽车，在盘山道路上来回奔波。大雪封山的时候，怀特甚至只能依赖自己的两条腿。

毕竟，对于农户而言，马匹与牛羊不仅仅是牲畜，而是赖以为生的工作伙伴、朝夕相处的伴侣，当然，也是一笔巨大的财富。所以，农民十分依赖兽医。生病的家畜自然需要兽医前来治疗。而牲畜买卖时，交易双方也需要有兽医来为牲畜的健康做担保。在当时，一头牛的价格可能就是一年的家庭收入，买到一头病牛的损失可想而知。

在一点一滴当中，告诉我们应当如何尊重一个生命

工作条件艰辛而烦琐，但农民与动物之间的牵绊、自己与动物们的相处，都成为对怀特最好的报偿。他在这个小小的村落里磨炼着自己的医术，不仅需要接生、治疗，也同样要在牛羊重病时决定它们的生死。怀特不仅站在了生命的起点，也同样决定了生命的终结。几个月后，当辛克莱结束服役，邀请怀特作为合伙人留在瑟斯克时，他不假思索便同意了。1942年，怀特自己也被选入空军服役。服役结束后，

他依然选择了和妻子回到了瑟斯克，从此再也没有离开过小镇。

虽然身为一名兽医，怀特却一直没有放弃自己对文学的爱好。他从小就开始写日记，在中学时代还是校园杂志的编辑，而到了大学时，他也曾经写过许多短篇故事。1966年，50岁的吉米·怀特在妻子的催促下，尝试着开始写作。他一面尝试通过分析自己喜欢的作家，来了解不同的写作风格，一面开始了自己的写作事业。作为一个忠实的足球爱好者，怀特起初想要写一些与足球有关的书。但这些想法并没有激起太大的水花。这时，他的兽医生涯经历成为创作的灵感来源，《万物既伟大又渺小》就这样诞生了。

这是一部半自传体小说。在小说中，怀特将自己行医的瑟斯克及周边的里士满、莱本等小镇结合起来，虚构了一个叫作"德禄镇"的地方。此外，他还将自己职业生涯开启的时间提前了3年，也就是二战开始之前，为整部小说营造了更加和平安宁的氛围。除了给自己起了"吉米·哈利"这样的笔名，怀特还将自己身边的朋友做了漫画似的处理，一并融入小说当中。合伙人唐纳德·辛克莱则成为小说中前辈医生法西格的原型。

法西格那不善言辞、易怒却又健忘的性格自然是来自辛克莱，而他对动物的专注与热情、对赛马的喜爱与严肃外表下的好心肠同样也是辛克莱的一部分。而辛克莱的兄弟布莱恩也被塑造成了"花花公子"法屈生。

20世纪初，英国社会相对富足，人们不再像过去一样，简单粗暴地将生病的动物送往屠宰场，而是选择求助兽医，进行治疗。兽医行业的进步与发展，成为小说的主要背景。那也是兽医界的过渡时期，在整个英国农村，对于动物治疗的方式正在从传统的偏方及草药治疗转向现代医学的系统治疗及抗生素的使用。因此，相信传统偏方的农民与经受过系统医学训练的兽医之间总是会有些令人啼笑皆非的故事。

《万物既伟大又渺小》里没有什么惊天动地的大事。然而，正是这样看似平凡的生活，就在一点一滴当中，告诉我们应当如何尊重一个生命。

Day 2 《万物既伟大又渺小》

了解与信任
是友谊的基石

只要有一线希望，他就要把小牛活着接出来

　　冬夜寒冷，吉米·哈利赤裸着上身躺在一个牛棚里，满身泥点，遍体血污。雪花从大门里呼啦啦地吹进来，直吹到他的裸背上。此时此刻，这位兽医身下是一堆混合着粪便与泥土的秽物，而他的手臂正在一头母牛的肚子里。那是一头正在难产的母牛。

　　"最好还是把这头母牛宰了吧，我可没看到有什么小牛。"旁边一个声音冷冷地说道，那是丁叔叔，他的侄子丁先生正是这头牛的主人。面对着这个年轻的兽医，他满脸上写着"不信任"。丁叔叔住在邻村，是这里年岁最长、经验最丰富的人，他一直看这个年轻人不顺眼。哈利只有把注意力集中在母牛身上，才能忽略这些冷嘲热讽。就在刚刚，当他的手又努力地往母牛的身体里伸进了一寸时，那头小牛的舌头居然舔到了他的指尖。这一舔激起了他的信心。如果小牛死了，哈利只能在母牛的肚子里将小牛拆解成一块块地取出来。可是，这头小牛是活的，只要有一线希望，他就要把小牛活着接出来。

哈利艰难地再一次尝试，用指尖把一条细绳圈套到小牛的下巴上。他一面推着小牛的肩膀，一面指挥叔叔扯住绳子的另一头。终于，小牛的头出来了，身体也紧跟着顺利地出来了，只是舌头有些发紫，眼睛还没睁开。哈利松了一口气，把小牛推到了母牛旁边。母牛看似对什么都漠不关心，却突然感觉到了小牛的存在，忍不住又闻又舔这个刚出生的小东西。

在母亲的爱抚下，小牛把身子弓了起来，不到一分钟，它就已经在摇头摆尾，尝试着站起来了。

"这小小的奇迹！我觉得不管我看过多少次了，这一幕还是依旧感动我。"

看着小牛活了下来，就连丁叔叔这么挑剔的人都没办法对哈利挑三拣四了。但很快，丁先生一家又关心起母牛的身体状况来，没人注意到，刚刚辛苦了两个小时的兽医，已经收拾好了自己的医疗器械，在暴风雪中，独自一人离开了牛棚。

人与人之间的感情就是这样奇妙

尽管丁先生一家看似怠慢了哈利，但是对哈利来说，能够成功地救下小牛才是最重要的。这种对生命的感知与尊重，来自他对专业知识的钻研，也来自性格中的善良。

哈利兽医生涯的第一堂课就来自他的老板法西格先生，报到第一天，法西格就带着哈利把诊所都看了一遍。药房里应有尽有，从最普通的碘酒，到给马治蛔虫病的特效药。法西格对每一种药品都能说得头头是道，这一排排发亮的瓶子是他五年行医生涯里最重要的伴侣。而仪器室与手术室里则放满了皮下注射器、助产钳、氧气筒、消毒用具……法西格对待它们，仿佛对待自己的孩子一般。令人意想不到的是，法西格先生还准备了给小猫小狗治疗的仪器和手术室。

哈利刚到时，就意外接到了几个请求出诊的电话，这些电话对病情的描述仿佛是猜字谜。住在巴娄山的夏家人说，"我们家的母牛只有三气缸，还要开个洞"；而另一个耳朵不好的爱尔兰老人，哈利听了半天也没听出来，他的狗有什么问题。"让我来猜猜，"法西格自信地举起一只手说，"夏家人让我们给他家母牛堵塞住的一只乳头做疏通手术；而那个老人，莫利根先生，他的狗脾气不好，又常常吐，真的是把老莫急死了。"法西格的专业性让新入行的哈利大为赞叹。从此以后，严谨的专业性与细致的服务也成为哈利要求自己的标准。

哈利刚到德禄镇时，还不能独立出诊，往往是跟着法西格到农户家查看病患。但几次之后，法西格就放心了。只不过，哈利独自出诊时，总是会听到别人的质疑。

"不是法医生吗？""法医生去哪里了？""那对不起，我想等法医生来。"甚至，每当哈利开着自己的那辆小车停在农民家门口时，他们还依然满怀希望地盯住哈利身后，或是跑到车子旁边看一看，仿佛法西格会躲在车子或者灌木丛里，故意不出来就诊一样。而哈利从法西格那里学到的高标准，最终成为敲开德禄镇居民心门的钥匙。

有一回，哈利要去给高家的牛打肺痨预防针。那里有八十五头牛，被主人放养在山林间，几乎和野生的没什么区别。如果你想要从正面接近它们，那尖锐的牛角就会向你迎面击来；如果想从后面抓住这些牛，迎接你的则理所当然是牛蹄。而小牛更不肯好好听话，四肢乱踢，胡乱跳到半空里，不停地尝试逃走。

还好高家的两个儿子都是膀大腰圆的汉子。在兄弟二人的配合下，哈利终于给所有的牛都打完了针，而自己身上也收到了不少来自牛的礼物——十来处牛蹄踢出来的瘀青。为了感谢哈利，高家兄弟还为他提来了一桶水，让他能够把自己梳洗一下。

渐渐地，农民们对待哈利的态度也有所转变。在哈利看完病之后，他们会邀请他到家里，一起吃一顿美味的午饭；也有人趁着哈利不注意，把半打鸡蛋或一磅牛油偷偷放进他的汽车后座。而哈利也开始渐渐了解这些农民的性格。他们看上去面无笑容，对新来的兽医毫无信任，却依然在你脱下上衣干活时，为你送上一杯热茶。在遇上天灾人祸时，这些农民仅仅是耸一耸肩，而不像城里人那样以头抢地地抱怨。这样的倔强与坚强也令哈利深深佩服。有些时候，人与人之间的感情就是这样奇妙。随着时间流逝，互相熟悉后，彼此的优点才渐渐表现出来，让双方成为可以对话沟通的朋友。

Day 3 《万物既伟大又渺小》

每一个生命，
都值得我们用心对待

路德也有自己的梦想，那就是能够饲养一大群乳牛

路德一家可以说是在整个山谷里第一个接受哈利这个外来人的农户。路德太太仅仅靠着路德先生卖牛奶的钱，却能把家里上上下下打理得整整齐齐，还能把七个嗷嗷待哺的孩子养得健康结实。每次哈利来出诊时，路德太太都会邀请哈利在家里喝茶，临走时，再给哈利的车上塞上一大块黄油，或是一些鸡蛋，或是一些新鲜的农产品。路德先生自己，为人诚恳，做事认真，会尊重兽医说的每一句话。当然，路德也有自己的梦想，那就是能够饲养一大群乳牛。这对于目前缺乏资金的他来说，还可望而不可即。但是，他相信梦想总

有实现的一天。

　　有一天，路德在路上拦住了哈利，一定要他到自己的牛棚里看一看。哈利看着他那难以掩饰的兴奋劲，知道一定有什么特别的事情。到了牛棚里，哈利怔住了。在路德这些年所养的杂色牛种当中，居然站着一头纯种短角乳牛，它骨盆宽阔，毛色光润，据说，一次能挤将近15公斤的牛奶，是农民们最喜欢的品种。而且，如果将来能生下小牛，它就更值钱了！哈利知道，这头名叫"草莓"的短角母牛不仅品种稀有，还是路德未来新牛群的基础，更是路德充满希望的未来。

　　一个月之后，哈利就接到了路德一家人的急诊来电，连忙上山。表面上看起来，"草莓"一切正常，还在慢条斯理地吃草，没有丝毫生病的迹象。但是，经过几次检查，哈利发现"草莓"吞咽得很慢，靠近其头部时，还会听到轻微的呼噜声。"它的喉咙有毛病，路德。"哈利故作轻松地说，但心里有种不祥的预感，"也许只是有点发炎，也许是开始发生肿疡。"对于当时的兽医来说，咽喉后部的脓肿非常难治。喉咙本来就是动脉汇集的地方，如果做外科手术，几乎不可能不触及血管，所以没办法直接处理脓肿。随着病情的发展，脓肿会越长越大，最终妨碍呼吸，导致病牛窒息而死。只有少部分的幸运儿，会因为脓肿较小或自己退化了，才逃过一劫。

路德一家人的希望仿佛就此破灭，但哈利不忍心这样对待自己的老朋友。他在接下来的十天里，天天往路德家跑，尝试各种各样的方式试图消除这个脓肿。不巧，在接下来的一段时间里，老板法西格被邀请参加一个会议，整个诊所的重任全压在了哈利身上，路德的那头牛不得不暂时被抛到了一边。过了一个多星期，路德请哈利再到家里来看看。哈利震惊了——那头"模范牛"如今已经瘦骨嶙峋，像是只剩了一堆骨头架子。

哈利在它面前站了很久很久，心里五味杂陈。路德看出了哈利的揪心与难过，反而开口安慰哈利，只是这头牛的病情恶化得太快了，在这些年里，他从来没见过哪一头牛会瘦得这么快。哈利从车上拿了一罐敷药给路德，希望这罐药能在今晚把脓肿爆开，但路德和哈利都知道，这罐药无非是一点安慰剂。而热情的路德太太一如既往地准备了一大块面包塞给哈利，让他带着路上吃。所有这一切让哈利的心里更难过了。

那不是普通的音乐，是一首关于死而复活的赞歌

哈利回到了法西格的诊所，屋子里没有一个人。哈利在床上辗转反侧，一直在想"草莓"的命运。

早上六点，哈利醒来了。他面朝天花板呆呆地看了一个多小时，终于下定决心，开车到路德农场去。那头可怜的牛已经没办法站起来了。这样的痛苦像巨浪一样冲击着哈利的心灵，让他把之前的所有犹豫都抛诸脑后。和路德讲清楚了手术的一切风险后，这位憨厚的农民点头同意了哈利的做法。哈利迅速地找到了合适的位置，给"草莓"做了麻醉。他回忆着解剖书上的内容，手却在发抖。哈利小心翼翼地伸手避开那些动脉与静脉交汇的地方，将钳子伸进了手术切口。像是过了一万年之久，钳子末端接触到的地方终于渗出了一点脓液，那是正确的手术位置！那堵塞"草莓"呼吸的脓肿，此时像一道洪流涌了出来，沿着牛的脖子，一路流到了干草上。

第二天，"草莓"也没有任何变化。更确切地来说，它的两眼塌陷得厉害，这已经是濒死前的征兆。这回，连路德都丧失了信心，问哈利是不是要去请屠夫来。"再多留它一晚上，"哈利犹豫地说，"如果到了明天，它还是这个样子，我就不坚持了。"到了第三天，哈利几乎已经不抱任何希望了。他预想着，自己或许会看到屠夫的车停在路德家的门口。哈利走向了牛棚，心"扑通扑通"跳得厉害。推开牛栏大门时，他的手都在发抖。眼前的景象却和哈利想象的愁云惨淡全然不同。"草莓"竟然站起来了，正在草架上咬干草吃。更确切地说，"草莓"此时就像其他健康的牛觉得食物很合口味的时候一样，它像玩似的把草甩得到处都是。它那粗糙的舌头风卷残云般地把干草吞进嘴里，一扫就是一大卷，那狼吞虎咽的样子，一头健康的牛也不可能吃得比它更香了。

哈利的心里响起了音乐的声音。那不是普通的音乐，是大教堂里的风琴声，是一首关于死而复活的赞歌。他走进了牛栏，在"草莓"身边坐了下来，看它吃草的样子。此时此刻，在哈利看来，没有别的场景比眼前的"草莓"吃草更加动人，更加令人沉醉。三个礼拜之后，"草莓"就恢复了。它的健康全赖于哈利那一瞬间孤注一掷的精神，也离不开路德一家人的精心照顾。

Day 4 《万物既伟大又渺小》

生病的是动物，
而有问题的永远是人

哈利每一次去谢诺农场几乎都走了霉运

在那个年代，依然有不少人认为，兽医是一群光拿钱不干活的江湖骗子。而谢诺一家正是这样的人。偏偏谢诺先生自己还十分自信，总认为自己是方圆几里内最懂得治疗动物的人。

哈利每一次去谢诺农场几乎都走了霉运。第一次，他的患者是一头噎住了的小公牛。通常来说，这样的病非常好治，只要给小牛做一下胃穿刺，或者把哽住食道的食物，用一根长而软的皮棒子，轻轻地推到胃里，一切都迎刃而解。等哈利来到谢诺农场时，情况却和他想的完全不同。这头小公牛没有一般食道梗阻的征兆，但他却可以在外部摸到，食道中段确实有些硬物，而这硬物附近似乎还有些肿。不仅如此，牛嘴里还不停地滴下血沫。

哈利赶紧问谢诺："你是不是已经用什么东西，去推了小牛食道里的梗塞物？""是的，"谢诺吞了吞口水，抽了抽嘴巴，不太自然地说，"我用了扫帚柄和橡皮水管，跟往常用的一样。""完蛋了"，哈利心里飘过这三个字。要知道，牛的食道非常精细，一捅就破。即使医生把它嗓子眼里的梗塞物除去，它依然会因为吃东西而导致伤口发炎。在那个没有抗生素的年代，这样的伤口完全没办法修复。哈利艰难地向沉默的谢诺一家人宣判了小牛的死刑。

德禄镇附近的兽医们每每收到了谢诺农场的急诊来电，都是因为谢诺先生自己的"旁门左道"悉数用尽，而他家里的牲畜已然奄奄一息。兽医到家时，所谓的诊疗就只能变成送终仪式；而像哈利这样的年轻人，还要再忍受一下谢诺先生的振振有词："我就说叫兽医过来一点用都没有。"

无论客户有多难缠，法西格和哈利还是要保持专业的服务水准

堪佛先生同样令人头疼。诚然，他是一位出色的农场主，他的牲口总是能在市场的比赛里拿到冠军，而他的农田也是周边一带最好的土地。但这位先生对人对事却吝啬

至极。

　　这天，堪佛先生突然来电，请求哈利来屠宰场，帮他看看一头被雷打死的牛。哈利感到奇怪极了。毕竟，最近这一带的天气很好，并没有狂风暴雨。但是，由于农户们都给自己的牲畜上了保险，一旦兽医开具了诊断证明，证明牛确实是被雷电打死的，保险公司只能乖乖赔一笔钱。想到这里，哈利就明白了这件事有多棘手。堪佛先生的后院很大，那头死牛几乎正卧在草地当中，四周一点树木也没有，牛的尸体上也没有被雷电打焦的痕迹。旁边的堪佛先生还十分肯定地表示，这头牛就是被雷电打死的。堪佛先生在德禄镇是一个很有势力的人，如果他不喜欢任何一个年轻的兽医，一定会给这个人一点颜色看看。哈利心里瞬间闪过了这个念头：是不是就这样给他把证明书开了算了呢？但他还是拒绝了，并且建议堪佛先生第二天一早把死牛的尸体带到镇上的屠宰场，联合屠夫一起做验尸。"我告诉你，这头牛值80镑！"堪佛先生气狠狠地说，他的语气虽然凶，但他却不敢看哈利的眼睛。

　　到了屠宰场，哈利找到了罪魁祸首。牛的心脏瓣膜上长了白色菜花一样的东西，堵塞了血管，让牛犯了心脏病，瞬间倒地身亡。堪佛先生一开始还为了自己的80磅争取了一下。但是，看见哈利如此坚决的模样，他决定改换策略。

　　"哈利先生，你也是个聪明人，"堪佛先生悄悄地把哈利拉到一边，嗓音沙哑地说，"你明白，这80磅对保险公司来说，只是小事情，对我可是大损失啊！你签了这份证明，又有谁知道呢？""我自己知道啊！"哈利抓了抓头，回答道，"这就令我心中不安了。所以，我不能按照你说的那样去做。" 哈利的拒绝彻底激怒了堪佛先生，他扬言要去法西格那里投诉哈利，让哈利再也不要到自己的农场上来。

无论在哪一个行业，人都是所有问题的核心

欠债不还的客户，可以说是兽医诊所里更大的一个难题。总有那么十分之一的客户，无论法西格用什么方式去催账，他们就是赖着不给钱。而邓尼就是这样一个客户。他是个爱说爱笑的人，每次法西格和哈利去他们家的农场出诊，他都会准备好咖啡和烤饼，还有自家做的甜酒。但是，无论法西格发出什么样的催款信函，邓尼就是没支付过诊疗费。于是，法西格想出了一个办法——

赶集日是一个典型的还债日，前来镇上赶集的农民都会经过法西格的诊所，这时，他们就不得不进来，把之前欠的钱交上。就在这一天，法西格把邓尼请进了诊所，说要和他谈一谈牲畜生病的事情。等到邓尼来的时候，法西格故意让他在负责收钱的女士身边坐了整整一天，自己先去处理要紧的病患。哈利觉得这个方法似乎十分有效。整整一天，邓尼

对为自己赊账而感到抱歉的人点头称是，也对拖欠诊疗费许久的客户怒目而视。等到法西格出来，哈利就先出门去忙自己的事情了。结果，到了晚上吃饭的时候，哈利一问，才发现法西格这一招完全没用。

正如哈利所感慨的，如果当一名兽医，只是单纯地给动物治治病，那该有多好。无论我们是哪一个行业的从业者，假如能够专注于事情本身，那必然是一件高效而轻松的事情。然而，无论在哪一个行业，人都是所有问题的核心。

Day 5 《万物既伟大又渺小》

为 生 命
留 下 记 忆

主人们可能只会象征性地做一做，就把所有的问题都丢给兽医了

　　一个安静的夜晚，电话铃声打断了哈利的安宁。年轻农工华生的一头奶牛出了问题。那头牛看起来病得很重，乳部肿得很大，哈利碰一碰，牛就疼得把腿抬了起来。乳房里挤出来的不是奶，而是又黄又臭的脓汁。哈利给这头牛打了一针，也不知道是否奏效，只能这样安慰华生："我这一针只是尽人事了，具体病情会怎么进展，我也不知道。你必须用油挤它的奶，把这些脓汁都挤出来。"哈利临走时，华生已经准备好了整整一大碗鹅油，准备按照哈利的吩咐把牛乳房里的黄色臭汁挤出来。但是根据哈利的经验，这项工作又烦

琐又恶心，主人们可能只会象征性地做一做，之后，就把所有的问题都丢给兽医了。

第二天晚上八点多，哈利决定再去看看那头牛是不是还有一线生机。当他进去时，华生的姿势和昨天一模一样，只是眼睛闭着，脸靠在了牛肚子上。哈利和他打了声招呼，将他从梦中惊醒，那头牛也被吓了一跳，不过，看起来精神却好多了。华生困得眼睛都睁不开了，却满怀笑意地邀请哈利再检查一次。没想到，昨天的硬块没有了，哈利轻轻地挤了一点奶，出现的也是白色好奶。这简直是一个奇迹！这时，华生的妻子来到了门口，说道："你从来没见过一个人整夜地挤奶吧？自从你昨天走了之后，这个大傻子就一直坐在这里，动也不动一下，不睡觉也不吃饭。幸好我能给他拿点茶和点心来，不然他就给累死在这里了。"哈利看看华生，再看看那碗已经快用完的鹅油和已经恢复的牛，心里充满了无限感慨。

岁月不仅在老约翰身上留下了痕迹，也把这两匹马的毛发染白了

邓纳贝农场的老约翰似乎是一个绝佳的榜样。那些优美的古屋、延伸的建筑物、一望无际的葱郁草原，无不是老约翰几十年来经营的成果。老约翰本人，正是法西格眼里的一

名真正的农夫，从一个一穷二白的农场工人成了一个富有的地主。

这一次，哈利来到老约翰的农场里，是为了给他的马锉牙。和其他动物不一样，马的上下齿宽度不同，因为咀嚼食物，牙齿也会长得不平整。这种参差不齐的牙齿会影响马的消化能力，严重一点的还会伤害马的口腔。因此，给马锉牙是一项日常护理。那是一匹栗色的母马和一匹红褐色的雄马。当它们向着哈利和老约翰跑过来时，哈利才意识到，它们是真的老了。岁月不仅在老约翰身上留下了痕迹，也把这两匹马的毛发染白了。

"它们没有做工作多久了？"哈利一面给马做例行检查，一面随口问道。"大概……有十二年了吧！"老约翰笑呵呵地回答。"十二年？这么长的一段时间里，就让这两匹马在这一带闲逛，白白浪费了劳动力？""是的，就该让它们在这附近自由活动，就像退休的人一样。它们也该享享天年了啊！"老约翰两手插进外衣袋里，耸着两肩，沉默了一会儿，才静静地，仿佛自言自语地说，"想当初，我在卖苦力，做劳工的时候，它俩也是在做奴隶啊！"

从一个一穷二白的工人，到一个拥有万贯家产的地主，这两匹马见证了老约翰奋斗的一生。对老约翰来说，这两匹马也不再是普普通通的牲畜，而是他工作中的搭档、努力奋斗的伴侣。送走这两匹马也就意味着送走老约翰的一生。

死亡总是让人措手不及，谁都没办法阻止这一场意外

动物总是对自己的主人保持忠实，真正做到"无论贫穷还是富贵，我都对你不离不弃"。

史坦菠小姐是一个虔诚的基督教徒，一生未婚，如今也走到了暮年，正如她所住的那套破败不堪的别墅一样。重病在身的她躺在床上已经好久了，没有其他的亲人，只有照顾她的勃罗太太与那些猫儿、狗儿。每一次给史坦菠小姐家的病号做完治疗，哈利都会与她一起喝茶，聊一聊天。只不过，史坦菠小姐都闭口不提自己的病情，所关心的唯有自己的猫和狗。

哈利这一次来到史坦菠小姐家里，是因为一只叫作"宾"的猫。可惜，当哈利赶到时，它已经去世了。死亡总是让人措手不及，谁都没办法阻止这一场意外。当勃罗太太埋葬宾的时候，哈利回到了卧室。史坦菠小姐坐在床上，向窗外望了很久，才开口说道："哈利先生，宾走了，下一个就该到我了。"哈利刚刚说了几句安慰的话，不想，史坦菠小姐一面摸着自己的《圣经》，一面接着说："我不害怕，哈利先生，我知道前面有一个更好的世界等着我。"沉默了好一会儿，史坦菠小姐又接着说："我害怕的是我的猫

和狗……哈利先生。我知道，我死之后会再看到我的父母兄弟，但是，我的猫和狗，人们说，动物是没有灵魂的，它们不会到天堂里去。"

　　说到这里，史坦菠小姐泪流满面。哈利握住了她的手，轻声安慰道："不会的。如果你所谓的有灵魂是指能够爱，能够表现忠贞，能够感念恩情，那么，我所见过的大部分动物都比人类强多了……"这让史坦菠小姐感觉好受多了。在这次谈话一个月之后，哈利很偶然地从村民那里得到了消息，史坦菠小姐去世了。而她的猫和狗，则被好心的勃罗太太收养了。

　　每一个生命最终都要走向死亡，这是我们无法逃避的命运。然而，在生命离去后，我们留下的思念与爱，终将成为别人记忆的一部分。

Day 6 《万物既伟大又渺小》

爱让我们变得强大，
也会让我们变得脆弱

人与动物虽然语言不通，但彼此之间的牵挂却是
心意相通的

哈利有个侄子叫"吴把戏"，是一条京巴狗，出生在富
贵人家。"吴把戏"的主人是德禄镇上数一数二的富豪——
彭福瑞夫人。老太太的丈夫已经去世了，给她留下了大笔遗
产，还有一所在德禄镇郊外的漂亮别墅。她总是大方地捐钱
给慈善机构，无论是镇上哪户人家有了困难，她都愿意帮
忙。几十年的生活经验，也让她与哈利的谈话有趣而不失智
慧。每次看到哈利，彭福瑞夫人都会热情地打招呼："把
戏，把戏，快过来看啊，你的哈利叔叔来了。"就这样，把
戏成了哈利的侄子。每一次到彭府上看病，都像一次散心。

有一年圣诞节，吴把戏还给他的哈利叔叔寄了一大篮礼物。哈利赶忙打电话去谢谢彭福瑞夫人。结果，彭福瑞夫人在电话里并没有多热情。哈利很快就明白了自己的问题出在了哪儿。哈利赶紧正儿八经地给吴把戏写了一封回信，谢谢它送来的圣诞礼物，还有过去的特产。并且，作为一个靠谱尽责的兽医叔叔，哈利还诚恳地建议把戏，在圣诞节不要吃太多东西，否则会影响自己的消化系统……后来，哈利再到彭府去的时候，彭福瑞夫人悄悄地对他说："把戏非常喜欢你写给它的那封信，说要永远把信封存起来。不过，有一件事情让它很失望，你在信封上写的是'把戏少爷'，它其实更喜欢别人称呼它为先生。最后，看在是你写的信的分上，它才不生气的。"

彭福瑞太太没有儿女，对吴把戏就像对一个真正的孩子一样。害怕把戏感觉孤独，彭福瑞太太曾从乡下接过来一只小粉猪，还为这只小猪在花园的一角盖了一座宫殿一样的猪舍，每天有人送两次饭。到了傍晚，小猪就会和吴把戏一起在彭福瑞太太的草地上跑来跑去，看起来开心极了。

把戏每次需要哈利上门治的病从来不是什么疑难杂症，无非就是便秘。哈利只要用一块药棉帮助它从肛门把排泄物挤出来就好了。但是，想要根治这个病却不那么容易。每次诊疗结束后，哈利都会正儿八经地向彭福瑞太太下达医嘱：不能给它吃有害健康的食物，且不能每天吃那么多顿。如果要给把戏吃东西，只能吃肉、黑面包，或是一点点狗饼干，不能吃零食。这时，彭福瑞太太就会低下头，像一个犯了错的小女孩一样可怜巴巴地请求哈利："唉……我每次都想规规矩矩地给把戏吃东西啊！但是，太难了，你看它苦苦哀求要一点点零食的样子，怎么会舍得拒绝它呢？"说完，她还用手绢擦一擦眼泪。

有一次，吴把戏邀请了哈利叔叔来彭府参加宴会。这一次，把戏前面有两大碗食物，一碗是大约一磅的碎鸡肉，另一碗则是碎蛋糕。哈利克制不住，大吼了一声"彭太太"，吓得老太太捂住嘴，后退了一步，哀求哈利不要生气，因为她觉得，今晚把戏只能自己待着，实在是太可怜了。最后，哈利严厉地要求彭太太把鸡肉拿走一半，把蛋糕全部拿走，才控制住了把戏当天的饮食。

溺爱孩子，会让他们成为意志薄弱而自私自利的人

彭福瑞太太过于溺爱吴把戏，差一点给吴把戏带来了令人难以想象的伤害。有一回，哈利在路上偶遇了带着吴把戏闲逛的彭福瑞太太。几个月没见，吴把戏变得奇胖无比，就像一个吹胀了的大香肠，只是多了四条小腿。眼睛里充满了血丝，一直向前瞪着眼，不停地吐着舌头，一看就是有病的

样子。彭福瑞太太向哈利解释说，最近把戏的胃口特别不好，她觉得把戏一定是营养不良了，所以给它又加了些甜点和零食。溺爱孩子，会让他们成为意志薄弱而自私自利的人。溺爱吴把戏，则让它成为一只胖而虚弱的狗。哈利知道，用不了多久彭福瑞太太就又会打电话，请他上门看病了。果不其然，几天之后，电话就来了。

这一次，哈利已经想好了对策。他严肃地告诉彭福瑞太太，把戏病得很严重，需要住院详细检查才行。一听这话，彭福瑞太太几乎快要晕倒了。因为从来没和把戏分离过，她觉得，如果把戏一天看不到她，就会因为思念而死。她还让用人们全体出动，把吴把戏平时的玩具，睡觉用的床，最喜欢的垫子、碗、靠枕统统堆到了哈利的车上，几乎把车子全塞满了。

回到兽医诊所时，法西格养的五只狗围着哈利和吴把戏乱碰乱跳。而吴把戏却动也不想动，只趴在地毯上。哈利只是找了个大盒子，垫上一些东西，放在狗儿们平时睡觉的地方旁边，就算是吴把戏的房间了。头两天，吴把戏总是趴在房间里，一动也不动。哈利就只给它准备了该喝的水。第二天天黑时，把戏开始对自己周围的环境感兴趣了。第三天清晨，别的狗在院子里叫的时候，把戏也会应和几声。下午吃饭时，其他的狗狼吞虎咽，很快就把饭吃完了，因为不吃快点，别的狗就会来抢。它们吃完后，把戏把空碗巡视了一圈，又把空碗舔了一两下。看到把戏终于有饿了的迹象，哈利也为它准备了一个碗。

养尊处优的吴把戏，终于在兽医诊所里体会到了饥饿的感觉。对食物的渴求成了它的动力。从那之后，它不仅可以大口吃饭，也发现了许多乐趣——与其他的狗追逐打闹，一起到养鸡的房子里欺负老鼠，互相争夺彼此碗里的食物……

过了两个星期，把戏轻轻一跳，就跃上了女主人的膝盖。彭福瑞太太真是又惊又喜，克制不住地亲吻吴把戏，大声赞扬哈利的外科手术做得好。

Day 7 《万物既伟大又渺小》

用不同的视角
看待生命

当我们看到一个人与动物相处的样子，也能想到他与人相处的模式

《万物既伟大又渺小》取材于怀特的亲身经历，将一个年轻的外地兽医吉米·哈利尝试融入德禄镇这样的偏远小镇作为小说的开端，为我们展示了德禄镇里的芸芸众生。

在以畜牧为生的农民眼里，那些牛羊马匹，不过是自己炫耀的资本、财富的证明，本质上并没有那么重要。像谢诺先生，只会把自家动物的病当成展示自己学识渊博的机会。对现代科学的抗拒让他宁愿去迷信偏方，一次次地用不科学的治疗手段把牲畜送上了黄泉路。对于堪佛先生，牛也仅仅是财富的一部分而已。病死的牛并不是一个独特的生命，而

是财产的损失。所以,他要想方设法地让哈利为他开具证明,以图从保险公司那里挣一笔赔偿费。

从人类的道德标准来说,他们并非大奸大恶,却也不算善良的人。这种对于生命的漠视或是来自愚昧,或是源于自大,为他们的性格披上了一件刚硬的外衣,让他们在与人类的交往中也变得咄咄逼人,不好相处。

不过,在德禄镇里,大多数农户都算得上朴实善良之人。英国的农民重视牲畜,一如中国的农民看重土地。马是家庭重要的劳动力,也是相伴一生的工作伙伴。牛奶是生活的必需品,也是赖以为生的商品。猪肉可以为食,羊毛可以为衣。没有牲畜,农民无以为生。这样的相处让人与动物结下了深情厚谊。退休的老约翰不仅养着当年陪伴自己创业的老马,还为它们在河边修筑了舒适的马厩,让马儿们可以像他一样,享受退休时光。而为了一点小小的希望,年轻的牛奶工华生会坐在病牛旁边,挤一晚上脓汁,彻底把自己家的牛治好。哈利的朋友路德一家也会孤注一掷,让哈利冒险做外科手术,只求治好自家小牛的病。

即便不是农户,养猫养狗的人们,也同样深爱着这些陪伴着自己的小动物们。哈利的老板法西格自己家里就养了五只大狗,无论是谁回到家里,都会享受到这些小动物的热情陪伴。年事已高的史坦菠小姐,举目无亲,除了来照顾她的护士之外,也只剩下一屋子的猫狗作为她的陪伴。临去世前，她最放不下的，也是这一屋子的猫儿狗儿。作为一个主人，她担心它们的生活；作为一个基督徒，她甚至害怕自己无法在天堂与这些热情而忠贞的灵魂重聚。彭福瑞太太也十分疼爱自己的宠物狗吴把戏。她对吴把戏的爱，就像老奶奶对孙子的溺爱一样，尽可能地把一切山珍海味送给吴把戏，以至于这只可怜的小京巴不得不被送到兽医诊所里，开启一场减肥大战。

这样的娓娓道来，为我们掀开了二十世纪英国乡村的一角，让我们在平平常常的兽医生活里，看到人与动物相处的温馨，去体会平凡而朴素的真情。这样的真情与温馨正是生命的伟大之处。每一个生命都能在朝阳升起的时候翩然起舞，在波澜不惊的生活里，将彼此的相处化作独特的回忆。

对生命的尊重不仅仅是在于新生，也在于死亡

至此，我们就能理解哈利为小动物们接生时的喜悦。接生时的环境可谓是所有兽医工作环境当中最差的，身为兽医的哈利必须脱掉上衣，才能把手伸进动物的产道里，帮助生产的牛或羊调整胎位。然而，无论是寒风凛冽，还是一地泥水，这一切艰辛都会在新生命出生时得到告慰。看着那些奄奄一息的牛犊或羊羔在母亲的舔舐下睁开眼睛，学会站立，变得活蹦乱跳，我们不由得和哈利一样，感受到生命的奇

迹，对自然创造的钦佩油然而生。

作为一名兽医，哈利不仅需要亲手迎接生命到来，有时也得亲口宣告生命离去，甚至亲手将生命终结。在他刚刚能够独立出诊的时候，就曾接到过某爵爷家里的来电。那是一个姓孙的仆人，负责照顾爵爷最好的猎马。那匹马痛苦地在马厩里走来走去，浑身是汗，大堆大堆的泡沫从它的齿缝往外冒。检查之后，哈利确定了自己的想法，这匹马已经无药可医，拖延下去只能让它痛苦不堪。马儿无力地嘶鸣，仿佛成为一种催促。听到了这样的声音，哈利当机立断，从工具箱里拿出了枪，对准了马儿的头，一枪结束了这匹马的所有痛苦。作为一名兽医，哈利自然希望自己能够治疗所有病患。然而，在病患遭受痛苦却又无能为力时，以提前死亡结束无尽的痛苦，看似残忍，却可以说是一名兽医的善良。

如今，生活在城市当中的我们仿佛与牛羊马匹的距离越来越远，养猫或者养狗成为更加普遍的选择。这样的相处也让《万物既伟大又渺小》有了更多的现实意义。通过这些事例，我们也不由得反思自己与身边动物的相处模式，思考人与动物之间的关系。与人相比，这些猫狗似乎非常渺小，无论是体形还是灵魂；但是，它们依然会爱，会痛，会开心，也会难过。身为人类，作为主人，我们表面上豢养着这些四脚精灵，为它们提供屋檐与食物；但在本质上，动物们又何尝不是以自己的爱来滋养着人类的心灵呢？

麦家陪你读书（第一辑）

《我想要的人生》

《写给世间所有的迷茫》

《做简单的自己》

《一切都来得及》

荐 书 人

深蓝蓝　慕榕　竹子　momo

文苑　慧清　陈不识　妍诺

无患子　路雨生　三尺晴　琴萧陌

驿路奇奇　竹露滴清响　盐系少女

恪慕容　北坡　贰九